養蜂家と蜜薬師の花嫁
下
江本マシメサ
Illustration 笹原亜美

アニャ
ツヴェート
イヴァン
ヴィーテス

ミハル
マクシミリニャン
ツィリル

イヴァン
マクシミリニャン

江本マシメサ
Illustration　笹原亜美

新紀元社

CONTENTS

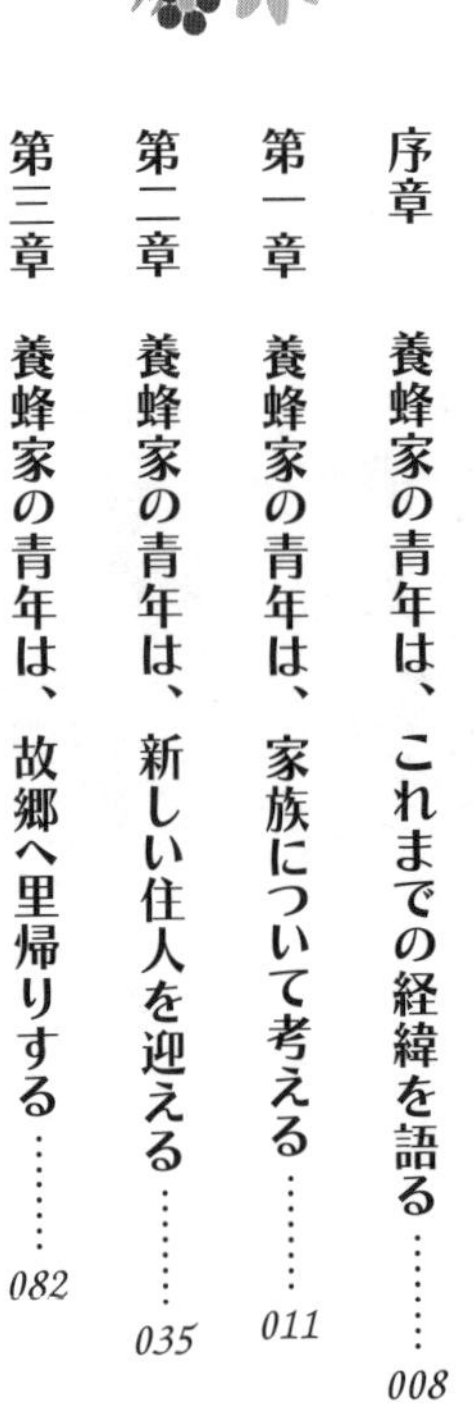

上巻のあらすじ

オクルス湖のほとりで暮らすイェゼロ家は、養蜂業を営む大家族。イェゼロ家の男どもは皆、怠惰で、十四番目の子として生まれた末っ子のイヴァンだけが、唯一の男手として必死に一家を支えていた。ある日、山の男マクシミリニャンから、一人娘のアニャを嫁にもらってほしいと懇願されたイヴァンは、生まれ育った町を出ることに。“蜜薬師”のアニャは、イヴァンの怪我を蜂蜜で治してくれたが、とある理由でイヴァンとの結婚を拒絶する。イヴァンは「蕎麦の種の言い伝え」にふたりの結婚の行方を託すが――。

登場人物

イヴァン

養蜂業を営むイェゼロ家の十四番目の息子。アニャと結婚する。

アニャ

蜂蜜を薬のように処方して人々を癒す「蜜薬師」。童顔で小柄な美人。

ツィリル

イヴァンの甥。イヴァンに懐いている。

ミハル

イヴァンの親友。雑貨商の息子。

ヴィーテス

アニャの愛犬。人懐っこい性格。

マクシミリニャン

アニャの父。筋肉質で強面の元軍人。

序章　養蜂家の青年は、これまでの経緯を語る

花畑養蜂園を営むイェゼロ家の十四番目の子として生まれた俺は、イヴァンと名付けられた。そして、蜜蜂や蜂蜜とは切っても切れない環境で育つ。

身内のみで管理、運営する養蜂園は、蜜蜂たちと同じような生活を送っていた。

蜜蜂は女王蜂を頂点とし、雌の働き蜂のみが働く。雄蜂は巣でだらだらするばかりで、働かない。

我が家も母を中心に、義姉や姪たちがせっせと働いている。兄や甥は養蜂に参加せず、家でのんびりするばかり。

そんな中、養蜂園で働く俺は異質な存在だった。

女性陣からは、唯一の男手ということで頼られ、多くの仕事を任された。毎日へとへとになるまで働く俺を、親友であるミハルはおかしいと言うが、気づいたときにはこれが普通だった。

しかしながら、マクシミリニャンとの出会いによって人生が変わる。同じ養蜂家でもある彼は、俺をひとり娘の婿に迎えたいと望んだのだ。その時は断ったが、後日、その申し出を受けることとなる。原因は、俺の双子の兄サシャの妻ロマナにあった。彼女は昔から俺のことが好きだと迫ってきたのだ。それをサシャに知られ、俺は顔がボコボコになるまで殴られてしまう。

もうここにはいられない。それに俺は、誰かの言いなりになるばかりでなく、自分の人生を生きてみたくなったのだ。

俺に懐いている甥のツィリルには泣かれてしまったが、一生の別れではない。

マクシミリニャンと共に、生まれ育ったオクルス湖の湖畔の町から旅立ち、彼が暮らしているという、ヴェーテル湖が輝く山を目指す。

そこで、彼の娘であるアニャと出会った。

アニャは驚くほどの美少女だった。金の髪は太陽の光を浴びてキラキラ輝き、白い肌は陶器のようになめらか。猫のように大きな瞳は、くるりと上を向いた長い睫（まつげ）に縁取られていた。唇はさくらんぼみたいにつやつやで、声は駒鳥（ロビン）のように愛らしい。彼女の見た目は十三歳か十四歳にしか見えず、俺の妻となるには幼いような気がした。だが、すぐに思い出す。マクシミリニャンのひとり娘アニャは、十九歳だということを。アニャは驚くほど童顔だったのだ。

彼女は、その時大怪我をしていた俺に治療を施してくれた。何を隠そう、アニャは蜂蜜を使って治療を行う〝蜜薬師（みつくすし）〟だったのだ。サシャにやられた傷は、アニャのおかげで完治したのである。

アニャは明るく元気で、はつらつとした娘であった。こんな娘（こ）が妻になってくれるなんて、最高に幸せな人生だろう。

なんて思っていたのに、アニャはマクシミリニャンが勧めた俺との結婚を受け入れなかった。

それには理由があった。アニャは初潮を迎えていない。つまり、子どもが産めないということである。そのため、彼女は結婚を拒絶したのだ。

別にそうであっても、結婚したいという俺の気持ちは揺らがない。そう伝えたにもかかわらず、アニャは頷（うなず）かなかった。ついに俺は賭けを持ちかける。ツィリルの父であり、俺の兄でもあるミロシュがある物を持たせてくれていたのだ。

それは蕎麦（アイダ）の種。

この国には〝新しい場所で蕎麦の種を蒔いて、三日以内に芽がでてきたら、そこはあなたの居場所です〟という古い言葉がある。俺は今後の人生を、蕎麦に託した。

蕎麦は奇跡的に発芽した。それでアニャもようやく、結婚を受け入れてくれたというわけである。

そんなわけで、俺はアニャに夫として認められた。

これからも家族三人、幸せに暮らしていけたらいいなと思っている。

第一章　養蜂家の青年は、家族について考える

ある日、ミハルから手紙が届いた。それは山の麓にある村、マーウリッツアにツィリルを連れていくので会ってくれないか、というもの。もちろん大歓迎である。アニャにも紹介したかったので、いい機会だった。あっという間に、当日を迎える。

久々に会ったミハルとツィリルと近況を報告し合う。実家は思っていた以上に悲惨なことになっていた。心配だが、どうにかするのはイェゼロ家の者たちの仕事だろう。サシャをはじめ男衆が心を入れ替えて、養蜂園の仕事を手伝うようになったという点は唯一の吉報か。ロマナは家を出て、修道院へ駆け込んだままらしい。妊娠しているというが、子どもはどうなるのか……。いや、これは俺が気にするようなことではないだろう。

問題はツィリルだ。俺がいなくなった今、いいように使われそうになっている。どうにかして、うちで引き取れたらいいのだけれど。この件に関しては、まず兄たちに連絡する必要があるだろう。

何はともあれ、ミハルとツィリルが元気そうでよかった。

ミハルとツィリルと再会を果たして彼らを見送ったあと、アニャと共に草木染め職人であるツヴェート様の工房に立ち寄ることにした。

「そういえば、ツヴェート様とアニャはどうやって出会ったの？」

マーウリッツアの村人たちと打ち解けているアニャだったが、ツヴェート様との関係は特別なも

ものように思えたのだ。

師弟であるという話は聞いていたが、アニャに対する愛情はかなり大きいだろう。

「ツヴェート様と初めて会ったのは、私が三歳か四歳くらいらしいわ。覚えていないけれど。なんでも、熱が下がらない私をお父様が抱えて山を下りて、お医者様に診せようとしていたの。けれども、村にはお医者様はいなくて……。村長様から、病に詳しい人がいるからと聞いて、急いで向かった先にいたのは染め物職人だったから、お父様はその場に頽(くずお)れたみたい」

「まあ、そうなるよね」

「その染め物職人が、ツヴェート様だったのよ」

ツヴェート様の家にあった熱冷ましの薬で、アニャの熱は下がった。そこから縁が続いているらしい。

「本当のお祖母(ばあ)様のように思っているわ」

「素敵な出会いだったんだね」

「ええ、そうなの」

そんな話をしていると、ツヴェート様の家が見えてくる。今日も今日とて、ツヴェート様は自慢の庭で草花の世話をしているかと思っていたが――。

「あら、いないのかしら？」

庭を見回したが、ツヴェート様の姿はない。しゃがみ込んだ姿を隠すほど、高く生い茂った草花はないので、ひと目で庭にいるかいないかわかるのだ。

「工房で作業しているとか？」

「作業中ではないと思うの」

そう言って、アニャは屋根から突き出た煙突を指差す。何か作業しているのならば、もくもくと煙が出ているはずだという。

「村に買い物に出かけているとか？」

「ツヴェート様は滅多に村には行かないわ」

生活に必要な品は週に一回、商人が運んでくるようだ。知り合いも用事があれば度々訪ねてくるというので、特に不便はないらしい。

常に工房を開けておくために、なるべく外出しないようにしているようだ。

「もしかしたら、都のほうへ行っているのかもしれないわね」

「都に？　どうして？」

「ツヴェート様の息子さんがいらっしゃるの。年に一度、迎えにやってきて、ツヴェート様は都に滞在するんだけれど」

「そうなんだ」

ここから都に行くまで、馬車で一日かかる。その間は、人を雇って草花の世話をさせているらしい。それでも心配になるというので、一週間も滞在しないで帰ってくるようだ。

「息子さんの家族からは、一ヶ月くらいゆっくりしたらいいのにって言われるみたい。でも、庭の草花を人任せにはできないから、都での滞在は三日から四日くらいが限界なんですって」

「さすが、職人」

どうやら、ツヴェート様は不在らしい。怒号のひとつやふたつ浴びてから帰ろうと思っていたが、それもかなわないようだ。

「アニャ、持ってきた蜂蜜はどうする？」

「扉の近くの日陰に置いて帰りましょう」

「そうだね」

庭に咲いたエニシダの黄色い花と、赤いダリアに囲まれた道を通る。家の前に、赤い鉢がひっくり返した状態で置かれていた。そこに、アニャは蜂蜜の瓶を入れる。上に石を置いたら中に何か入っていますよ、という印となるらしい。

「これでよしっと」

「アニャ、一応、声をかけてみる？」

「そうね。もしかしたら、うたた寝をしているだけかもしれないし」

アニャはコンコンコンと扉を叩いて、「ツヴェート様ー！」と叫んだ。反応はない。

「いないみたいね」

「うーん」

「イヴァン、どうしたの？」

「いや、この前来た時より、植物に元気がないように思えて」

「この前は春だったから、元気に見えたんじゃないの？」

「でも、葉っぱが心なしか、しょんぼりしているように見えるんだ」

きちんと水を与えていたら、あのように萎れないだろう。

念のためアニャに葉を指し示すと「たしかにそう見えるわ」と呟いていた。

「もしかして、庭の水やりもできないほど具合が悪くて、寝込んでいるとか？」

「だったら大変だわ！」

寝室のある方向の窓の前で、アニャは叫ぶ。

「ツヴェート様、私、アニャよ。そこにいるの？」

返事はない。窓に耳を当ててみたが、中から物音などは聞こえなかった。どこもかしこもしっかり施錠されている。

「ど、ど、どうしよう。もしも、ひとりで苦しんでいたら――――！」

ガタガタ震えだすアニャを、ぎゅっと抱きしめて落ち着かせた。

「アニャ、冷静になるんだ」

「え、ええ、そうね。でもイヴァン、どうやって家の中に入ればいいの？」

「煙突から入ってみよう」

「煙突から、ツヴェート様の家に入るの⁉」

「うん。ちょうどそこに、縄が落ちているし」

アニャが信じられないという表情で俺を見つめる。もちろん、冗談ではない。本気だ。

「これまで、何度も実家の煙突を潜り抜けた。ここでも、上手くやれると思う」

「なんで煙突を潜り抜けるような状況になるのよ！」

アニャの疑問に思わず遠い目をしてしまう。仕事から戻ってきたら、家に鍵がかかっていた記憶はひとつやふたつどころではない。しかし、それをアニャに語って聞かせるつもりはなかった。

「男ならば、誰でも煙突を通っているはず」

「お、お父様も？」

「まあ、そうだね」

果たして、マクシミリニャンほどの大男がすんなり入る煙突があるのかわからなかったが、ひとまず仲間に入れておいた。

「危険じゃないの？」

「大丈夫」

幸いにも、ツヴェート様の家は平屋建てだ。落ちても怪我することはないだろう。

「ツヴェート様が倒れていたら大変だ。早く、中の様子を調べよう」

「え、ええ。そうね」

「アニャは玄関で待っていて」

「わかったわ」

さっそく、屋根に登る。山羊に跨(また)がって崖を駆け上がることを考えたら、屋根によじ登るなんて簡単だ。木箱を積み上げ、それを踏み台にした。赤粘土で作られた屋根を伝い、煙突までたどり着く。中を覗き込んだが、部屋が薄暗いからか何も見えなかった。しかし、火が点いているわけではないので、大丈夫だろう。煙突の周りに縄を巻き付け、中へと下ろした。

「イヴァン、落ちないでね」

「心配いらないから！」

アニャの声に答えてから、縄を伝って煙突を下りる。毎日、暖炉で草花を煮ていたのだろう。森の中にいるような匂いが染みついていた。だんだんと喉に違和感を覚える。イガイガしてきた。口元を布で覆っておけばよかったと後悔した。夏なので、暖炉は使っていないだろうと思い込んでいたのだ。一回でも咳をしたら、煙突の中に灰が舞って大変なことになるだろう。

下りるまで、我慢だ。

残念なことに、縄は途中までしか届いていなかった。思っていたよりも、短い縄だったようだ。

しかしまあ、すでに真ん中よりも下までは下りているだろう。暗くてよく見えないけれど。意を決し、縄から手を離した。

「ぶはっ！」

着地のさいに舞いあがった灰を、思い切り吸い込んでしまった。ゲホゲホと咳き込みながらも、なんとか暖炉に着地できたことに安堵する。

と、ここでぼんやりしている場合ではない。アニャを部屋に引き入れて、ツヴェート様を捜さなければ。カーテンが閉まっているので、中は薄暗い。慎重な足取りで、暖炉から出る。

ちょうど、外からアニャの声が聞こえた。

「イヴァン、植木鉢の下から、合い鍵を見つけたわ。今、開けるから！」

暖炉から一歩踏み出したのと同時に、扉が開かれる。外の光が、部屋を照らした。

「きゃあ！」

「なっ⁉」

扉のすぐ傍に、ツヴェート様が倒れていた。アニャと共に、傍に駆け寄る。

「ツヴェート様！　ツヴェート様！」

アニャが耳元で叫ぶと、微かに「うるさいねえ」という呟きが聞こえた。意識はある。

カーテンと窓を開けるよう、アニャに指示される。外の光が差し込んだ中で見たツヴェート様は、恐ろしく顔色が悪かった。

「ツヴェート様、立てますか？」

「ううっ……！」

意識はあるものの、どうやら朦朧としているようだ。腹部に手を当てて、ガタガタと震えている。この症状は、いったいなんなのか？

アニャはこちらを振り返り、早口で捲し立てるように叫んだ。

「イヴァン、井戸の水を汲んできて。それに蜂蜜と塩を溶かすの。あと、濡れ手巾もいくつかお願い」

「了解！」

アニャにはツヴェート様に今必要なものがわかるようだ。俺はさっぱりなので、命令に従うばかりである。

「アニャ、持ってきたよ」

「ありがとう」

アニャはツヴェート様を膝枕で寝かせ、ハンカチで顔を扇いでいた。どうやら、体を冷やさないといけないらしい。まず水に浸して絞った手巾は首筋、脇の下、腿の付け根などに当てられる。この辺りには太い血管が通っているので、手っ取り早く体を冷やすことができる、とアニャが言う。

「イヴァンは、ツヴェート様を扇いでいて」

「わかった」

体を冷やしたらツヴェート様の具合もよくなるはず、というアニャの言葉に従い、力いっぱい扇いだ。

アニャは蜂蜜と塩を溶かした水を、ツヴェート様に飲ませている。ゆっくりと嚥下(えんげ)している様子だったので、ひとまず安堵した。

「アニャ、ツヴェート様はどうしたの?」

「たぶん、塩分不足によるけいれんだと思うの」

炎天下で作業すると大量の汗をかく。水分補給は大事だが、水だけではダメなのだという。

「汗をたくさんかいたときに、水だけたくさん飲みすぎて体内の塩分濃度が低くなると、危険な状態になるの。塩分濃度を上げるために水分を出してしまう。その結果、脱水症になって意識障害やけいれんが起こるのよ」

「塩分を摂取しないと、いくら水を飲んでも無駄になるってわけ?」

「そう」

汗をたくさんかく日は水をたくさん飲め。そんな言葉を耳にしたことがある。けれど、水を飲むだけでは意味がないようだ。

「アニャは本当に物知りだ」

「ただ、医学書を読んでいただけよ。夏は日に当たりすぎて倒れる人が多いから」

人は夏の暑さが原因で、病気になってしまうことがあるらしい。この時期は作業に熱中するあまり、倒れる人が多いようだ。今回、ツヴェート様は腹部を押さえ、足や腕が震えていた。さらに、噴き出た汗と顔色から、塩分不足によるけいれんではないかと、アニャは判断したようだ。

「っていうか、医学書まで読んでるんだ」

「ええ。たまに、専門用語とかあって、分からない箇所もあるけれど」

アニャの家には医学書も数冊置いてあり、時間があるときに勉強しているのだという。

「ちなみに、塩の他に蜂蜜を入れた理由は？」

「すぐに栄養分として吸収されるからよ。おまけに、蜂蜜は胃腸の負担にならない。病人にはうってつけなの」

「なるほど」

ツヴェート様は一杯の蜂蜜水を飲みきった。

「ううん……！」

アニャの呼びかけに、ツヴェート様は反応を示す。うっすらと、瞼(まぶた)を開いた。

「ああ、とうとう、お迎えがやってきたか」

「ツヴェート様、違うわ。私、アニャよ！　イヴァンもいるわ」

ツヴェート様は目をパチパチと瞬(しばた)く。アニャが「もっとお水飲む？」と声をかけると、こくりと頷いた。水差しに用意していた蜂蜜水を三杯飲み干し、ふー、と息をはく。

「あんたらがここにいるとは思わなかったから、驚いたよ。てっきり、天に召されたのかと」

どうやらアニャが、お迎えにやってきた天使に見えたらしい。その気持ちは、よくわかる。アニャの容姿は、宗教画に描かれている天使に似ているのだ。ツヴェート様を抱き上げ、寝台へ運んだ。

話を聞くと、やはり、炎天下で長時間働いていたらしい。

「水はしっかり飲んでいたから、大丈夫だと思ったんだよ」

しかしながら汗が止まらなくなり、おかしいと気づいたようだ。

「少し眠ったらよくなる、そう判断して眠っていたんだけれど――」

寝台の傍らに水差しを置き、時折水を飲みながら睡眠を取っていた。それなのに、いっこうによくならない。

「何か食べたほうがいいと思って台所へ向かう途中で、倒れたようだ」

「やっぱり、塩分不足だったみたい」

「なんだい、その塩分不足というのは？」

「人は塩分が足りなくなると、具合が悪くなるのよ」

きちんと食事を摂っていたら、塩分不足になることもないだろう。しかし、ツヴェート様みたいに、炎天下で食べずに働いて、水だけをたくさん飲んでいたら、あっという間に塩分不足になってしまうようだ。

「前に医者から、塩分はなるべく控えるように言われていたんだよ」

「たしかに取り過ぎは問題だけれど、ある程度取り入れないと大変なことになるのよ」

「そう、みたいだね」

アニャはスープを作ると言って、台所のほうへと駆けていった。置いてけぼりにされた俺は、ツヴェート様を厚紙で扇ぐ係を続ける。

「あんた、なんでそんなに薄汚れているんだい？　男前が台無しだよ」

「煙突から、この家に入ったんだ」

「そうだったのかい。迷惑をかけたね」

「そんなことないよ」

ツヴェート様は小さな声でありがとうと呟く。どういたしましてと返したら、ぷいっと顔を逸らした。若造に助けられて、照れているのか。

「ゆっくり休んで。あとで、庭の植物に水も与えておくから」

「ああ。そうさせてもらうよ」

先ほどよりずっと顔色がよくなったツヴェート様を見ながら、ホッと安堵の息をはく。

ひとまず、間に合ってよかった。

ツヴェート様の容態が落ち着いているようなので、庭に出て草花に水を与えることにした。井戸から二個のバケツに水を汲み、天秤棒にぶら下げて運んでいく。バケツが大きいのでズシンと重たい。ツヴェート様はこれを毎日運んでいるというのか。超人過ぎるだろう。

水を柄杓で掬い、草花に水を与えていく。実家で毎日水やりしていたので慣れているものの、ここもそこそこ広いので水を汲みに何度も庭と井戸を行き来しないといけない。けっこう大変だ。

生え放題だった雑草も引き抜いたが、これは一時間やそこらで終わるわけがない。ひとまず、草花の生育を妨害しそうなものだけ抜いておいた。

それにしても、これほどの庭をツヴェート様がひとりで管理しているなんて信じられない。おそらく、朝から晩まで外で世話をしているのだろう。今回みたいに倒れたとき、誰も気づく人がいないという状況は大変危うい。

息子さんは都にいると言っていたが……。

きっとツヴェート様は、この庭や染め物の仕事を捨てるという道は選ばない。困ったものである。

作業が終わった時には、すっかり日が暮れていた。アニャがやってきて、声をかけてくれる。

「イヴァン、お風呂、入っていいって。お湯を沸かしておいたから、先に入って」

「いや、俺は最後でいいよ」

「またあなたはそんなことを言って。いいから、さっさと入りなさい」

「おっと！　アニャ、背中押さないで！　俺、煙突を通ってきたから、汚れているんだけれど」

「ええ、ええ。汚れているから、お風呂に入ってきれいにしてきて」

「わかった、わかったから」

背中を向けたまま、アニャに話しかける。

「ツヴェート様の容態はどう？」

「今は眠っているわ」

「そっか」

今回の件について、アニャはどう思っているのか尋ねてみた。

「ここでの独り暮らしは限界だと思っているの。今日みたいなことが、この先ないとも言えないし。ツヴェート様、うちに招いたら、来てくれるかしら？」

「来てくれたらいいけれど、どうかな」

開墾している土地に、ツヴェート様の庭を造ればいいのだ。これだけたくさんの花があれば、蜂蜜だって採れる。

「でも、ツヴェート様はここの家や庭に思い入れがあるから、嫌がるかもしれないわね」

「家は無理だけど、草花は移植できると思う。時間はかかりそうだけれど」

ツヴェート様の庭を俺たちの家の庭に移せばいいのだ。簡単な話ではないけれど、実現は不可能ではないだろう。

「あ、でも俺、ツヴェート様を背負って山を登れるかな？」

「そういう力仕事は、お父様に頼めばいいわ」

「一応、お義父様にも聞いてみないとね」

「大丈夫だとは思うけれど」

そういえば、以前ツヴェート様はお義父様に厳しいとアニャが言っていたような。若干、その辺の関係性に心配が残るが。

「今はしっかり療養してもらって、元気になったら提案してみましょう」

「そうだね」

「さ、イヴァンはお風呂に入って」

お言葉に甘えて、離れにある風呂に入らせてもらう。絶妙に温められた浴槽の湯を頭から被り、全身をきれいに洗った。すっきりとした気分で、上がる。

日が暮れ、涼しい風が吹いていた。庭では虫の大合唱が行われている。

「っていうか、虫の鳴き声うるさっ！」

小走りで母屋に戻る。食卓にはアニャ特製の、大麦と豚肉と野菜を煮込んだスープのリチェットが入った鍋が、どん！　と置かれていた。ツヴェート様が食べやすいように、野菜はすり潰されているようだ。庭の手入れをするためにしっかり働いたので、お腹はペコペコである。

「ツヴェート様には、もう食べてもらったわ。食欲はあるようで、ホッとしているところよ」

アニャとふたりで、食卓を囲む。スープは倒れたツヴェート様のために、少しだけしょっぱく作られていた。この濃さが、疲れた体に染み入るようだった。

「あー、おいしい。やっぱ、アニャのスープは世界一だ」

「またあなたはそんなことを言って。飽きないわね」

「一生飽きないと思う」

アニャの特製スープで、お腹いっぱいになった。

翌日は、俺ひとりで家に戻る。アニャはしばらく、ツヴェート様の家で看病するらしい。

そんなわけで、しばらくマクシミリニャンとふたり暮らしをすることとなったのである。

ツヴェート様を家に招く話については、ふたつ返事で了承してくれた。ただ、ツィリルを引き取る件に関しては慎重な姿勢を見せる。

「子どもを引き取るというのは難しいかもしれん」

「そうだけれど、あのまま実家にいたら、ツィリルが俺みたいになりそうで」

「気持ちはわかる」

判断は俺に任せるという。

どうしようかと迷ったが、やはりツィリルがかつての俺みたいに都合よく使われるのは我慢ならない。実家への手紙を認め、伝書鳩を使ってマーウリッツアの配達所へ託した。

「そっか。よかった」

あれから一週間が経った。アニャはまだ帰ってこない。代わりに、伝書鳩がアニャからの手紙を届けてくれた。

なんでも、ツヴェート様の説得に時間がかかっているらしい。アニャはツヴェート様が頷くまで帰らないと言って、粘っているようだ。

ツヴェート様は元気になったようだが、まだ本調子ではないのかもしれない。庭の手入れだって、あの規模をひとりでどうこうしようだなんてもとから無理な話だったのだ。

もうしばらくアニャは戻らないだろう。それまでマクシミリニャンと楽しいふたり暮らしだ。

夜はアニャの愛犬、ヴィーテスと身を寄せ合って眠る。おかげで、寂しくなかった。


目の前を蜜蜂が飛んでいく。春よりものんびりしているように見えてしまうのは、さすがに気のせいだろう。

しかしながら、採蜜のピークは過ぎ去った。夏も盛りが過ぎると、養蜂家の仕事は蜂蜜を採る仕事から、蜜蜂を守る仕事に時間を割くようになる。

というのも、夏も終わりにさしかかると、天敵であるスズメバチの動きが活発になるからだ。残暑の季節から秋の終わりまで、スズメバチに対しての警戒が必要となる。

蜜蜂を守るため、気は抜けないのだ。

スズメバチ以外にも、警戒すべきことはいくつかある。夏は蜜や花粉が採れる花が少なくなるので、餌不足に陥っている可能性があるのだ。もしも巣の中の蜜が少なくなっていたら、人工餌を与えないといけない。

蜜蜂に与える餌は実にシンプル。砂糖をお湯に溶かすだけ。それを深皿に入れ、藁を散らす。藁を入れるのは、蜜蜂がお皿に落ちて溺れるのを防止するためである。ただ、餌の与えすぎにも注意が必要だ。餌場が巣の近くにあることにより、蜜蜂は急ピッチで蜂蜜を作る。その結果、短い命をさらに短くしてしまうのだ。さらに、巣穴が蜂蜜でいっぱいになると女王蜂が卵を産む場所がなくなってしまうので、その辺の調節も、養蜂家の大事な仕事だ。

本来ならば自然の花蜜を集めて蜂蜜を作るほうがいいのだが、仕方がない話だ。養蜂家がもっとも恐れるのは、蜜蜂が亡くなること。これだけは絶対に避けたい。

人工餌が当たり前という町の養蜂しか知らない俺にとって、山の養蜂は驚きに満ちていた。山の養蜂は自然が豊かであるため、こまめな見回りは必要なものの、花蜜不足で人工餌を与える状態にはならないようだ。この辺の話はアニャやマクシミリニャンに聞いていたが、実際に目にすると感心してしまう。

山は春が過ぎても、美しい花々が咲き誇っていた。

ふわふわとしたクリーム色の花をつけるメドウスイート、薄紅色の可愛らしい花が特徴のピンク・ソレル、紫の花を咲かせるダスキー・クレンズビルなどなど――色とりどりの夏の花がいくつも自生しているのだ。

町にないものが、ここにはたくさんある。満ち足りた毎日に、ひたすら感謝するばかりであった。

一日の仕事を終え、くたくたな状態で家に戻る。実家にいたころは、家の鍵がかかっていて中に入れなかったり、夕食がパンのひとかけらもないときがあったりと、さんざんだった。

しかし、ここでそんなことは一度もない。それどころか、俺が帰ってきたことに気づくと扉を開いて家に迎え入れてくれるのだ。

「イヴァン殿、おかえりなさい！」

フリフリのエプロン姿のマクシミリニャンが、笑顔で迎えてくれた。がっくりと脱力しつつも、笑顔でただいまと返す。

「お風呂にするか？　食事にするか？　それとも――」

え、まだ何か選択肢がある？　額に浮かんだ汗が、たらりと頬を伝って落ちた。

「お茶を飲むか？」

第三の選択肢を聞いて、ホッと胸をなで下ろした。通常、これは新婚夫婦の会話である。

「お風呂にしようかな」

「そうか。もう、湯は張ってある」

「先に入っていいの？」

「ああ、入れ」

一日の汚れを、毎日お風呂で洗い流せるなんて幸せだ。実家にいた頃は簡易的な浴槽だったので、ゆっくりお風呂に入ることなんてできなかったし。アニャ特製の蜂蜜石鹸で体を洗い、湯船にじっくり浸かる。

一日の疲れがふっとぶような心地よさだった。明日も頑張ろうと、改めて思った次第である。

まだ、アニャは帰らない。そんな中、実家からの手紙が届いた。ツィリルをうちで引き取るという申し出に対する返信だろう。送り主は、十番目の兄、ツィリルの父ミロシュからだった。

ドキドキしながら、手紙を開封する。そこには、想定外の内容が書かれていた。

一度、家に帰ってこい。話し合いをしよう、と。

次、もしも実家に戻るならばそれはアニャとの新婚旅行か、ツィリルを迎えに行くときだと思っていた。まさか、その前に呼び出されるなんて。

昼食に戻ってきたマクシミリニャンに、実家に戻るよう手紙に書いてあったと報告する。

空気が、ピリッと震えた。

珍しく、マクシミリニャンは鋭い目でこちらを睨むように見ている。その瞬間、ゾクッと肌が粟立つ。いつもは優しい人なのに、こんな怖い表情もできるのかとびっくりしてしまった。

さすが元軍人と、言えばいいのだろうか。とんでもない迫力である。

「あ、えっと、これから冬支度もあるし、実家に帰っている場合じゃないよね」

冬になれば、この辺りは一面深い雪に覆われるらしい。そうなったら、村へ下りることも不可能になるという。夏の終わりから秋にかけて入念に冬支度をするのだと、以前アニャが話していた。

「実家に行くのは、アニャとの新婚旅行のついでがいいのかな」

「いや、勝手ながら、イヴァン殿は実家に戻るべきではないと思っている。おそらく、この件は交渉の材料にされるだろう」

「交渉って？」

「ツィリル坊を引き取らせる代わりに、対価として何かしてくれと要求するに違いない」

「そうかな？」

「そうに決まっている。もしも前向きに検討するならば、相手がこちらへやってくるはずだ」

大事な息子を預けるのである。どんな環境でどんな人たちが暮らしているのか、普通の親ならば気にするだろう。

「ご家族を悪く言ってしまい、すまないが」

「ううん、大丈夫。いいところが思いつかない家族だから」

マクシミリニャンの言うとおり、今は実家に戻らないほうがいいのかもしれない。ツィリルの父親である兄ミロシュは、兄弟の中でも温厚で話が通じる人だ。けれど実家には他の兄たちがいる。

サシャに会うのも、まだちょっと気まずい。

「じゃあ、手紙には兄がこっちに来るように書いて――」

「いいや、我がイヴァン殿の実家へ行こう」

「お義父様が⁉」

「結婚の挨拶を母君以外にはしていなかったからな。イヴァン殿の近況も含めて、報告してこよう」

「え、でも、なんか悪いような」

「遠慮するな。ツィリル坊の面倒を、見たいのだろう?」

「それはそうだけれど」

「どうか我に任せてくれ。しっかり、納得するまで話をしてこよう」

「うん、わかった。その、お義父様、ありがとう」

胸がじんと温かくなる。実の親以上に、マクシミリニャンは優しくしてくれる。なんだか、目頭が熱くなってきた。この年になって泣くのは恥ずかしいので、ぐっと我慢する。

「以前から思っていたのだが――イヴァン殿は、もっと我やアニャに甘えていい」

「え、俺、めちゃくちゃアニャやお義父様に甘えているんだけれど！」

「どこが？」

「改めて聞き返されると困るけれど……」

山を下りて村に行くときも、マクシミリニャンに仕事のすべてを任せている。重たい物だって、持てなければすぐマクシミリニャンに助けを求めていた。

「他にも、なんだろう、精神的にものすごく甘えていると思う」

納得していないようで、「むう」と言って頬を膨らませている。そんな顔をされても困るのだが。

「これからは、もっと、甘えるようにするから」

そう返すと、マクシミリニャンはにっこりと笑顔を浮かべた。そのままの表情で、午後からの仕事について話し始める。

「ああ、そうだ。昼からは開墾地を爆破しようと思っている。ツヴェート殿や、ツィリル坊がくる前にやっておこう」

「あ、はい」

ついに開墾地の木々の根を、爆薬で吹き飛ばすようだ。

「朝、爆薬を仕かけておいた。あとは、点火して爆発させるばかりである」

「そ、そっか」

いそいそとマクシミリニャンが差し出したのは、耳栓と耳当て、毛糸の帽子、それからヘルメットであった。目を守る保護用眼鏡もある。

「よし、やるか！」

「はい」

爆薬の使用については気が進まなかったのだが、開墾地の木の根はびくともしなかったのだ。もう、爆薬に頼るしかないのである。

「イヴァン殿、爆破は恐ろしいか?」

「まあ、うん。小さい頃に、戦争の話を聞いたことがあって」

武力として爆薬を使うことと、生活のために爆薬を使うことを、同一視してはいけない。そう思いつつも、ついつい恐れてしまうのだ。

「イヴァン殿がいないときにしようか?」

「ううん、いい。これからツヴェート様がきて、開墾地に庭を造るかもしれないし。アニャやツィリルだって、爆発を怖がるかもしれない」

「我がひとりのときに、やってもいいのだが」

「ダメだよ。危険だから、誰かがいるときにしないと」

やるなら今日しかない。マクシミリニャンの背中をポンと叩き、外へ行くように促した。

まず、家畜たちは驚くので、山のほうへと離しておく。家で待つ大型犬ヴィーテスは地下に避難させた。

「準備はよいか?」

「よいです」

マクシミリニャンがひとりで点火に向かう。俺は離れた場所で、布団を被って待機していた。

しばらくすると、マクシミリニャンが走ってこちらにやってくる。そして――。

ドー――――――ン!!

とてつもない爆破音が周辺に鳴り響いた。続けて何度か、ドンドンドンと聞こえてくる。設置した爆薬のすべてが、無事爆発したようだ。衝撃で大地が揺れ、木々がパラパラと葉を落とす。

走っていたマクシミリニャンは、バランスを崩して転倒した。

「お義父様!!」

すぐに駆け寄って、マクシミリニャンの体を起こす。怪我はないようで、ホッとした。

「どうやら、うまくいったようだな」

「だね」

まだこまごまとした仕事はあるものの、大地に大きく根を張っていた木は除去できた。

開墾作業も、大きく進むことだろう。

第二章　養蜂家の青年は、新しい住人を迎える

アニャからの手紙を伝書鳩が運んできてくれる。なんと、アニャはついにツヴェート様を説得することに成功したらしい。都から息子さん夫婦が来たので、アニャは一度家に帰ってくるという。交代でマクシミリニャンが山を下り、一度ツヴェート様と話をするようだ。息子さん夫婦の理解を得られたら、そのままツヴェート様を山に連れてくるという。

ツィリルを引き取る交渉は、また後日にするようだ。

ようやくアニャが家に戻ってくる。彼女と会えなかった期間は十日ほど。たったそれだけなのに、なんだか長い間会っていないような不思議な感覚だ。早ければ、夕方あたりに帰ってくるだろうか。迎えに行きたいが山は一本道ではない。すれ違ったら大変だ。それに仕事が山のようにある。それを放って、迎えに行くわけにはいかなかった。

ひとまず、ヴィーテスにアニャが帰ってくると伝えた。理解してくれたのか、珍しく尻尾を振っていた。頭をガシガシ撫でて、喜びを分かち合う。

今日も朝からせっせと働く。

家畜の世話を行い、先日の爆破でぶっ飛んでいた畑の柵を修理し、パンと干し肉、それから塩と蜂蜜を入れた水を持って、大角山羊に跨がって出かける。巣箱の見回りだ。当然、スズメバチへの警戒もおこたらない。

大角山羊は残されたほうが運動不足にならないよう、二頭連れていく。子どものメーチェはあとでヴィーテスと一緒に散歩に出かけるのでお留守番だ。黒のセンツァに跨がり、白のクリーロの手綱を引きながら先へと進む。周囲を見回していると、色鮮やかなベリーを発見する。この辺りでは、夏から秋にかけて豊富な種類のベリーが採れるらしい。

「ブルーベリーか。ちょっと採っていこう」

ベリーは砂糖で煮込んでジャムにしたり、肉や魚料理に添えるソースにしたり、ケーキに入れたり。使い方は無限だ。

去年作ったジャムがおいしくて感激したのだが、まさかのマクシミリニャンのお手製だった。なんでもかんでも、アニャが作っていると思い込むのはよくないと思った瞬間である。

鞍(くら)に吊していたベリー採り器を手に取る。これは櫛(くし)を大きくしたような形で、髪を梳(くしけず)るように枝の間に差し込んでぐっと手前に引くとベリーが一気にポロポロとれる、非常に便利な道具である。

本当は熟れたベリーを選んで一粒一粒採ったほうがいいという。

なんでも、ベリーは一度収穫すると、それ以上熟すことはないのだとか。しかしながら、選別しながら摘むのは時間の無駄である。酸っぱいベリーも、全体の味を引き締めるアクセントになるだろう。そう信じて道具を使って摘んでいるのだ。

手早く摘んだ結果、あっという間にカゴいっぱいに収穫できた。革袋に入れ替え、鞍にぶら下げておく。今年は豊作なのか、あちらこちらでベリーの生る木を発見する。

ガチョウ料理と相性がいいらしい、グーズベリー。真っ赤な実が美しい、レッドカラント。甘酸っぱい味わいがたまらない、ラズベリー。ジュースにするのがオススメ、クランベリー。

山に自生している食料は、ベリーだけではない。キノコも、夏や秋に旬となる。キノコについてはまったく詳しくない。毒キノコも多くあるというので、アニャと一緒にいるときにしか採らないようにしている。毎年、秋になると毒キノコを食べてお腹を壊し、アニャに助けを乞う人たちがでてくるのだという。なんとも恐ろしい話である。

と、食料調達ばかりしている暇はない。急がなければ太陽が沈んでしまう。急ピッチで巣箱を見回り、夕暮れとともに家路に就いた。

辺りはすっかり真っ暗になる。太陽が沈む時間が、だんだんと早くなっていた。もうすぐ夏は終わり。夕暮れに吹く冷たい風から、秋の気配を感じてしまう。

家の敷地内に足を踏み入れると、夕食のいい匂いが鼻先をかすめていく。マクシミリニャンが作った料理だろう。お腹がぐーっと鳴った。すっかりペコペコである。途中でブルーベリーを摘まんだものの、腹が膨れるわけもなく。

パンが焼ける匂いが漂い、さらにお腹が鳴った。焼きたてアツアツのパンを頬張り、スープを飲みたい。脂が滴る肉に、思いっきりかぶりつきたい気分でもあった。ふらつきながらも大角小屋にたどり着き、盛大なため息をつく。

終わった——と思いきや、仕事は終わりではない。メーチェとヴィーテスの散歩に行かなくては。センツァとクリーロを小屋に入れ、労(ねぎら)うように新しい水を与える。

続いてメーチェを連れ出そうとしたが、びくともしない。

「んん？　お義父様が散歩に行ってくれたのかな？」

誰かが散歩に行ったときは、この態度なのだ。正直助かったと思いつつ、小屋の外に出る。

「イヴァン！」

愛らしい声が聞こえて振り返った。そこにいたのは――十日ぶりのアニャである。

「アニャ――――!!」

走って抱きしめようとしたが、寸前で気づく。一日中働いて汗まみれなことに。

だが、人間急には止まれない。なんとかアニャから軌道を逸らし、地面に倒れ込む。

「ちょっとイヴァン、どうしたのよ!?」

「あ、いや、途中で汗臭いのに気づいて」

「もう！　そんなの、今はどうでもいいのに」

そう言って、アニャは手を差し伸べてくれる。ありがたく、アニャの手を取って立ち上がった。

そのままの勢いで、アニャは俺を抱きしめる。

「イヴァン、ただいま」

「アニャ、おかえり」

「……逆だったかしら？」

「んん？」

「私、夕方には戻っていたの」

「あ、そっか」

アニャは照れ笑いをしながら、改めて言葉をかけてくれた。

「イヴァン、おかえりなさい」

「ただいま、アニャ」

たったそれだけの言葉を交わしただけなのに、なんだか嬉しくなる。アニャも同じ気持ちなのだろう。抱きしめる腕に、力が入っていた。

「ね、アニャ。俺、汗臭いから……」

「そんなことないわ。むしろ、草のいい匂いがする」

「さっき、転んだからね」

草の匂いだったらいいか。そう思って、アニャの抱擁を受け続けた。幸せな時間である。

アニャはごちそうを用意して待っていてくれたようだ。ひき肉とチーズをパイ生地で包んで揚げたものに、ジャガイモ団子とひよこ豆のスープ、茹(ゆ)でたソーセージに、山羊のチーズに蜂蜜を垂らしたものなどなど。どれもおいしそうだ。

「イヴァン、お父様、たくさん召し上がれ」

神様、天使様、アニャ様と祈りを捧げてごちそうをいただく。まずは、アニャのオススメの揚げパイから。パイ生地にはバターがたっぷりと練り込まれており、豊かな香りが鼻先をかすめる。ナイフとフォークで優雅に食べようとしたら、肉汁が逃げてしまうと言われたのでそのまま囓(かじ)った。

サクッという軽い食感のあと、パイ生地から肉汁がどばーっと溢れてくる。中には、糸を引くように溶けたチーズもたっぷり入っていた。味付けはトマトである。酸味の中に肉とチーズの旨みが混ざり合い、コクのあるスープのような味わいになっていた。揚げたてなので、口の中を火傷しそうになる。はふはふと口の中で冷ましつつ、バクバクサクサク食べた。

「イヴァン、聞くまでもないような気がするけれど、どうだった？」

「おいひいれす……！」

そのままかぶりつけば舌先を火傷するとわかっていても、食べるのを止められない。あっという間に食べきってしまった。ジャガイモ団子とひよこ豆のスープもいただく。ジャガイモ団子はもっちもち、ひよこ豆はほくほく。これまた美味である。白濁した鶏の出汁が、味わいに深みを出しているようだった。茹でたソーセージの皮はパキッと弾け、中の肉はぷりっぷり。旨みがじんわりと口の中に広がっていく。焼いたソーセージもおいしいが、やはり一番は茹でたものだ。蜂蜜をかけた山羊のチーズは、当然おいしい。だって自家製なのだから。甘い蜂蜜と、ほんのりしょっぱいチーズの相性は最強としか言えなかった。アニャの料理はどれもおいしい。天才だ。そう褒めちぎっていたら、アニャが大人しくなる。ふと顔を見てみたら、頬を真っ赤に染めていた。

「アニャ、どうしたの？」

「だって、イヴァンが過剰に褒めるから」

「え、いつもこれくらい言ってない？」

「言っているような気がするけれど、こうして食事をするのは十日ぶりだったから」

「そ、そっか」

可愛いことを言うアニャの頭を撫でようとしたが、視界の端にマクシミリニャンが入ってしまった。楽しく会話する俺たちの横で存在感をなるべく消そうとしているような無の境地に見えた。もともと存在感がありまくるので、失敗しているようだが。父親の前で娘に触れるのは、なんとなく気まずい。出しかけた手は、ひゅっと引っ込んでいった。

「アニャ、お義父様が山を下りる話、聞いた？」

「ええ」

ツヴェート様の息子さん夫婦も村に長居はできない。明日マクシミリニャンが山を下りて了承を得たら、翌日に連れ帰ってくるのだという。ということは、一晩だけアニャとふたりっきりというわけだ。

いつでもどこでも、いちゃいちゃし放題なわけである。いやわかっている。そんな暇なんてなくて、実際は一日中働いてくたくたになることを。そして、夜になったらスヤスヤと健やかに眠ってしまうのだ。アニャは夜型で俺は朝型。悲しい現実なのである。

「朝の仕事を終えたら、すぐに山を下りようと思っている」

「お義父様、朝の仕事はいいから、そのまま山を下りなよ」

「いやしかし、アニャとふたりで家の仕事をすべてするのは負担だろう？」

「大丈夫。ここでは、実家にいたときの三分の一も働いていないし」

そんな発言をしたら、可哀想な生き物を見る目で見られてしまった。

「イヴァン、お父様なら大丈夫よ。体を動かしておいたほうが、下山するときに体が楽なのよね？」

「そうだ。筋肉が解(ほぐ)れるからな」

「だったら、お言葉に甘えて」

「な、何、その反応」

アニャとマクシミリニャンは、ホッとしたような表情を見せている。

「イヴァンってば働きたがるから、なるべくお父様と阻止しようってお話していたのよ」

「そうだ。イヴァン殿は、働き過ぎなのだ」

「働き過ぎなんだ」

親子は同時に頷く。改めて実家での働きは異常なものだったと認識させられた。独立して本当によかったとしみじみ思ってしまった。

夜——ここ最近一緒に眠ってくれたアニャの愛犬ヴィーテスは寝台に上がらず、いつもの大判の布の上で眠っていた。どうやら、アニャがいない間は、親切心から布団に潜り込んでくれていたようだ。確実に、実家の兄たちより優しいだろう。

朝、ヴィーテスがお腹の上に乗っている状態で目覚めるのは、若干苦しかったが。

風呂上がりのアニャがやってくる。腕を広げるとリスのようにちょこちょこ走ってきて、胸に飛び込んできた。アニャをぎゅーっと抱きしめる。幸せな気持ちが爆発しそうだった。

「あー、久しぶりのアニャの匂いー」

「蜂蜜石鹸の匂い？」

「それと、アニャのいい匂いが混じったやつ」

「何よそれ」

上手く説明できないが、アニャの匂いをかいでいると非常に癒やされる。アニャがとろんとした目つきで、見上げてきた。これは、とてつもなくいい雰囲気なのではないか。

「アニャ——」

だが、湯上がりでホカホカのアニャを胸に抱いていたら、途端に眠気に襲われる。

キス！　せめてキスしてから眠りたい。そう思っていたのに、体が強い眠気を訴える。

「やばい、もう、限界」

「え⁉」

寝台の上にアニャごと倒れて、そのまま意識が遠ざかる。

「きゃっ！　やっ、あのっ……ん？」

「……」

「あの、イヴァン？」

「……」

「イヴァン、ねえ、イヴァン⁉」

「ぐう」

「嘘でしょう？　もう、眠っている……！」

アニャの胸に顔を埋め、極上の寝心地の中でぐっすり眠ってしまった。

忙しかった夏は瞬く間に過ぎていき、季節は秋になった。昼間はまだまだ暑さを感じるものの、朝と夜は凍えるような寒さだ。

この季節からこんなに寒いなんて。真冬はどれだけ寒いのか、恐ろしくなる。

ただ、これまでの秋よりずっといい。

実家にいたころは最悪だった。甥や姪は俺の体温が低いことを知っているのだろう。普段はもみくちゃになって密着しながら眠るくせに、寒いときは近寄らずに毛布だけ奪い、自分たちだけで固まって眠るのだ。

風邪を引いたら母や義姉たちから、子どもに移さないでと怒られるのがいつものオチだった。

一方でアニャはといえば、がっつり俺に身を寄せて眠っていた。アニャは子ども並みに体温が高い。寒い朝もアニャのおかげで暖かかった。しかしながら今から起き上がらないといけないので、アニャの存在が試練となる。ついでに起こそうとしたものの、朝に弱い眠り姫は起きそうにない。寝台の傍にある小さな円卓には、毛糸と編み物の道具が置かれていた。夜型のアニャは、俺が眠ったあともひとりでせっせと働いていたのだろう。もうしばらく、寝かせておいてあげよう。

腰に回されたアニャの腕を、泣く泣く離して起き上がる。今日もアニャは、あどけない寝顔を惜しげもなくさらしていた。頬にキスくらいしても、許されるだろう。

じわじわと接近し、アニャのなめらかな頬に唇を寄せようとしたが——アニャは寝返りを打ってしまった。寒いのか、身を縮めて毛布にくるまってしまう。なんというか、悪いことはできない世の中になっているらしい。可愛い寝顔を堪能できたので、よしとしよう。

それから、朝の日課を行う。家畜に餌を与え、湧き水を家に運び、鶏の卵を集めていく。畑に水をやりにいくと、アニャと一緒に植えた蕎麦が花を咲かせていた。賭けの蕎麦が発芽して実ったあと、夏の盛りに収穫した。今咲いているのは、秋の終わりくらいに穫る蕎麦である。

風が吹くと白い花がゆらゆらと揺れる。その様子を眺めていたら、蕎麦の言い伝えを思いだしてしまった。

——新しい場所で蕎麦の種を蒔いて、三日以内に芽がでてきたら、そこはあなたの居場所です。

家から持ってきた蕎麦を植えて、もしも芽がでたらずっとアニャのそばにいる。そんな無謀な賭けを持ちかけたのだ。賭けは見事成功し、結婚に難色を示していたアニャも受け入れてくれた。

畑で育つ蕎麦と同じように、俺自身もこの地にすっかり根付いているように思える。

もう二度と、ここを離れる気はない。これからもずっと、アニャと一緒に静かに暮らすつもりだ。

マクシミリニャンは朝食を作るために、フリフリのエプロン姿で台所に立っていた。

アニャも、眠い目を擦(こす)って起きてくる。新しい一日が始まろうとしていた。

マクシミリニャンはツヴェート様を迎えに行くという目的で、山を下りる。ツヴェート様の家族としっかり話し合うためだ。その間、アニャとふたり暮らしである。

出荷する蜂蜜の瓶を背負う後ろ姿を、アニャと一緒に見送った。

「アニャ、短い間だけれど、ふたりきりになるね」

「そうね」

悲しいことにいちゃいちゃしている暇なんてない。仕事を再開する。

なんでだろうか、ふたりきりという実感がないのは。やらなければならない仕事が多い上に、動物たちも大勢いるからなのだろう。

今日はひとりで、巣箱の見回りに行く。大角山羊(センツァ)に跨がり、崖の上を目指した。季節が巡る中で、蜜蜂たちの暮らしにも変化が訪れる。越冬する蜜蜂の子育てが始まっていた。蜜源となる花が少なくなるシーズンでもある。

実家で養蜂をしていたときは、糖液と代用花粉を給餌していた。山の養蜂は秋になっても蜜源が豊富なようで、採蜜すらできる。山の草花の勢いはすばらしい。感心しっぱなしである。

しかしながら、問題もあるという。

山には毒を含む草花が自生している。そこから採蜜した蜂蜜は、毒を含んだものとなるのだ。

そのため、アニャとマクシミリニャンは定期的に野山の毒草刈りに出かけているらしい。

昼からは、アニャと一緒に毒草探しにでかける。長袖に長ズボン、目には保護用眼鏡を装着し、鼻と口元は布で覆っている。スズメバチ退治のときよりも、重装備であった。

「臭いをかいだり、触れたり、液体が付着しただけで、毒が体に影響を及ぼすときがあるの」

町にいたときは、毒草とは無縁の暮らしをしていた。だから、蜂蜜に悪影響を及ぼす可能性があると聞いてゾッとしてしまう。

「毒の蜂蜜と知らずに食べた事件が、よその地方ではあったそうよ」

毒を含む花の蜜から作られた蜂蜜で中毒を引き起こしたらしい。嘔吐やけいれん、下痢、麻痺、呼吸困難などを引き起こし、死亡例もある。蜜蜂にとって毒ではないものでも、人にとっては毒となることもある。そんな人間の事情があるので、勝手ながら毒を含む草花を刈っているのだという。

「ここの山に自生しているのは、アザレアとロコ草、トリカブト——他にもあるけれど、多いのはこの三種類ね」

アニャの案内で、毒の草花がよく生える場所へと移動した。早速、アニャは毒の花を発見した。

「あれが、アザレアよ」

ふっくらと膨らんだ蕾(つぼみ)をつけている。この山でのアザレアの花期は、春先から秋にかけてらしい。

アニャは真剣な面持ちで、蕾をパチパチと切り落としていく。自然と共に在り続ける以上、根絶やしにすることはできないようだ。蕾は拾い集め、乾燥させたのちに処分しているらしい。

「毒だから、埋めることも焼くこともできないのよ」

「だったら、処分ってどうしているの?」

「これまではツヴェート様に渡していたわ。毒草の処分方法をご存じなの」

「そうだったんだ」

どうやってするかは、まだ習っていないらしい。

「ここにやってきたら、教えてくださるかしら？」

「きっと伝授してくれるよ」

一見美しく咲いている花でも、毒がある。よく知らないで花蜜を吸ったら、大変なことになるわけだ。

「俺、小さいときはお腹が空くあまり、花蜜を吸ってたことがあるんだよね」

「アザレアだったら、大変なことになっていたわね」

「本当に」

今度ツィリルに会ったら、花蜜は吸うなと注意しておかなければ。

毒草を刈り取って終わりかと思いきや、ま他に目的があるらしい。

「薔薇の実（ローズヒップ）を採りに行くわよ」

薔薇の実とは、その名の通り薔薇がつける実である。栄養豊富で、ジャムにしたり、酒にしたり、茶にしたりと、保存が利く食料になるのだという。

「薔薇の実は美容効果もあって、たくさん採れた年はオイルを抽出して化粧水を作っていたわ」

「へえ、便利だなー」

薔薇の花が見事な赤い実を付けているのは知っていたが、これまで口にしたことはなかった。

「イヴァンの実家では、薔薇の蜂蜜は作っていなかったの？」

「うん。原種の薔薇は一季咲きの品種が多いから、手を出していなかったんだと思う」

花蜜を採るとしたら原種に近い薔薇がいいだろう。品種改良された薔薇は見た目重視で、花蜜を採るような品種ではない。

「薔薇といったら、春に咲くものなんだけれど」

「町のほうでは品種改良された薔薇が流行っていて、春と秋に咲くんだよ」

「そうなのね」

薔薇は人間の手が加わっていない〝原種〟、それから品種改良が流行る以前よりある種類の〝オールドローズ〟、近年に作られた〝モダンローズ〟がある。

ちなみに薔薇は花蜜の採れる種類は少ない。たまに薔薇蜂蜜なんて商品が売っているが、それは薔薇の花びらを蜂蜜に浸けて香り付けしただけのもので、純粋な薔薇の蜂蜜ではないのだ。

この山には野薔薇がたくさん自生している場所があり、そこでは薔薇の蜂蜜が採取できる。大変貴重な蜂蜜であるものの、特に高い値段が付けられるわけではない。普通の蜂蜜と同じ価格で売られているのだ。マクシミリニャンに都に住んでいる金持ちに高値で売れると言ったが、首を横に振っていた。自然から分けてもらう蜂蜜で、儲けようという気持ちはないらしい。なんて清らかな心を持つ養蜂家なのかと感動した覚えがある。そして、金儲けしか頭にない自分を恥じた。

「イヴァン、行きましょう」

「あ、うん」

センツァに乗って移動すること十分ほど。かつて野薔薇が咲いていた場所にたどり着く。

「あ、すごい」

そこには立派な薔薇の実が生っていた。小粒のものから大粒まで、品種によってサイズは異なるようだ。

「イヴァン、棘で怪我をしないように気をつけてね」

「了解」

アニャとともに薔薇の実を採る。棘に警戒しつつ、無言でプチプチと採取していった。

二時間ほどで、家から持参したカゴがいっぱいになった。太陽も傾きつつあるので、家路に就く。

帰宅後――アニャは夕食作りに取りかかる。

「イヴァンは薔薇の実を洗っておいてちょうだい」

「はーい」

採ったばかりの薔薇の実を、湧き水で洗う。それから網の上に置いてしばし乾かすのだ。

夕食後、採ってきたばかりの薔薇の実を加工することになった。まず、薔薇の実から種を抜く作業を行う。ナイフで薔薇の実を割り、種を取るのだ。種には毛みたいなものが絡まっていて、これも丁寧に取り除かないといけない。なんでも、腹を下す成分が入っているのだとか。種を取り除いた薔薇の実をボウルの中で潰したあと、熱湯を注ぐ。これに砂糖を加えてよくかき混ぜる。ぬるま湯くらいにまで冷ましたら、ワイン用の酵母とレモン汁、タンニンを加える。

「これを一日置いたあと、しっかり布で漉して、発酵用の瓶に移すの。そのあと、発酵が終わったら保存用の瓶に移し替えて、地下で一年間寝かせるのよ」

「い、一年も⁉」

「ええ。今年は去年作った物を飲むの」

「そんなに時間がかかるんだね。なんというか、気の長い話で」

早くても一ヶ月後には飲めるかな、なんて考えていたのだ。まさか一年も先だなんて。

「去年作ったワイン、飲んでみる？」

「え、いいの？」

「味見してみましょう」

マクシミリニャンがいないのに、勝手に飲んでいいのか。そんな不安を口にしたら、去年の薔薇の実ワインを作ったのはアニャだという。

「お父様は、食べ物のことで怒らないわよ」

「だといいけれど」

食べ盛りのころ、勝手に家にあったパンを食べて怒られた記憶がある。一言、食べてもいいか聞けばいいのに、それをしなかったので叱られたのだろう。なんとも恥ずかしい思い出だ。

地下にはさまざまなお酒の瓶が並べられていた。年代もののラベルが貼られているのは、マクシミリニャンのコレクションだという。

「うわ、十年前のベリー酒とかもある」

マクシミリニャンは酒好きらしい。しかし山で暮らし始めてからは、たまにちびちびと飲む程度なのだとか。

「あとは寒い日の晩や、眠れない日に飲むくらい？」

「へー。なんていうか、お義父様って禁欲的な人だよね」

「そうね。山暮らしは娯楽がないから、お酒に溺れる人も多いみたいなの。結婚前は毎日のように飲んでいたようだけれど、それを聞いてあまり飲まなくなったそうよ」

「偉いなあ」

うちの飲んだくれの兄たちに聞かせたい話だ。

「イヴァンは、お酒は好きなの？」

「いやー、どうだろう。飲めるしおいしいとは思うけれど、飲んだくれの兄たちのせいで酒にいいイメージがないというかなんというか……」

でも、薔薇の実ワインはどういう味がするのか気になるので、飲んでみたくなったのだ。

「アニャは？」

「私も、眠れない日にちょっと飲むくらい」

「そっか」

アニャは寝付きが悪いので、お酒を飲んでぐっすり眠ってほしい。

「ちょっと強いお酒だから、温めて酒精を飛ばしてくるわ」

「ん、ありがとう」

寝室で飲んで、そのまま眠ろうという話になった。

アニャは薔薇の実ワインの瓶を大事そうに抱え、台所へ向かおうとしていた。

「ワイン温めるの、俺がやろうか？」

「いい。イヴァンがしたら、酒精が全部飛びそうだから」

何かこだわりでもあるのだろう。こういうときは、無理に手伝わないほうがいい。食い下がらずに、「だったら、よろしく」とだけ言って寝室に向かった。

寝室ではアニャの愛犬ヴィーテスが寝床を温めてくれていた。頭を撫でてやると、ふん！　と鼻を鳴らして寝台から下りていく。ヴィーテスが入っていた布団はうっとりするほど温かい。酒なんか飲んだら、すぐさま眠ってしまいそうだ。

ところで、アニャは酒を飲んだらどうなるのか。気になるところである。あのマクシミリニャンの娘なので、すこぶる強そうに思えてしまう。いや、酒に強いアニャも可愛い。アニャは酒に強いのか、弱いのか。それを見届けるまで眠るわけにはいかなかった。眠気が、少しだけ飛ぶ。

ヴィーテスはすでに床で丸くなって眠っていた。気持ちよさそうな寝顔を見せている。なるべく、静かにしていなくては。しばらく待っていると、アニャがやってくる。盆を持つ手がプルプル震えていた。ワインの瓶と酒杯が載っているので、重たいのだろう。代わりに持ってあげる。

「ごめん。手伝いに行けばよかったね」

「ううん、いいの。その……」

何やらアニャが口ごもる。ボソボソと小さな声で、「重たいから手が震えていたわけではないの」と言った。

「え、どういうこと？」

「それは――」

アニャはこの世の深淵まで届くのかと思うくらいのため息をつく。そして、寝間着のポケットから包みを取り出した。薬を包んだものである。

「何これ。まさかアニャ、病気なの⁉」

「違う。これは、媚薬(びやく)みたいなものなの。こっそり、イヴァンのお酒に入れようと思っていて」

「えー、そうだったんだ。いや、その、えーっと……あ、ありがとう？」

「な、なんでお礼を言うのよ！　それに、まだ入れていないわ」

「えっ、入れてないの？」

シーンと、静まり返る。

なんでも、アニャはこっそり酒に媚薬を入れて、初夜を迎えようとしていたらしい。しかし、黙って入れることはできなかったと……。

媚薬であれど薬を盛るのは悪い行為だ。そう考え、アニャは手が震えてしまったようだ。

「ごめんなさい、イヴァン」

「いや、いいよ」

「な、なんであっさり許すの？」

「だって、アニャは結局盛らなかったし、こうして白状もしてくれたから」

「イヴァン、あなたって、本当にお人好しね」

「そうかな？」

「そうよ！」

アニャはもう一度「お人好し！」と叫んで、今度は涙を流しはじめた。なぜお人好しが過ぎて怒られた挙げ句、泣かれているのか。

「アニャ……その、ごめん。念のため、涙の理由を教えてくれると、大変助かるのだけれど」

「イヴァンが心配になったの！　こんなにもお人好しで、いずれ悪い人から騙されるんじゃないかって！」

「いやいや、さすがに悪い人の言い分は許さないよ」

「でも、イヴァンは家族の言いなりになっていたから、いつか本当に騙されてしまうかもしれない。それを思ったら悲しくなって、泣いているの！」

アニャは怒りながら泣いていた。俺を想って感情を爆発させている姿が、どうしようもなく可愛く思えてしまう。ぶるぶると震えている肩を、そっと抱きしめた。

「大丈夫だよ、アニャ。ずっとアニャの傍にいるから、悪い人には騙されない。約束しよう」

「その約束を破ったら、絶対に許さないんだから！」

アニャが落ち着いたところで体を離し、質問してみる。

「こういう薬って、麓の村で売っているの？」

「いいえ。私が作ったの」

「え、すごっ！」

「でも、ここでは手に入らない材料があって、ツヴェート様に手伝ってもらったわ」

「そ、そうだったんだ」

恐らくアニャは、夫となった男がいっこうに手を出してこない、とツヴェート様に相談したのだろう。

「ちなみに、どんな材料を使っているの？」

「トンカットアリっていう、熱帯気候の国に自生する樹の幹や根から採れたエキスが主な材料ね。他に、蜂蜜とか粉末にした蜜蜂の幼虫とか。まあ、いろいろ」

包みを開いてみると、飴みたいな塊が入っていた。蜂蜜を固めただけのものなので、お湯に入れたらサッと溶けるそうだ。

「なるほど、なるほど」

包み直してアニャの手に戻す。すると、アニャはカッと目を見開き、驚いた表情で俺を見つめる。

「え、どうしたの？」

「なんでこれを私に返すの？」

「いや、いつでも温かい飲み物に盛っていただけたらなと」

「どうしてそうなるの？」

「だって、これを使うってことは、アニャの心の準備ができたってことでしょう？」

「え？」

「俺はいつでもいいから」

アニャの決意が固まったら、初夜を過ごせばいいだけ。

ずっとずっと、そういうふうに考えていた。

「前にも話したけれど、俺たちにはきっと子どもはできない。だから、そういう行為はアニャの体を傷つけるだけなんだ。だから俺は、アニャの意思に反して無理にしようとは考えていない」

義姉たちから体が痛んだり、寝不足が原因で具合が悪くなったりするという話を聞いていた。

もしも恋人ができたときには、無理矢理しないでほしい。それからできるだけ優しくしてくれと、血走った目で訴えられていたのだ。

「その……イヴァンは、したくならないの？」

「なるよ。だから、毎日疲れるまで働いて、すぐに眠るようにしていたんだ」

「そっか。そうだったんだ。イヴァンは、なんていうか……」

「そういう欲求がない、もしくは薄いと思ってた？」

「え、ええ」

まさか、アニャに別の方面で心配をかけていたなんて。がっくりとうな垂れてしまう。

「ごめん。こういうのは、最初に話し合っておくべきだった」

「そうね」

再び、部屋の中は沈黙に包まれる。いつのまにか目を覚ましたヴィーテスが、呆れたように鼻息を立てる。ゆっくり眠れないと思ったのか、寝室から出て行ってしまった。

「うるさくしてしまったみたいね」

せっかくアニャが温めてくれた薔薇の実ワインも、すっかり冷えてしまった。

「もう一回、温め直してこようか」

立ち上がろうとしたそのとき、アニャが袖をぐっと掴んだ。

「あの、イヴァン、私、初夜を、したい」

「いいの？」

アニャは頬を染め、コクリと頷く。きっと、こうして口にするだけでも恥ずかしいのだろう。勇気を出して、言ってくれたのだ。珍しく、アニャのほうから抱きついてきた。

抱き返すと、アニャのやわらかな髪が頬に触れた。

金色の髪は太陽の光に透かした蜂蜜の色と一緒で、きれいだと思った。

鳥のさえずりで目を覚ます。瞼を開くと、新緑の瞳と目が合った。珍しく早起きしているアニャである。

「イヴァン、おはよう」

「おはよう」

蜂蜜よりも甘い、微笑(ほほえ)みを浮かべていた。あまりの可愛さに、ぎゅっと抱き寄せてしまう。

しかしこの状態では、アニャの顔が見えない。いったん離れて、もう一度顔を覗き込んだ。

「イヴァン、どうしたの？」

「可愛いアニャを見たくって」

そう答えると、照れたように微笑んだ。改めて、アニャは世界一可愛いと思った。


ついに、マクシミリニャンがツヴェート様を背負ってやってきた。

「うわ、お義父様、本当にツヴェート様を背負って登ってきたんだ」

「ツヴェート様くらいだったら、軽々なのよ。私も小さなときはお父様に抱えられて、山を登り下りしていたし」

俺は力仕事を毎日しているのに、腕の筋肉が付きにくいのだ。一回、マクシミリニャンに筋肉の付け方を聞いてみたい。

「別にイヴァンはそのままでいいわ。お父様みたいに筋肉質になったら、可愛くないし」

「え、俺って可愛い枠だったの？」

アニャは返事をせず、ツヴェート様のほうへと駆けていった。そのあとを追いかける。

「ツヴェート様！」

「アニャ！」

マクシミリニャンの背中から下ろされたツヴェート様は、ふらふらだった。アニャが腰を支える。

「ツヴェート様、来てくれて本当に嬉しい」

「アニャとの約束だったからね」

祖母と孫娘のようなふたりの姿を見ていたら、涙がこみあげてくる。ひとり堪えていたら、号泣する男が視界に飛び込んできた。もちろんマクシミリニャンである。ずっと、ツヴェート様のことが心配だったのかもしれない。家族やマーウリッツアの村、ツヴェート様を頼る人々から離してよいのかという気持ちもあった。けれど体調も心配だし、アニャも頼れる同性がいたほうがいいだろう。これでよかったのだ。

頑張ったマクシミリニャンの背中を、ぽんぽんと叩く。すると感極まったのか、ぎゅーっと抱きしめられてしまった。今日ばかりは、胸を貸そう。マクシミリニャンを優しく抱き返してあげた。

新たにツヴェート様を家族に迎えた暮らしが始まった。ツヴェート様は、これまで客用としていた離れで暮らすようだ。

そんなわけで家族がひとり増えたわけだが、大きな変化はなかった。ツヴェート様は静かに、俺たちの暮らしに馴染んでいった。今は新しく開墾した地で草花を育てるための土作りをしているという。あのままでは、植物を育てるのは難しいようだ。

働き過ぎないようにと注意したら、同じ言葉を返すと言われてしまった。

何事もほどほどに。山奥での暮らしでもっとも大事な心構えなのかもしれない。

「ここは静かなところだ。私みたいな老いぼれにとっては、楽園みたいだよ」

「楽園、か……」

「アニャの誘いは、断ろうとしていたんだけどねえ」

「まさか、来ていただけるなんて」

ツヴェート様は眉尻を下げて、困ったように微笑む。

「あの娘はここを、終わり逝く者たちの楽園だと、言っていたよ」

どくんと、胸が大きく脈打つ。俺たちに子どもは生まれない。アニャはわかっていて、そう表現したのだろう。

「イヴァン、今ならまだ間に合う」

「何が？」

「山を下りて暮らすことだよ。息子に頼んで、都での仕事の面倒を見てもらうことだってできる。まだ若いから、これからいろいろ挑戦したいだろう？」

ツヴェート様の言葉に、大きな衝撃を受ける。彼女は今、ここで暮らす以外の道を示そうとしていた。

「それはアニャが、そうしたほうがいいって言ったの？」

「いいや違う。これは私個人の考えだ。あんたについての話は、アニャから聞かせてもらったんだ」

山に引きこもって養蜂をするのもいい。けれども、別の道もあってもいいのではないか。ツヴェート様はそう提案する。

「本当だったら、人はたくさんある選択肢から、人生を選ぶんだ。けれどあんたにはここで暮らす道しかなかった。それは、あんまりにも気の毒だろう」

　都で働いて、多くを知ってからここに戻ってくるのもひとつの道だという。また、アニャと一緒に山を下りるのもいい、とツヴェート様は続ける。

「とにかく、あんたの可能性は無限にある。山奥で静かに暮らすだけが、人生ではないんだよ。あの娘が言っていたとおり、ここは終わり逝く者たちの楽園なんだ。この地にこだわって居続ける必要なんて、まったくないんだから」

「ツヴェート様……」

　なんて優しい女性(ひと)なのかと、胸がじんと熱くなった。他人であるのに俺のためを想って、言ってくれているのだ。

「アニャのことは、私に任せて――」

「ツヴェート様、俺、ここでいいって思ったことは、一度もなくて」

　ツヴェート様の言うとおり、ここは楽園みたいな場所だ。生まれて初めて自分で望んで、そして望まれた場所である。可愛いアニャがいて、逞(たくま)しいマクシミリニャンがいて、暮らしを支えてくれる生き物たちがいて――そして、俺の人生と共に生きる蜜蜂だっている。

「ここがいい。ずっとそんなふうに考えていた。だから、命が尽きるまで、ここで生きていきたい」

　一緒に暮らしてくれないかと、手を差し出す。ツヴェート様は「あんたはバカだよ」なんて言って、手を握り返してくれた。とても温かい手だった。

　ツヴェート様と話をしたあと、マクシミリニャンのもとへ行き、ある提案をした。それは、ツィリルのことだった。

「お義父様、ツィリルのことなんだけれど、うちでずっと預かるんじゃなくて、一ヶ月から二ヶ月の間に一回、一週間だけ預かるとか、そういうふうにするのはどうかな？」

その提案に、マクシミリニャンは笑顔で「いいと思う」と同意してくれた。

久しぶりに、マクシミリニャンと共に山に入る。なんでも、秋の楽しみを収穫するらしい。

「お義父様、秋の楽しみってなんなの？」

「マッシュルームである」

そういえばと思い出す。夏が過ぎたら市場で多くのマッシュルームが売られていた。実家のマッシュルーム料理は、細かく刻まれていた上に水でかさ増しされたスープばかりだったので、秋の味覚を味わうどころではなかった。

「イヴァン殿、アニャのマッシュルームスープは絶品であるぞ」

「俄然（がぜん）やる気が出てきた！」

そんなわけで険しい山を登りつつ、目を皿のようにしながらマッシュルームを探す。

なんでも、マッシュルームは四種類あるらしい。品のある味わいが特徴の、真っ白で美しいホワイト種。ホワイト種と似た食感や味わいの、灰色がかったオフホワイト種。加熱しても縮まないのでスープや煮込み料理にオススメの、淡い褐色が特徴のクリーム種。香りが強く肉厚で歯ごたえがある、茶色のブラウン種。

市場でよく見かけていたのは、クリーム種だった。中型のマッシュルームで、たくさん生えるようだ。マクシミリニャンのオススメはホワイト種。驚いたことに、生のままサラダにして食べるのがおいしいらしい。キノコを生で食べるなんて……と驚いたものだが、マッシュルームは、新鮮な状態で少量ならば生でもいいらしい。

ただ、体調が悪い人やお年寄りなどは生で食べないほうがいいと注意される。危険を冒してまで食べたいマッシュルームのサラダとは……！　気になってしまう。

「イヴァン殿、他のキノコはいくら新鮮でも生食をしてはいけない」

「そもそもキノコを生で食べるなんて、ゾッとするかも」

「そうだな」

話しながら進んでいたが、急にマクシミリニャンが足を止める。しゃがみ込み、土を掘り始めた。

「お義父様、どうかしたの？」

「マッシュルームの他に、生食できるキノコを発見した」

「んん？」

土の中に生えるキノコなのだろうか。しゃがみ込んでマクシミリニャンの手元を覗く。大きな手で掴んだのは、黒い塊。

「お義父様、それは？」

「トリュフだ」

「トリュフ？」

なんでも、黒いダイヤモンドと呼ばれるくらいの高級食材らしい。マーウリッツアに貴族が多く行き来していた時代は、金貨一枚で取り引きされていたようだ。

「今は村で売っても、銀貨一枚になるかどうかだな」

なんでも、白トリュフと呼ばれるものもあるという。黒トリュフは加熱して食べるのに対し、白トリュフは生でのみ食べるようだ。ちなみに白トリュフは一部地域でしか採れず、ひとつにつき金貨五枚ほどで取り引きされていたらしい。この山には自生していないようだ。

「白トリュフの香りは、とてつもなくすばらしいものだ。今でも忘れられない」

「へー」

おそらく、かつてのマクシミリニャンは高貴な身分だったのだろう。でないと、金貨五枚の白トリュフの味なんて知っているわけがない。しかしまあ、マクシミリニャンについていろいろ探るつもりは毛頭なかった。

「ぼんやりして、どうかしたのか？」

「なんでもない。それよりも、この辺りでは、トリュフをどうやって食べるの？」

「濃厚なソースに仕上げて、リゾットやパスタに絡めて食べるのだ。黒トリュフは加熱すると風味がより豊かになる」

「うわー、おいしそう」

「他にもトリュフがないか、探してみよう」

「やった！」

ちなみに、トリュフはどうやって探すのか聞いてみた。

「香りを感じるのだ」

「え？」

「トリュフがある場所には、ふんわりと濃い香りが漂っている」

「へ、へえ」

なんでも、通常は犬や豚にトリュフの香りを覚えさせて探させるらしい。だが、マクシミリニャンは犬や豚の鼻を借りずともトリュフの香りを感じることができるようだ。

「イヴァン殿も探してみるか？」

そう言って、トリュフの香りをかがせてくれた。なんというか、土の香りしか感じない。自力で探すのは無理だろう。

そのあとも、マクシミリニャンはマッシュルーム探しの合間にトリュフを発見する。

「イヴァン殿、またあったぞ！」

「お、おお……！」

結果、マッシュルームはカゴいっぱいに、トリュフは六つほど発見した。

マクシミリニャンってすごいの一言に尽きる。


帰宅後――なぜか俺はマクシミリニャンとお揃いのフリフリエプロンをまとい、一緒に台所に立っている。アニャのマッシュルームスープを楽しみにしていたが、ツヴェート様と山歩きに出かけていた。こうなったら我らで作るしかない。

そんなわけで、こうしてマクシミリニャンと共に料理を開始しようとしているのだ。

「では、最初に澄ましスープを作ろう」

まず、マッシュルームスープの土台となる澄ましスープ作りから取りかかるようだ。水を注いだ寸胴鍋に鶏ガラと塩を入れてしばし煮込む。その間に、タマネギやセロリなどの数種類の野菜の皮を剥いてカットしておく。スープが濁らないうちに鶏ガラを取り出し、野菜と香辛料を入れてさらに煮込んでいくようだ。寸胴鍋の前でマクシミリニャンは腕組みしていた。どうやら、一時さえも鍋から視線を外さないつもりらしい。

「えーっと、俺は動物たちの世話をしてくるね」

「ああ、頼む」

フリフリエプロンを脱ぎ捨て、庭に走った。山羊に新しい水を与え、糞尿のついた藁を回収。新しい藁を敷き詰めた。それから一頭一頭、健康状態を確認する。毛並みや目の色を見て、病気に罹っていないか調べるのだ。蹄が伸びていたら、ハサミでカットしてやる。伸びた状態で放置すると、巻き爪になったり、歩き方がおかしくなったりするようだ。最初は恐る恐るだった削蹄も、今は慣れたものである。山羊たちも「べ～」と鳴くばかりで、抵抗しない。暴れん坊の山羊の場合は、四人がかりで取り押さえて蹄を切るという話を聞いた。幸い、ここの山羊たちは大人しい。いきなり突進してくる個体はいないので非常に助かっている。

その後、畑の雑草抜きをしたり、野菜を収穫したり、薪を割ったりと、バタバタしているうちにけっこうな時間が経っていたようだ。慌てて家に戻る。

台所を覗き込むと、マクシミリニャンは澄ましスープの次なる段階へと進んでいた。野菜を取り除いた澄ましスープに、マッシュルームとタマネギを刻んでバターで炒めたものを入れる。これに山羊のミルクを注いで、塩、コショウで味を調える。それからさらに煮込んでいく。煮詰まってとろみがでてきたらマッシュルームスープの完成である。

「否、完成ではない！」

「ど、どういうこと⁉」

「スープは、このパンに注いで完成となるのだ！」

マクシミリニャンが取り出したのは、拳大の丸いパン。パンの上部を切り、中をくり抜いたもの。

「中にバターを塗って、カリカリに焼いておいた」

「もしかして、これにスープを注いで食べるの？」

「そうだ」

ちなみにくり抜いたパンの中身はパン粉にして、鶏肉のパン粉焼きを作ったようだ。香ばしく、おいしそうに焼き上がっていた。

「では、マッシュルームスープの仕上げをしよう」

アツアツのマッシュルームスープを、パンの器に注いでいく。最後にパンの蓋をしたら、今度こそ完成である。

「これぞ、秋の味覚。マッシュルームスープパンだ」

「おお！」

いつの間にか、日が暮れていた。居間のほうから、アニャとツヴェート様の楽しそうな話し声も聞こえてくる。すでに帰宅していたようだ。

「食事にしようか」

「やった！」

食卓にマクシミリニャンの作った料理が並べられていく。マッシュルームスープパンに鶏肉のパン粉焼き、それからマッシュルームのサラダ。刻んだトリュフを絡めたパスタまで作ったようだ。

「あら、お父様。今日はごちそうね」

「たまにはいいだろう」

家族で食卓を囲み、食前の祈りを捧げる。森の豊かな恵みとマクシミリニャンの料理の腕のおかげで、おいしい料理が食べられる。感謝の気持ちでいっぱいになった。

「いただこうか」

マクシミリニャンの一言を合図に、各々食べ始める。まず、マッシュルームスープパンから。蓋を開けるとふんわりとバターの香りが漂う。匙（さじ）で掬い、口へと運んだ。

「あ、熱っ！」

パンには保温効果でもあるのか、スープはアツアツである。マッシュルームのコリコリ食感が、クリーミーなスープと合う。

「うん、おいしい！」

「そうか、よかった」

アニャやツヴェート様もおいしいと大絶賛する。マクシミリニャンは笑みを深める。

続いてマッシュルームのサラダに挑戦だ。キノコを生で口にするというのは、かなりドキドキする。勇気を振り絞って食べてみたらビックリした。豊かな香りが口の中に広がったのだ。生のマッシュルームならではだろう。柑橘系のドレッシングがよく合っている。

「イヴァン殿、マッシュルームのサラダはどうだ？」

「おいしい」

「そうだろう、そうだろう」

トリュフも初体験である。食べてみたが、朝露に濡れた土の匂いを感じた。味は、う〜〜ん。なんと表現していいものなのか。

微妙な表情だったのだろう。マクシミリニャンに笑われてしまった。

「これは、食べれば食べるほど癖になる味でな」

「食通のごちそうってわけかー」

「イヴァン、大丈夫よ。私もトリュフは得意じゃないから」

ツヴェート様は大好物らしい。マクシミリニャンと一緒に、おいしそうに食べていた。

「マッシュルームは間違いない味わいなんだけれど。というか、今まで食べたどのマッシュルームよりもおいしい！」

マクシミリニャンは満足げな表情で頷いていた。秋の味覚マッシュルームを堪能する。素晴らしい夕食だった。


開墾地は木々の根っこを取り除いて終わりではない。これから、植物を育てるために耕さないといけないのだ。根を掘り返しているときにも問題になったのだが、ここの土の中には細かな根っこや石がたくさんあった。根や石交じりの土では植物は育ちにくい。そんなわけで、硬い土を掘り起こしては根や石を取りのぞく。

俺が土を掘り、アニャが根や石を取り除き、ツヴェート様は腐葉土を撒く。それを毎日、せっせと繰り返していた。作業は思うように進まない。それでもやるしかなかった。

休憩時間――庭に敷物を広げてひと休みする。アニャは家に茶を沸かしに行ってくれた。青空を見上げ、ツヴェート様とのんびりとした時間を過ごす。ふいに、ツヴェート様がぽつりと呟いた。

「イヴァン、あんた、偉いねえ」

「え、どこが⁉」

「文句ひとつ言わずに、せっせと働いて」

「そういうの、普通のことじゃないの？」

「普通なわけあるかい」

人の集中力は案外保たないらしい。十五分も同じ行動を続けたら飽きがくるそうだ。

「男共は十分もしないうちに、腰が痛いだの手が痺れるだの言い出すのさ」

「そうなんだ」

「あんたは一時間半、無言で同じ作業を続けた。とんでもない集中力の持ち主だよ」

これまで一日中蜜蜂の世話をしていた。無駄口を叩くと蜜蜂が驚いてしまうし、常に働いている蜜蜂と共に在れば手を止めるなんて言語道断。そんな環境の中にいたので、黙々と作業するのはそこまで苦痛ではなかった。

「本当に、いい男だ」

「ど、どうもありがと――」

「あ⁉」

ツヴェート様の表情が、急に厳しいものへと変化する。こちらを猛烈に睨んでいた。

「あ、あの、俺、何かした？」

「手!!　きちんと見せな」

「手？」

キョトンとしながら、ツヴェート様へと差し出す。

「あんた、いつの間にか、手のひらに肉刺（まめ）をこさえた挙げ句、潰しているんだよ！　黙ったままでいるのもたちが悪い!!」

「えっと、ごめんなさい」

「なんで黙っていたんだよ」

「あとでアニャに、薬をちょうだいって言おうとしていたんだ」

「なぜ、すぐに言わない！」

「だってアニャの薬を塗ったら、手がベタベタになって仕事にならないし」

「バカを言っているんじゃないよ！　肉刺ができた時点で、作業を中断するのが正解なんだ」

「ごめんなさい」

ツヴェート様にバシバシと背中を叩かれる。「痛い」と叫ぶと、手のひらの潰れた肉刺に比べたら大したことないと言われてしまった。そんな状況の中で、アニャが戻ってくる。

「ふたりとも、どうしたの？」

猛烈に背中を叩くツヴェート様と叩かれる俺。可哀想なのはどちらか、一目瞭然だったが――。

「アニャ、この男、肉刺をこしらえた挙げ句、潰していたんだよ」

「な、なんですって⁉　イヴァン、どうして言わないのよ」

「いや、みんなに迷惑がかかると……」

「言わないほうが、迷惑なのよ」

ツヴェート様に叩かれ、アニャに怒られ、どうしてこうなったのかと明後日（あさって）の方向を見る。

その視線の先からマクシミリニャンが走ってきた。

「何事であるか――――!!」

全力疾走でやってきたマクシミリニャンは、ツヴェート様とアニャの前に立ちはだかって助けてくれた。

「よってたかって、何があったというのだ!?」

「イヴァンが手の肉刺を潰して、それを隠そうとしていたんだよ」

「許されることではないわ」

ツヴェート様とアニャの圧のある視線にさらされたマクシミリニャンだったが、俺を庇（かば）い続ける。

「イヴァン殿を責めるでない。皆を想う心が、そうさせてしまったのだ」

「その優しさのせいで、手が腐り落ちたらどうするんだよ！」

「そうよ！　ちょっとした怪我から雑菌が入って、重症化する可能性だってあるんだから」

「し、しかし、ふたりで責めるのは、可哀想である」

「お父様は黙っていて！」

「そうだよ！　あんたが割って入るから、余計に話がこじれるんだ」

「や、やめてー！　俺のために、喧嘩しないでー！」

茶が冷めるから飲もう。そう提案し、アニャが淹れてくれた蜂蜜紅茶をみんなで飲む。蜂蜜の風味がたっぷり利いた一杯は、疲れた体に沁み入るようだった。

「ねえ、イヴァン。怪我をしたらすぐに言ってって、何回も言っているでしょう？」

「う、うん」

「体は、壊れたら元には戻らないの」

「は、はい」

「だから、これから先は絶対に言ってね」

「約束します」

アニャは幼子に諭すように、優しく話してくれた。怒られるよりも、こういう言葉のほうが胸に響いてしまう。

「それにしても、心から、申し訳ないと思った。

「それにしても、みんな俺のこと、三歳児か何かと思っていない？」

「違うわよ。大好きだから、いろいろ言うの」

アニャの言葉に、マクシミリニャンとツヴェート様は同時に頷いたのだった。

「そっか、大好きかー」

胸にじーんと響く。幸せだな、としみじみ思ってしまった。

マクシミリニャンはツィリルを引き取る件で話をするため、山を下りていった。マクシミリニャンは大丈夫なのか。青空を見上げながら、心配してしまう。

そんな俺に、ツヴェート様が声をかける。

「どうしたんだい？　浮かない顔をして」

「いや、お義父様、大丈夫かなって思って」

「いい大人を、心配するんじゃないよ」

「でも俺の家族がお義父様を人質に取って、返してほしかったら山を下りてこい、とか言いそう」

「あんた、あの大男が幼い子どもに見えているのかい？」

「いや、見えていないけれど」

「あれは元軍人だ。一般市民に捕まるわけがないだろう」

「あ、そうだ。お義父様、元軍人だった」

脳内で兄や義姉たちに縄でぐるぐる巻きにされたマクシミリニャンを想像していたが、元軍人を取り押さえるのは不可能に近いだろう。

「まったく、バカなことを考えて」

「本当に、その通りです」

「まあ、口下手で不器用なところは、心配だけれど」

「ですよね」

ツヴェート様は俺の背中を、ばん！　と叩く。心配するなと言いたいのだろう。

なんというか、力強い……ではなくて、心強い励ましであった。

独り暮らしのツヴェート様を心配し、山で暮らさないかと誘った。しかしながら、現状では俺たちのほうがツヴェート様に助けられている。これといったつながりがあるわけではない俺たちとの同居を許してくれたツヴェート様の家族には感謝しなければならない。今度、蜂蜜の詰め合わせを贈ろう。

お昼からはツヴェート様と一緒に川に行く。染め物を洗いたいらしい。湧き水はもったいないというので、近くの川に案内した。

「おや、ここはマスがいるじゃないか。旬は夏だが、今のシーズンも十分食べられる」

「そうそう。おいしいよねえ、マス」

基本的に魚は仕かけを設置して捕まえる。釣りをする時間がもったいないというのもある。

ツヴェート様は川を鋭く睨みつけ、地面に這いつくばった姿勢となった。

「え、何？　ツヴェート様、ど、どうしたの？」

「静かにおし！」

「ツヴェート様の声のほうが大きいけれ——いえ、なんでもありません。黙ります」

いったい何をするつもりなのか。ツヴェート様は腹ばいで寝そべり、川に片ほうの腕を突っ込んだ。しばし、川のせせらぎを眺めるだけの時間が過ぎていく。

突然、ツヴェート様は目をカッと見開く。そして、川から腕を引き抜いた。何かが、目の前を通り過ぎる。びたん、と地面に落ちたのはマスだった。

「え？　え！　ええええっ⁉」

素手で、マスを捕まえた？　呆然としていたら、二匹目のマスが宙を舞っていく。こちらに向かって飛んできたので、思わず手で受け止めてしまった。

「きちんと受けとめたかい？」

「は、はい。元気な、マスです！」

生まれたばかりの赤子を抱くように、びちびちと暴れるマスを胸に抱く。ツヴェート様は結局、三匹のマスを素手で捕まえた。すごいとしか言いようがない。

「っていうか、どうやって捕まえるんですか？」

「こういう岩の下には、マスが隠れているんだ。そっと手を差し込んで、マスに触れたら一気に掴む。それだけさ」

「いや、それだけさって……」

「あんたもやってみな」

ツヴェート様に言われて実際にやってみたが、案の定、一匹も捕まえられなかった。熟練の技なのだろう。

その後、マスは調理しておいしくいただいた。


夜――アニャと一日あったことを報告し合う。マクシミリニャンの心配をしていた話を聞いたアニャは、お腹を抱えて笑っていた。

「ふふふ！　お父様が人質になるんじゃないかって、心配するなんて！」

「俺の中では、ただのお父さんなんだよ」

「そう。お父様が聞いたら、きっと喜ぶわ」

「喜ぶのかな？」

「喜ぶわ。お父様、おっしゃっていたの。かつての自分は、味方からも恐れられるような存在だった。だから普通の人になりたかった、ってね」

「恐ろしいお義父様？　うーん、想像できない」

「ツヴェート様から聞いたのだけれど、この地にきたばかりのころは、ピリピリしていたらしいわ」

「どうして？」

「新しい土地での生活に慣れていない上に、周囲を警戒していたんだと思うわ」

「なるほど」

筋骨隆々な軍人が女性を拐かしてきたと、村では噂になっていたらしい。

若かりしころの、神経を尖らせたマクシミリニャン。絶対にお近づきにはなりたくない。

ツヴェート様のマクシミリニャンに対する辛辣な言葉からすると、当時はいろいろとやらかしたのだろう。それらを経て、今の温厚なマクシミリニャンがいるというわけだ。

「私が生まれてから十九年経つ間に、お父様の棘も抜け落ちてしまったみたい」

「わかるかも。アニャといて、俺の中にある棘もなくなったような気がする」

「イヴァンは最初から、棘なんてなかったでしょう」

「そう？」

「ええ。信じがたいくらいのお人好しだと思っていたわ」

「どこか陰のある、ミステリアスな青年だと思っていたのに」

「どの辺が？」

改めて聞かれると、答えられないものである。なんか辛い過去の記憶があったような気もしたが、
毎日幸せなので忘れてしまった。

突然、アニャが抱きしめてくる。思わず喜びの「うひょ！」という声を上げてしまった。

「なんなの、今の変な声」

「アニャが抱きしめてくれて、嬉しいという声」

「なんだか落ち込んでいるように見えたから、ぎゅっとしてあげたのに」

「落ち込んでいないよ。世界いち、幸せな男だって考えていたんだ」

「だったらもっと、嬉しそうにしなさいよ」

「そうだね」

アニャを抱き返し、目を閉じる。改めて幸せだとしみじみ思ってしまった。

❖　❖　❖

アニャと共に山に入り、カバの木によじ登って小枝をナイフでひたすら伐り落とす。背負ったカゴがいっぱいになったら家に戻り、再び山に入って同じ行動を繰り返す。ある程度溜まったら、束にしてハシバミの細い枝でぎゅうぎゅう締めてから縛る。これに先端をナイフで尖らせた白樺（しらかば）のしっかりした長い枝を差し込んだら、箒（ほうき）の完成。これらは商品にするために作っているようだ。冬になると落ち葉も増えるので、売れるというわけである。

白樺の枝を使って仕上げるのには、理由があるようだ。箒の穂先に柄（え）を押し込む作業をしながら、アニャの話に耳を傾ける。

「白樺は〝聖なる樹木〟と呼ばれているの。一家に一本あったら、悪魔を退治できるという言い伝えがあるのですって」

　先日、白樺の枝切りに行ったのだが、箒の先端部分の細枝集めとは異なり、長くかさばる上に重たいのでなかなか大変だった。なんでも、マクシミリニャンは完成した箒を三十本ほど背負って山を下りるらしい。俺は十本でも途中で音を上げそう。

「そういえば、柄の部分にするために白樺をどんどん伐っていたけれど、大丈夫だったの？」

「ええ。ほどよい剪定は、木のためにもなるの」

　なんでも、みっしり枝が生えた木は風の抵抗を受けやすく、倒れてしまうらしい。剪定してやると、風通しがよくなるのだとか。さらに、余分な枝を切り落とすことによって、木の成長を促すようだ。

「毎年白樺を使っているわけじゃないの。悪魔が苦手とする聖なる木は、白樺だけではないのよ」

「たとえば？」

　月桂樹にオリーブ、柊、樅、ナナカマド、ヤナギなどなど。悪魔を祓う木は複数あるようだ。

「そういや子どものとき、箒で悪魔祓いごっこをしていたな」

　騎士のように箒を構え、ただの木の棒で応戦する悪魔役とひたすら打ち合いをするだけの遊びだ。騎士役が大人気で、誰も悪魔役をやりたがらなかった。

「昔、悪魔の存在が信じられていた時代では、子どもたちも悪魔祓いに参加させていたって話を本で読んだことがあるわ」

「じゃあ、悪魔祓いごっこは当時の名残なのかもしれない」

「可能性はあるわね」

そんな会話をしながら、黙々と作業を続ける。

風は冷たいものの、穏やかな太陽の光が差し込んでいた。ヴィーテスも外で昼寝をしている。

養蜂のピークは過ぎたので、今はこういった手仕事がメインである。冬になると雪が降って山を登り下りできなくなってしまう。そのため今のうちに、村で売れる品を作り、保存可能な食料を買ってくることにしているという。

「村に頼らず、自分たちだけで暮らすのかー。なんだか想像できないな」

「驚くわよ。吹雪で何もできない日があるから」

町のほうでは積もっても膝くらいまでだ。この辺りでは、場所によっては全身がすっぽり埋まるほど積るらしい。話を聞いただけで、ガクガクと震えてしまう。

「イヴァンのところは、冬は何をしていたの?」

「ざっくり言えば雑用かな。巣箱を作ったり、遠くの村に蜂蜜を売りに行ったり、町に出稼ぎに行ったり」

「出稼ぎ?」

「ミハルの実家が雑貨商で、倉庫の整理とか店番とか商品の陳列とか、いろいろ手伝っていたんだ」

「ふうん。そうだったのね」

山の越冬は、ひとまず生きることを目標にするのだとか。それくらい厳しいものらしい。

「幸いにも、湧き水はなぜか絶対に凍らないの。山の精霊様のご加護だって、お父様はおっしゃっていたわ」

生活水が凍ったら、いちいちとかさないといけないのでますます大変だっただろう。山の精霊様に感謝、感謝だ。と、アニャと話しているうちに箒が完成する。たくさん売れますようにと、祈りを込めておいた。


マクシミリニャンが戻ってきた。背中には、たくさんの荷物を背負っている。

「お父様、おかえりなさい」

アニャと共に駆け寄ったところ、マクシミリニャンの表情は曇っていた。すぐに、兄たちとの交渉がうまくいかなかったのだなと気づく。

「イヴァン殿……」

「お義父様、大丈夫。なんとなくわかった」

「すまない」

しょんぼりとうな垂れるマクシミリニャンの肩を励ますように叩きつつ、家の中へと誘う。

こんなにたくさんの荷物を抱えて、大変だっただろう。下ろしてあげようと思ったが、重すぎてちっとも持ち上がらなかった。マクシミリニャンは「はあ」というため息と共に、背中の荷物を落とす。本人は軽々と置いているようだったが、床からゴッ！　という鈍器を打ち付けたような音が聞こえた。

アニャがお茶を淹れる。マクシミリニャンは喉が渇いていたのか、ごくごくと飲み干した。

「お父様、ツィリルのご両親は、ここに来ることに難色を示したの？」

「うむ」

ツィリルはまだ八歳。一日二日ならまだしも、それ以上は親のもとから離れることを許せる年頃ではない、と言われたようだ。

「逆にイヴァン殿がやってきて、ツィリルに直接指導するのはどうかと言われたのだが――」

それを聞いた瞬間、アニャが俺を力強く抱きしめる。

「イヴァンはダメ！　実家に帰したくないわ！」

「同感である」

マクシミリニャンはその場で提案を断ったらしい。互いの希望が合致せず、交渉は決裂したようだ。まあ、想像通りである。

「ツィリル、落ち込んでいなければいいけれど」

「心配ない。あの子も、叶うとは思っていなかったと言っていた」

ツィリルには申し訳ないことをしてしまった。先に兄に相談し、了承を得た上で、ここで暮らしたらどうかと提案すればよかったのだ。

「お詫びの印に今度、村で釣竿でも買って送るよ」

「それがいい」

今回の件は、深く深く反省することとなった。

第三章　養蜂家の青年は、故郷へ里帰りする

アニャは朝からせっせと、何か作っているようだった。

「ねえアニャ、何を作っているの？」

「蜂蜜ミントのリップクリームよ。このシーズンになると空気が乾燥して、唇が荒れるでしょう？注文が殺到するの」

材料は蜜蝋（みつろう）、オリーブオイル、蜂蜜、ミントの精油。蜜蝋にオリーブオイルを加えて湯煎してクリーム状にし、これに蜂蜜とミントの精油を加えたら完成らしい。

「これを塗ったら、唇が乾燥知らず。プルプルになるのよ」

「へえ、アニャも使っているの？」

「もちろん」

「だったらどれくらい唇がプルプルか、確認とかできる？」

アニャは「何を言っているんだ？」みたいな視線を向けている。頬を指先でトントンと叩き、ここにキスをして確認させてくれと訴えた。

「ああ、そういう意味ね」

アニャは「はいはい」と言って、頬に軽く口づけてくれた。やわらかな触感があった。一瞬で終わってしまったけれど、心は満ち足りた。

「これでいい？」

「はい。ありがとうございました」

アニャの唇はとってもプルプルでした。いや、確認しなくても知っているのだけれど。

朝からこんなに幸せでいいのか。アニャという存在は、神が遣わしてくれた天使なのだろう。

神様、ありがとうございます。アニャは今日も可愛いです。心から感謝した。


本格的に、冬支度が始まる。まずは蜜蜂の巣を見て回ることが先決。養蜂家は蜜蜂優先の暮らしをしているのだ。

大角山羊のセンツァに跨がり、ゾッとするような崖をアニャの操るクリーロと共に駆け上がる。いまだに崖の移動は慣れない。完全にセンツァに任せ、薄目で跨がっているだけ。

冬が深まれば巣箱の様子を見に行けなくなる。そのため、越冬できるか確認するのは養蜂家の重要な仕事なのだ。

まず、重要なのは蜜蜂の群れの要となる女王蜂の存在。基本的に、二年ごとに新しい女王蜂となる。一年目の女王蜂でも、産卵能力の低下や産卵異常がないか目を光らせていなければならない。

巣箱に近づくと、雄蜂が働き蜂に追い出されているところに遭遇してしまった。

「うう……これ、何度見ても辛い」

「仕方がないわよ。越冬には、働かない雄蜂は必要ないんだから」

わかっているものの、どうしても実家の家族と重ね合わせてしまうのだ。働かない雄蜂がいつまでたっても巣に残ったままだと、いずれ群れはダメになる。だから容赦なく追い出すのだ。

追い出された雄蜂は巣の中に戻ろうとしたが、働き蜂たちに総攻撃されていた。

「かわいそうに」

　雄蜂をそっと両手で包み込んで、巣から離れた花咲く場所へと運んだ。山は秋になっても、あちらこちらに花が咲いているのだ。きっと彼らの寿命はそう長くない。それでも、強く生きるんだぞと応援してしまった。

　雄蜂の翅はツヤツヤで健康そのものだ。病気におかされていると、翅がしわしわになって飛行もままならなくなる。蜜蜂が病気になっていないか確認して回るのも、越冬準備において大事な仕事である。働き蜂たちは、脚に赤いものをつけて巣に戻っていた。あれは、樹液と蜜蜂の唾液を混ぜたプロポリス。これを巣の隙間に詰めて、冬の厳しい風が入り込まないようにするらしい。蜜蜂が越冬するための知恵である。続いて、巣の中を覗いて貯蜜が十分か調べた。だいたい、冬を越すには巣枠二十枚分ほどの蜂蜜が必要となるようだ。春から夏にかけてたっぷり蜂蜜をいただいたが、巣箱の中には十分な量があった。

「すごいな、山の蜜蜂は。実家の蜜蜂なんか、越冬のために給餌をしなければいけなかったんだ」

「ここは秋になっても花が豊富だから、大丈夫なの」

「みたいだね」

　冬の間は蜜蜂の餌作りも俺の仕事だった。作り方は実にシンプル。大鍋に砂糖と水を入れて、カラメル化させないように加熱するのだ。ぼんやりしながら作ると、すぐに焦げて香ばしい匂いが漂ってくる。そのときは蜜蜂ではなく人間のおやつになるわけだが。甥や姪から英雄扱いされるものの、砂糖は安いものではないので当然母や義姉に怒られる。「わざと失敗してよ」なんて言ってくる子もいたが、冗談じゃない。悪魔よりも恐ろしい母や義姉を知らないので、そんなことが言えるのだろう。

「イヴァン、次に行きましょう」

「了解」

朝からお弁当を持って回ったが、すべての巣箱を見終わったころには日が沈みかけていた。一日中センツァに乗って移動して回るなんて、初めてのことかもしれない。

大山羊小屋に戻ると膝がガクガクになっていて、生まれたての子山羊のようになってしまう。アニャはさすがと言えばいいのか、山育ちなので、足腰はしっかりしていた。なんて逞しい妻なのか。改めて、惚れ直してしまった。

「イヴァン、どうしたの、そんなところにしゃがみ込んで」

「いや、さっきから膝が笑っていて」

「仕方がないわね」

そう言ってアニャは手を差し伸べてくれた。ありがたく握り、家に向かったのだった。

❖ ❖ ❖

白、紫、赤と、色鮮やかなニンジンを掘り起こす。畑では五種類ほどのニンジンを育てていたようだ。他にも真っ赤なカブに黄色の小カブ、タマネギ、バターナッツにビーツ、キャベツ、ジャガイモなどを収穫していく。

春から夏にかけて収穫した野菜は、食べきれない分は村に下ろして売っていた。だが、今収穫したこれらの野菜は冬を乗り越えるための大事な食料となるようだ。もちろん、このままでは腐ってしまう野菜もある。そのため、保存する目的で加工するようだ。もっともシンプルなのは、野菜をカットして干すだけのもの。ツヴェート様は目にも留まらぬ速さでニンジンやカブ、タマネギをカットしていく。しっかり乾燥させた野菜は、三ヶ月から半年くらいは保存できるらしい。

「半端に乾燥させた野菜は、すぐ腐る。だから、十分乾かすことが大事なんだよ」

なんでも、干し野菜の利点は保存が利くだけではないらしい。乾燥させることによって、野菜の青臭さを感じにくくなる上に、旨みがぎゅっと濃縮されるそうだ。ただ、干すと失われる栄養分もあるので、善し悪しではあるとツヴェート様は言う。

「うまいばかりの話なんてないんだよ」

「まるで、人生の教訓のようだね」

さすがツヴェート様である。今日も学ばせていただいた。

野菜はどんどん加工されていく。酢と香辛料、砂糖に塩、ニンニク、唐辛子で作った液に漬けたピクルス——擂ったニンジンやタマネギで作るドレッシング——塩で漬けたカブなどなど。

地下の食料保存庫には、ずらりと瓶詰めが並んでいた。そこは野菜の保存食だけではなく、ベリーやキノコ、肉の保存食も並んでいた。

「こんなにたくさん……！」

「これでも、三ヶ月保つか保たないか、ってところだろうね」

冬の間、まったく食べ物を得られない、というわけではないらしい。近場に罠を仕かけて、鹿やウサギなどを捕まえているという。その話を聞いてホッと胸をなで下ろした。

「雪が深い季節だけ、山を下りて暮らすという手もあるんだけれどねえ。昔からここに住む奴らは、蜜蜂を置いて村に住むなんてことはできない、なんて言うんだよ。冬の間は、まともに蜜蜂の様子なんて見に行けないのに」

「気持ちはわかる気がする」

蜜蜂も、蜂蜜を集めて皆で体を温め合って越冬しようと頑張っているのだ。蜜蜂にできて、人間である俺たちにできないわけがない。そういう考えなのだろう。

山の冬は想像していたよりもずっと厳しいようだ。その生活に、ツヴェート様を巻き込んでしまったことを申し訳なく思う。

「なんと言いますか、厳しい冬山の暮らしに付き合わせてしまって、ごめんなさい」

「とっくの昔に覚悟はできているんだよ。それに、もしも体調が悪くなっても、蜜薬師のアニャがいるからね。状況は悪いばかりではない」

ツヴェート様には毎日助けてもらっているばかりなので、いつか恩返しをしたい。今のところ、肩叩きしか思いつかないのが悲しいところである。

冬が訪れる前にやらなければならないことが、保存食作り以外にもあるという。

本日の先生は、マクシミリニャンだ。背筋をピンと伸ばし、質問する。

「お義父様、今日は何をするの？」

「家具や床の手入れである」

なんでも、冬に乾燥が酷いと家具が歪んだり、床板が反ったりするようだ。

「そこで使うのが、蜜蝋で作るワックスだ」

そういえば年末に行われる実家の大掃除のさいにも、どでかい缶のワックスを使って手入れをしていた。よく意味がわからずに使っていたが、乾燥するシーズンに合わせてのお手入れだったようだ。もちろん、ワックスは手作りである。台所で保存食作りをしているアニャやツヴェート様の邪魔にならないよう、外で作るようだ。

「うう、寒いなあ」

「秋もすっかり深まったな」

「だね。手がかじかむ」

手と手を擦り合わせていたら、マクシミリニャンが両手を包み込むように握ってくれた。

「わ、お義父様の手、温かい！」

「そうだろう？」

ふたりで微笑み合っていたが、ふと我に返る。どうして男同士で手を握り合い、ニコニコしているのだと。

「お義父様、ありがとう。もう大丈夫だから」

「そうか。また、手が冷たくなったら言ってくれ」

マクシミリニャンの優しさに、涙が滲んでしまったのは内緒だ。

さっそく、蜜蝋ワックス作りに取りかかる。とはいっても、工程は至ってシンプルらしい。溶かした蜜蝋にオリーブオイルを混ぜるだけだ。クリーム状になった蜜蝋ワックスを、床や家具に布を使って塗り込んでいく。ワックスを塗ったところと塗っていないところでは、木の輝きがまったく異なっていた。家の中が瞬く間にピカピカになっていくので、やりがいを感じる。

一段落ついたところで、台所にいるアニャから声がかかった。

「食事にするわよ」

その瞬間に、お腹がぐーっと鳴った。どうやら、空腹なのにも気づかないほど、作業に集中していたようである。保存食作りで余った野菜の欠片入りスープは、とってもおいしかった。


冬が近づくにつれて、蜂蜜を狙う山の生き物から巣箱を守る態勢は厳重となる。警戒すべきは、ネズミやリス、キツツキなどの小動物。彼らにとって、蜜蜂の巣箱は理想的な越冬の場所となってしまうのだ。侵入を防ぐために、周囲に網を張って対策する。他にも、巣箱に雪が積もらないように屋根も設置した。

「よし、こんなもんか！」

あとは、どうにか春に再会できますようにと祈るばかりであった。

冬支度が終わったので、とうとう俺とアニャの新婚旅行の日が近づいてくる。雪が降る前に山を下りて、オクルス湖の湖畔の町に行って帰ってくる予定だ。

家族について考えたらげんなりしてしまうが、今回に限っては何もかも忘れて楽しみたい。一応、新婚旅行についてはミハルにだけ伝えてある。ツヴェート様は「家族に知らせたり、会ったりする必要はないよ」と言っていた。母や義姉たちにアニャを紹介したかったが、まだ、ほとぼりも冷めていないだろう。何もかも放り出して家を出た俺に、怒っている可能性だってある。

サシャとも会わないほうがいい。また喧嘩になったら、アニャに心配をかけてしまうから。

家を出てから半年以上経った。約八ヶ月ぶりの帰郷か。俺を取り巻く環境は大きく変わったものの、オクルス湖の美しさは変わっていないだろう。できたら、水面が凍る前にアニャに見せたい。

せっせと荷造りしていたら、ツヴェート様が無言で何か差し出してくる。革袋に入っていて、受け取るとずっしり重たかった。

「もしかして、お小遣い？」

「そんなわけあるかい」

新婚旅行の道中に食べるお菓子だろうか。袋の中を覗くと、団子状の固まりが五つほど入っていた。ひとつ、手のひらに出してみる。色は緑で、おいしそうには見えない。くんくんと匂いをかいだが、無臭だった。

「ツヴェート様、これ、何？」

「薬草で作った煙玉だよ。火を点けると、とんでもない量の煙が出てくるんだ。さらに、目を刺激してしばらく涙が止まらなくなる」

「わー、すごい。でも、なんで？」

「護身用だよ。もしも連れ去られそうになったら、迷わず火を点けて投げるんだ」

「もしかして、アニャがあまりにも可愛いから、誘拐される心配をしているの？」

「誘拐の心配は、イヴァン、あんただよっ！」

「お、俺なんだ！」

なんでも、童話のお姫様のように俺が誘拐されるのではないかと心配だったようだ。

「いや、でもこう見えて力はあるし、誘拐なんてされないと思うけれど」

「あんたの十三人の兄たちがいっせいに捕まえにきたら、逃げられないだろうが」

「俺を誘拐するの、身内なんだ」

「他に誰がいるって言うんだよ！」

たしかに、いい働き手である俺がぼんやり歩いていたら、兄たちは捕まえにかかるかもしれない。

ツヴェート様の言う通り、警戒するに越したことはないだろう。

「いいかい、イヴァン。実家の家族に甘い顔を見せてはいけないよ。奴らがどれだけ苦しい暮らしをしていようが、あんたにはまったく関係ない。ずっとずっと、アニャの幸せだけを考えるんだ」

「わかった」

ツヴェート様は俺が家族に同情して、手を貸すのではないかと心配しているのだろう。ここでの幸せな日々を知ってしまったら、かつての暮らしに戻ろうなんて気持ちは微塵も浮かんでこないのだが。きっと、ツヴェート様は俺を呆れるほどのお人好しだと思っているのだろう。

大事なもの、守らなければいけないものはわかっているつもりだ。

「大丈夫だから、安心して」

「あんたの大丈夫は、信用できないんだよ」

「厳しいな」

ツヴェート様は「アニャを頼んだよ」と言って、部屋から去って行った。入れ替わるように、マクシミリニャンがやってくる。

「お義父様、どうかしたの？」

「これを」

革袋が差し出される。また護身用の道具かと思いきや、今度は硬貨が重なり合って鳴る音が聞こえた。

「少ないが、小遣いだ。どうか好きに使ってほしい」

「お義父様、そんな……！」

「アニャとふたり、おいしいものを食べて、記念品でも買って、楽しんできてくれ」

ほんの気持ちだから、と付け加える。気持ちだと言われてしまったら、突き返すわけにはいかない。ありがたく、受け取ることにした。

「お義父様、ありがとう」

マクシミリニャンは淡く微笑み、頭をぐりぐりと撫でてくれる。どうしてこの人はここまでよくしてくれるのか。胸がいっぱいになる。

「お土産、買ってくるから」

「楽しみにしておこう」

アニャにも、きれいな布やリボンを買ってあげたい。ミハルの実家の店で、見繕ってもらおう。

朝——「イヴァンよりも早起きして、朝の準備を終わらせるんだから！」などと宣言していたアニャだったが、いつものようにスヤスヤ健やかに眠っていた。急ぎの旅ではない。まだゆっくりお眠りなさいと、愛らしい寝顔を見つめながら思った。

毛布を剥がして起き上がる。ひんやりと冷気を感じた。冬の訪れを朝からこれでもかと感じてしまう。そろり、そろりと動いていたつもりだったが、ヴィーテスを起こしてしまった。のっそりと顔を上げて、目をしぱしぱと瞬いている。

「ごめんよ」

声をかけ、服を着替えた。アニャが新しく刺繍してくれた腰帯を巻いて、上着をはおる。はりきって朝の仕事へ向かった。

ひと通り作業を終えて家に戻る。すると、アニャが寝間着姿のまま駆けてきて叫んだ。

「イヴァン、どうして起こしてくれなかったの⁉」

「いや、アニャの寝顔が可愛かったから、そのまま寝かせておいてあげたくって」

「可愛くない！」

「いや可愛いよ、かなり」

残念ながら、アニャは自分で自分の寝顔を見られないのだけれど。

「はあ、私って、本当に朝はダメね」

「そんなことないよ。あんなに可愛い寝顔を見せられるのって、才能だと思う」

「また、あなたはわけがわからないことを言って」

言い合いをしている中で、フリフリエプロン姿のマクシミリニャンがスープ鍋を持ってくる。

「今日のスープの出来は最高だ。食べるといい」

「いい匂い！」

「ツヴェート様を呼んでくるわ！」

寝間着のまま外に出ようとするアニャの肩に、上着をかけてあげた。

「イヴァン、ありがとう！」

「いえいえ」

ツヴェート様を待つ間、暖炉に薪を追加でくべておいた。

「まったく、この娘は！」

「ごめんなさい」

アニャは怒られつつ母屋に戻ってきた。いったい何があったのか。

「ツヴェート様、どうしたの？」

「年若い娘が、寝間着で歩き回るんじゃないよって言っていたのさ」

「そ、そっか」

上着のボタンを留めてから送り出せばよかった。いや、そういう問題ではないか。

マクシミリニャンが自信作のスープが冷めるというので、食卓につく。神に祈りを捧げ、絶品スープをいただいた。


その後、庭仕事をしていたら、アニャから支度が完了したと声がかかった。振り返った先にいたアニャは――妖精のように美しかった。三つ編みをクラウンのように頭に巻き、後ろの髪は高い位置でひとつにまとめていた。風が吹くと金の髪がサラサラとなびく。服も普段と違う。以前村で買ったらしいシンプルなワンピースの裾や袖に、可愛らしい花模様を刺繍したようだ。腰帯も新しく作ったようで、愛らしい花が刺されていた。

「え、アニャ、きれいだ。いつ作ったの？」

「ありがとう。休憩時間に少しずつ。ツヴェート様やお父様も手伝ってくれたの」

「お義父様まで……！」

マクシミリニャンが刺したという花を、見せてもらった。とても精緻で可愛らしいノースポールの花だ。

「みんな、器用だな」

「イヴァンもやってみる？」

「挑戦してみようかな」

冬の間は山に入れないので、暇を持て余すだろう。新しいことに挑戦するのも、いいのかもしれない。なんて話をしていると、マクシミリニャンとツヴェート様がやってくる。見送りにきてくれたようだ。

「イヴァン殿、アニャ、気を付けて行ってくるんだぞ」

「他人なんてどうでもいい。自分たちを大事に、旅するんだ」

マクシミリニャンとツヴェート様の言葉に、アニャとふたりで頷く。

「いってきます」

「お土産、たくさん買ってくるから」

マクシミリニャンとツヴェート様のお留守番は果たして大丈夫なのだろうか。心配だが、ふたりともいい大人だ。なんとか折り合いをつけて、うまくやってほしい。

手を振りつつ、出発となった。荷物を背に、山を下りる。岩場を下りなければならないので、通常の手持ち型の旅行鞄は使えないのだ。そのおかげで、新婚旅行感は皆無だが仕方がない。

「アニャ、大丈夫？」

「ええ」

服を汚さないよう、いつもより慎重に進んでいるようだった。そんなアニャの速さに合わせて下りていく。

一日目は移動で始まり、移動で終わる。山の中腹で昼食を食べ、夕方までにマーウリッツアに到着、馬車に乗ってオクルス湖にたどり着く予定だ。

マクシミリニャンから「一日目はマーウリッツアに泊まるといい」と言われたものの、時間を無駄にしたくない。アニャも同じ考えだったので、このスケジュールにした。

歩いては休憩を繰り返し、昼食の時間となる。マクシミリニャン特製、愛父弁当だ。

「お父様、何を作ってくれたのかしら？」

葉っぱに包まれていたのは、パンにカツレツが挟まれたものである。かぶりついてみると、ウサギ肉だった。衣はサクサク。肉は淡泊な味わいであるものの、秋の間にしっかり肥えていたからか脂が乗っている。衣に味がついているので、ソースがなくともおいしい。

「うん、うまい！」

「ええ、本当に」

アニャと共に、マクシミリニャンの料理を味わった。


八時間以上かけて、マーウリッツアに到着する。服を汚さないようにと気を付けて下りていたアニャは、いつもより疲れているようだった。

「馬車の出発まで余裕があるから、どこかで休もう」

「いいえ。回るところが、あるわ」

なんでも、具合を悪くしているお爺さんやお婆さんの家に行くという。旅行でしばらく不在にするということも伝えたいらしい。

「イヴァンは、馬車乗り場で待っていて。すぐに戻ってくるから」

「アニャ、俺も一緒に行くよ。荷物はどこかで預かってもらおう」

久しぶりと声をかけてきたおばさんの家に、荷物を置かせてもらった。それからアニャと共に、懇意にしている村人の家を巡った。最後は寝たきりのお爺さん。娘さんには体に不調はないと話していたようだが、アニャが問いかけるとすぐに訴える。

「最近、喉が痛くてねえ」

「どんな感じ？」

「イガイガと言えばいいのか。ツバを飲み込んだだけでも、痛むんだ」

「だったら、お湯に蜂蜜を溶かして飲んだらいいわ」

痛みの原因となる炎症を蜂蜜が和らげ、さらに、喉を潤してくれるらしい。

「じゃあ、先生のところの蜂蜜を、買ってくるように言っておこう」

「いいえ。うちのじゃなくても、どの蜂蜜でも効果があるわ。オススメはアカシアの蜂蜜よ」

アニャは耳が遠いお爺さんが理解できるように、ゆっくり、はきはきと喋(しゃべ)っていた。

「この前も先生に診てもらったら、調子がよくなって。本当に感謝しているよ」

「そう言ってくれると、とっても嬉しいわ。でも私はお医者様じゃないし、蜂蜜も万能ではないの。だから症状がよくならなかったときは、お医者様を村に呼んでね」

「ああ、わかっているよ」

アニャは特製の蜂蜜飴をお爺さんに手渡し、また来ると言って手を振って別れた。お爺さんの娘さんから、感謝される。

「お父さんったら、あたしが聞いてもいつも大丈夫って言うから」

「娘の前では強がりたいのかもしれないわ。うちの父もそういうところがあるの」

マクシミリニャンは多少の熱ならばなんともないと思っているようで、具合が悪くても張り切って仕事をしてしまうらしい。すかさずアニャが発見して、安静にしているようにと言うのだとか。

「どこかにも、怪我をしているのに、仕事の支障になるから黙っている人もいたわね」

「うっ！」

痛いところを衝かれてしまう。俺も、お爺さんを責められない立場にあるようだ。

「先生、お代です」

「今日は私が勝手に押しかけただけだからいいわ。喉が痛いって聞きだしただけだから」

喉の痛みや切り傷にはアカシアの蜂蜜、胃もたれや胃痛には栗の蜂蜜など、種類によって異なる効果をアニャは娘さんに説明する。

「だったら、先生のところの蜂蜜を買っておくわ」

お爺さんと同じことを言ったからか、アニャは微笑みながら言葉を返す。

「うちの蜂蜜でなくても大丈夫よ」

「いいの。町の養蜂園の蜂蜜より、山で採れた蜂蜜のほうがおいしいから」

「あ、えっと、あ、ありがとう」

アニャが気まずそうに返事をする。町の養蜂園というのは、俺の実家だ。娘さんも、まさかアニャの隣に町の養蜂園の息子がいるとは思ってもいないのだろう。

娘さんとはそのまま別れた。

「あの、イヴァン。なんか、悪かったわね」

「大丈夫。山の蜂蜜は本当においしいし」

作った環境が異なるので、味わいに違いがでるのは当たり前だ。町の蜂蜜は輸送費も含まれるので、価格も上乗せされて山の蜂蜜と値段もそう変わらないし。そういう状況であれば、客は好きなほうを選ぶだろう。

物事を比べることはよくないとわかっている。無意識のうちに誰かを貶め、傷つけていることもあるから。けれども人は比べてしまう生き物なのだ。俺も気を付けなければいけない。

ぼんやりと考え事をしていたら、こちらを目がけて急ぎ足で接近する者が現れる。

俺を睨んでいるような、いないような……?

「ええ、何？　怖っ！」

「あれは、カーチャだわ！」

「カーチャって、アニャが可愛すぎるあまり、いじわるなことを言って関わりを持とうとしていた、信じがたいくらい残念な奴――!?」

思わず、説明口調になってしまった。

「おい、アニャ！」

カーチャは得意の（？）腹式呼吸でアニャの名を叫んだ。大股でズンズンと近づき、腰に手を当てて、どん！　と威圧感たっぷりに立ちはだかる。

「カーチャ、何？」

「こいつに酷いこと、されてないか？」

「バカを言わないでちょうだい。夫は世界一優しくって、働き者で、素敵な人なんだから」

アニャの惚気話を聞いたカーチャは、衝撃を受けた表情を浮かべる。若干、涙目でもあった。アニャが不幸な結婚生活を送っていないか、心配で声をかけてきたのだろう。それなのに、逆に良好な夫婦関係を聞くハメとなった。

「いや、アニャ。お前は騙されているんだ」

「イヴァンが何を騙しているっていうの？　言ってみなさいよ」

「そ、それは……。み、見たんだ！　こいつが、染め物店の婆さんを拐かしているところを！」

「染め物店って、ツヴェート様のこと？」

「そうだ！　朝も早い時間に、婆さんを背負って、こそこそ山のほうに登っていったのを見たんだよ。まさか、婆さん、お前の家にいないのか？」

「いるに決まっているでしょう。ツヴェート様は、自らの意思でいらっしゃったのよ。それに、ツヴェート様をうちまで背負っていたのは、イヴァンではなくて、お父様なんだから」

「親父さん……だったのか？」

「ええ、そうよ」

ツヴェート様を誘拐したと思い込んだ上に、マクシミリニャンと俺を見間違えていたとは。奇跡的な思い違いだろう。目撃してから今日まで、さぞかしヤキモキしていたに違いない。一応、謝罪しておく。

「カーチャ、なんていうかごめんね」

「な、なんでお前が謝るんだよ。それに、俺の名を呼ぶな！」

カーチャが叫んだ瞬間、アニャが飛びかかりそうになったので、咄嗟（とっさ）に抱き止める。

アニャ落ち着け、落ち着けと、背中を優しく撫でた。カーチャは呆然とした様子で、その場に立っている。

「じ、じゃあ、俺たちは、これで」

「おい、待て」

まだ話がある様子だ。馬車の時間が気になるので、なるべく手短に話してほしい。

「アニャ、お前は本当に、幸せなんだな？」

「ええ、幸せよ」

「その男で、妥協しているのではなく？」

「妥協なんかしていないわ。イヴァンは、私にとって大切な存在なのよ！　これ以上、イヴァンについて失礼なことを言ったら、絶対に許さない。一生、口も利かないから」

煙玉の使いどころはここなのか？　しかし、あれはうちの兄たちに使うための最終兵器で、カーチャに使ってはいけない気がした。

どうやらカーチャは、アニャに未練があるようだ。ここで、きっちり話をしたほうがいいだろう。

カーチャの腕を掴み、アニャから少し離れる。

「イヴァン？」

「ごめんアニャ。ちょっと待っていて。彼と少しだけ話をするから」

「おいお前、なんのつもりだよ」

カーチャに近づき、小声で話しかけた。

「ねえカーチャ。君がアニャに対してどう思っているか、今、きちんと言ったほうがいい。でないと、一生引きずるから」

「は、お前、言っている意味がわかるのか?」

「わかるよ。今、言わないと、君はずっとアニャに絡み続けるだろうから」

「いいのか? もしかしたら」

「アニャが君を選ぶかもしれないって、思っているの?」

「そ、そうだよ」

そんなわけあるか! 盛大に振られてこい。なんて言葉が思い浮かんだが、ごくんと呑み込んだ。

ヤケクソな気持ちで、カーチャの背中を押す。

一応、彼が変な言動をしたら、煙玉に火を点けて投げる予定だ。アニャを傷つける奴は、誰であろうと容赦しない。

アニャのもとに戻ったカーチャは、赤面しながら想いを告げていた。

「何よ?」

「ずっと、言えなかったんだけれど、俺、お前のことが……好き、なんだ」

アニャは口をぽかーんと開き、目を丸くしていた。

「あなた、好きな相手にあんな失礼で嫌な言葉をぶつけていたの?」

「いや、それは、照れ隠しというか、愛情の裏返しというか、なんというか」

「照れ隠し⁉　愛情の裏返し⁉」

　カーチャの愛の形は歪んでいる。本人はそれを自覚していないようだ。

「そうだったのね」

「……結婚したって聞いたときは、ショックだった。でも、教会で誓い合っていないって聞いたから――」

「ごめんなさい。カーチャの想いには、応えられないわ」

「ど、どうして？」

「あなたの言葉は私の心を深く傷つけたの。結婚していなくても、お断りしていたと思うわ」

「傷つけた？」

「ええ。童顔とか、ちびとか、そういう言葉を何気なくぶつけられると悲しかった」

「どうして、言わないんだよ」

「自分が言われて嫌な言葉は、他人に向かって口にしないのが普通なのよ」

　アニャはカーチャを見かけるたびに、言われた言葉を思い出して傷ついていたという。悪い言葉は深い傷となって残ってしまうのだ。カーチャは泣きそうな表情でアニャを見つめ――謝罪した。

「悪かった。そんなふうに思っていたとは、まったく想像もできていなかった」

「いいわ、許してあげる。けれどもう二度と、これまでみたいに一方的に絡んでこないと約束してくれる？」

「ああ、わかった。約束しよう」

アニャがこちらを見て、来てと目で合図する。急ぎ足でアニャの隣に並んだ。

「友達として挨拶をするとか、うちの蜂蜜を買いたいとか、そういう話だったら別に構わないわ」

「アニャ……！　ありがとう」

カーチャは深く深く頭を下げる。わかってくれてよかったと、ホッと胸をなで下ろした。

アニャの問題がひとつ解決——と思いきや、表情が硬い。微妙に、気まずい空気も流れていた。会話もなく、馬車を待つ。ヒュウと吹いた風からは、冬の匂いがした。薪を焚いたときに出る煤と、枯れた葉っぱ、それから乾燥した空気を含んだものが鼻先をかすめて、そう感じるのだ。

冬の匂いにもの悲しさを覚えるのは、蜜蜂たちと疎遠になってしまう季節だと実感するからだろう。

今、アニャを見つめると同じような悲しみを感じる。ご機嫌がよろしくないとわかりつつも話しかけた。

「あの、アニャ？　どうしたの？」

「何が？」

「いや、黙り込んでいるから、理由を知りたいなと思って」

俺が悪ければ謝りたい。素直に白状する。アニャはジロリと睨み——はあ、とため息を零した。

「私に気持ちを伝えるように、イヴァンがカーチャに仕向けたでしょう？　それが、嫌だったの！」

「うっ、ごめん」

よかれと思ってしたことだ。でも、逆の立場になって考えてみる。例えばの話だが、もしもアニャがロマナに「イヴァンが好きならば、告白しなさいよ!」と言って背中を押したら、とてつもなく複雑な気持ちになる。もしも俺がロマナを受け入れたら、アニャはどうするつもりなのだと、問い詰めたくなるだろう。

「本当に、ごめん」

「なぜ、カーチャにそんなことを言ったの?」

「このままだったら、カーチャはアニャに未練を残したままで、酷い言動を繰り返すだろうって」

カーチャ自身、善い人とは言えないが悪い人ではない。だからアニャに告白して玉砕したら、きっぱり諦めると思っていたのだ。

「カーチャの勘違いを正したほうが、関係の修復ができるかな……と考えまして」

「勘違い?」

「うん。カーチャは、アニャはきっと自分のことが好きだけれど、勇気がなくて言えないまま結婚したんだと思っていたんじゃないかな」

アニャはカーチャにひっそりと想いを寄せている。そんな勘違いがあるものだから、尊大な物言いができたのだろう。

「そう勘違いしたままじゃ、アニャが何を言っても無駄だし、誤解は解けない。だったらカーチャがアニャに告白して、振られたほうがいいんじゃないかって」

アニャの対応は百点満点だったように思える。きっぱりと断った上に、カーチャの物言いが嫌だったとはっきり伝えた。カーチャが、自分の考えや言動のすべてが間違いだったと、気づいてくれて本当によかった。

「でも、この作戦はアニャが俺のことが大好きだってわかっているから実行できたのであって、その、いつも、わかりやすく好意を向けてくれて、ありがとう」

「あ、えっと、うん」

今、この瞬間、アニャのピリリとした空気が和らいだ。頬を染めてこちらを見上げている。

アニャの手を握り、気持ちを伝えた。

「俺も、アニャのことが大好きだから――」

と、いいところで、ガラガラという車輪の音が聞こえる。馬車が来やがった。待っているときには来ないのに、待っていないときには来る謎。まあ、いい。アニャの怒りと誤解は解けたようだから。そのまま手を繋いで、馬車に乗り込んだ。

最終便だったが、馬車に乗り込んだのは俺とアニャだけだった。ただ、座席は荷物で埋まっている。何やら品物を出荷するための便だったらしい。乗車中、アニャとふたりきりで過ごせるのはありがたかった。あっという間に外は暗くなる。車内にはランタンがあったものの、つけずに暗いままでいた。そのほうが冒険気分も高まるというもの。

「ふふ、なんか不思議な気分ね。こんな真っ暗闇の中を、馬車で進んでいるなんて」

「だね」

暗くなったら家に戻るという生活を続けていたので、こうして夜に外で過ごすのは不思議な気分になる。

「実家にいたころは、しょっちゅう夜に家を抜け出していたんだけれどなあ」

「イヴァン、どうして夜に家を出る必要があるの？　もしかして、夜な夜な遊んでいたの？」

「いや、違うよ」

家に夕食や寝床がなく、親友の祖父から譲り受けた小屋で寝泊まりしていた話をしなければならなくなった。また実家の闇をアニャに語って聞かせてしまったのである。楽しい話ではないので、なるべくしないようにしていたのに……。

「夕食だけでなく、眠る場所さえないなんて酷いわ」

「まあ……ね」

今は、帰ったら「おかえりなさい」と言って迎えてくれる家族がいる。おいしい食事だって三食用意されているし、寝床だってある。隣には愛らしい妻がいるので、俺は世界一幸せ者だろう。

「だからアニャ、泣かないでね」

「な、泣いてなんか、いないわ」

アニャは時折、俺が可哀想だと涙を流してくれる。彼女にはいつも笑っていてほしいのに、俺の家庭環境が悪かったばかりに泣かせてしまうのだ。そっと抱きしめ、震える背中を優しく撫でる。

「アニャ、よーしよしよし、いいこ、いいこ」

「ちょっ、イヴァン、笑わせないでちょうだい」

「それが、笑わせようとしているんだな」

「もう！」

すぐに、アニャは笑ってくれた。ホッと胸をなで下ろす。実家の不幸話は、この先ずっと封印しておかなくては。強く強く、心に決めた。

移動時間にたくさんお喋りできるね、なんて言っていたアニャだったが――走り始めて三十分と経たないうちに眠ってしまった。山を下り、村では蜜薬師として家を回って、最後の最後でカーチャの相手もした。疲れ果てて眠ってしまうのも無理はない。眉間に皺が寄っているのは、座って眠る状態に慣れていないからだろう。肩を引き寄せ、ゆっくり横たわらせる。しばし、膝を貸してあげた。

それから三十分後、馬車が停まる。同時に、アニャは目を覚ました。

「ん……イヴァン、もうついたの？」

「違うよ。一回目の休憩」

旅人たちが休めるように、ちょっとした小屋があるのだ。そこで用を足したり、湧き水を飲んだりと、小休憩を行う。だが、外は鬱蒼とした森で、暗くなった今は、先の見えない道にゾッとしてしまう。風も強く、一秒たりとも長居はしたくない。

「アニャ、馬車の中で夕食を食べよう」

「ええ、そうね」

村の食堂で夕食を買っておいたのだ。アニャは焼いたマスをパンに挟んだマスサンド。俺は、炙った豚肉を挟んだ肉サンド。味付けは塩とコショウというシンプルなものだったが、おいしくいただいた。すべて食べ終わったころに、馬車は再び走り始める。

「私、イヴァンの膝を借りて眠っていたのね」

「可愛い寝顔だったよ」

「はいはい」

最近、アニャに可愛い可愛い可愛いと連発しているせいか、適当に流されてしまう。冗談だと思われているのだろうか。すべて本気の可愛いなのに。

「今度は、私が膝を貸してあげるわ。どうぞ」

「いや、不思議と眠くはないんだけれど」

「眠くなくても横になったら、疲れた体が休まるから」

「それもそうだね」

お言葉に甘えてアニャの膝を借りた。やわらかくて、いい匂いがする、最高の膝枕だった。

馬車での移動を終え、目的地である湖畔の町にたどり着いた。

アニャの膝枕がよかったのだろう。予想していたよりも疲れていなかった。安全運転をしてくれた御者に心付け(チップ)を手渡し、ガス灯に照らされた道を歩いて行く。

「ここが、イヴァンが生まれ育った町なのね」

「そう。まあ、実家は町の郊外にあるんだけれど」

懐かしい気持ちがこみ上げてくる。故郷を出て一年も経っていないのに、不思議な気分だ。

「せっかくたどり着いたのに、暗くて何も見えないわ」

「明日、明るくなったら案内するね」

「楽しみにしているわね」

ひとまずマクシミリニャンが予約してくれていた宿に向かう。そこは観光客向けに建てられた、創業百年以上の老舗(しにせ)宿だ。

「暗いからよく見えないだろうけれど、町で一番大きな宿なんだ」

「そうなのね。なんだかドキドキする」

マクシミリニャンが到着は夜だと伝えていたからか、ドアマンがすぐに「フリバエ様でしょうか?」と聞いてくる。家名を呼ばれることはほぼないので、一瞬ポカンとしてしまった。アニャが代わりに「はい、そうです」と返してくれた。受付には支配人が待ち構えている。顔見知りなので、すぐに気づかれてしまった。実家で作っている蜂蜜を納品していたのだ。

「君は、ベルタさんのところの十三番目の、えーっとサシャ?」

「いいえ、十四番目のイヴァンです」

「ああ、結婚して家を出たという」

「そうです」

どうやら、我が家のいざこざは町でちょっとした噂になっていたようだ。

「いやはや、君が出て行ってから、いろいろあってね。取引は止めてしまったんだよ。常連のお客様から蜂蜜の味が落ちたって、苦情が入って」

「そうだったのですね」

蜂蜜の品質が落ちたというのは、ミハルから話を聞いていただけでなく、実物も確かめてわかってはいたが、実際に町で取り引きしている人から直接話を聞くと、複雑な気持ちがこみ上げてくる。

「すまない。他家へ婿入りした君には、関係ない話だった」

まったく無関係ではないが、かと言って、突然品質が下がったのは俺のせいではない。適当に相づちを打って、話題を流す。

「部屋は三階、風呂も用意するから、準備ができたら声をかけよう」

「ありがとうございます」

アニャと共に階段を上がっていく。朝、共に山を下った膝が悲鳴を上げたので、頑張れ、頑張れと応援した。部屋にたどり着く。中心にふたり用の大きな寝台がどかんと鎮座した、広い部屋だった。長椅子や円卓も置かれ、茶や菓子が用意されている。なんだかゆっくり過ごせそうだ。

　荷物を運ぶベルマンが去ったあと、長椅子に腰を下ろす。

「なんとか到着できてよかった」

「本当に」

　今すぐ眠りたいが、風呂に入ったほうがいいだろう。準備するのに三十分かかると言っていたか。それまで眠らないようにしなければ。

「いや、ダメだ。眠い！」

「イヴァン、寝たらダメよ。お風呂に入らなきゃ」

「限界だから、アニャ、ちょっと俺の手の甲を抓（つね）って」

「そんなので目は覚めないでしょう？」

「挑戦したい。思いっきりよろしく」

　アニャは「仕方がないわね」と言い、「えい！」というかけ声と共に俺の手の甲をぎゅっとつまんでひねった。

「痛（い）った！　かけ声は可愛かったけれど、えげつなく痛い！」

「大げさね」

　アニャが加減することなく抓ってくれたおかげで、目が覚めた。感謝しかないけれど、二度と挑戦したくないと思ってしまった。

朝――日の出前に目覚めてしまうのは、職業病だろう。旅行中だというのに、仕事をするために自然と覚醒してしまったようだ。もう少し眠ろう。今日は働かなくてもいいのだから。

それから二時間後、ハッと目覚める。

「み、蜜蜂に餌をあげないと！」

叫びと共に、起き上がる。外はすっかり明るくなっていた。隣でスヤスヤ眠るアニャに気づくと、ホッと安堵のため息が零れる。

久しぶりに、実家の養蜂園で働く夢をみた。息つく間もなく母にあれこれ命令され、義姉たちに仕事を急かされ、兄たちに身なりが汚いと怒鳴られる。かつてごくごく当たり前にあった日常だった。

夢にみてしまった理由は、ここが故郷だからだろう。

昨晩、実家の蜂蜜の評判について聞かされてしまったので、強い印象が心の中に残ってしまったのかもしれない。アニャの寝顔を見ていると、嫌な夢をみて荒(すさ)んだ心が癒やされていく。ここでもうひと眠りできたらよかったのだが、すっかり目は覚めてしまった。仕方がないので、着替えて歯を磨くことにする。

それから一時間後に、アニャは目覚めた。ぐっすり眠れたようで何よりである。

「イヴァン、どう？」

ワンピース姿で現れたアニャが、くるりと一回転する。菫(すみれ)色のワンピースは、マクシミリニャンが以前買ってきたものらしい。肩の部分はボリュームがあって、袖口には小花のレースがあしらわれていた。襟にはリボンが結ばれていて、腰周りはきゅっと絞られている。ふんわりと膨らんだスカートは、花の蕾のようだった。小柄なアニャによく似合う、可憐な一着である。

「お父様がこのワンピースを誕生日にくれたのは、一年前だったかしら？　こんなきれいな服、普段着になんてできないから、ずっとしまっていたのよね」

「そうだったんだ。すごく似合っているよ。最高に可愛い」

「ありがとう」

アニャは頬を赤く染めつつ、スカートの裾を摘まんで軽やかなステップを踏んでいる。春の妖精のようだと思った。

食堂で朝食を食べたあと、町の散策を始めた。湖畔の町の観光シーズンは初夏から秋にかけて。冬は寒いので人もまばらだ。俺個人としては、ゆっくりのんびり過ごせていいと思っている。

「大きな町ねえ。朝なのに、こんなに人が歩いているなんて」

「観光地だからね。これでも少ないほうなんだよ」

隣国の帝政が廃止されてから、観光客はぐっと減ったように思える。政治に不満があったから、人々は皇帝を玉座から引きずり下ろした。その結果、世の中がよくなるとは限らない。まだ皇帝陛下がいた頃のほうがよかった、なんて言う人たちだっているくらいだ。力のある者が、力なき者から搾取して世の中を回す。その仕組みは、どうあがいても変わらない。

「イヴァン、どうかしたの？」

「あ――ごめん。故郷に戻ってきたからか、いろいろ感傷的になってしまって」

「そう」

アニャは心配するわけでもなく、詳しい話を聞こうとするわけでもなくサラッと流す。今は旅行中だ。暗い話をするつもりはない。きっとアニャはわかっていて、深く突っ込まなかったのだろう。

彼女のこういうサッパリとしたところが、たまらなく好きだと改めて思った。

町を歩きながら案内していたら、ミハルの実家の店にたどり着いた。三階建てで、一階が店と倉庫、二階と三階が住居となっている。

「あ、ここ、ミハルの実家」

「まあ、こんな大きなお店だったのね！」

「町で一番目か二番目かに大きな店なんだって」

まだ朝なので当然営業時間ではない。食べ物を売る店は比較的早くから開いているが、ミハルの実家の店は昼過ぎくらいから開くのだ。

「三階の端が、ミハルの部屋――」

指差した瞬間、窓が開いた。ひょっこり顔を覗かせたのはミハルである。

「あー、イヴァンじゃん！」

「おはよう、ミハル」

「おはよう！　ちょっと待ってろ。そっちに行くから」

ドタバタと、賑やかな様子が外にいても聞こえる。大慌てで身なりを整えているのだろう。

五分後、ミハルは出てきた。

「イヴァン、よく来たな」

「うん。っていうか、よく気づいたね」

「今日来るって言っていただろう？　イヴァンがその辺歩いているんじゃないかって、何回か外を覗いていたんだ」

「そうだったんだ」

　握手を交わし、背中をバンバン叩き合う。前回会ってからさほど経っていないが、それでも元気そうでホッとした。ミハルはアニャにも挨拶をする。

「ようこそ、湖畔の町へ！　楽しんでいる？」

「もちろん」

　今のシーズンは手漕ぎボートの順番待ちをしなくてもいいのでオススメだと、ミハルはアニャに観光の秘訣を語っていた。

「あと、クリームケーキ！　おいしいから、絶対食べて」

「イヴァンもクリームケーキを勧めていたから、楽しみにしているわ」

　ミハルはこれから配達らしい。あとでゆっくり話そうと約束し、ミハルと別れた。

「さて、そろそろ湖のほうに行きますか」

「ええ！」

　今日は特に冷え込んでいると、宿のドアマンが眉尻を下げながら話していた。山の暮らしのおかげで寒いのは慣れっこだ。そう思っていたが、外に出たらけっこう寒かった。話すたびに、白い息が漂う。歩いているうちに温かくなるなんて考えていたが、寒いものは寒いまま。

「アニャ、大丈夫？　寒くない？」

「こうすれば、寒くないわ」

そう言ってアニャが身を寄せてきた。あまりにも可愛すぎる。思わず、天を仰いでしまった。

「じゃあ、行こうか」

「ええ」

アニャにもっとも見せたかった、オクルス湖。手を引いて案内する。こちらが先導していたはずなのに、湖が見えた途端、アニャが先に走り始めた。

「イヴァン、見えてきたわ！　湖の真ん中に教会がある！」

いつの間にかアニャに手を引かれ、全力疾走状態になっていた。肩で息をしつつ、オクルス湖のほとりにたどり着いた。この寒さでは水面が凍っているのではないか、なんて心配していたが、杞憂に終わる。

水面は静かに波紋を立てていた。白鳥が優雅に泳いでいる。記憶のままの、美しい湖であった。

「きれい……」

湖は太陽の光を浴び、水面はキラキラと美しい光を放っている。アニャはそれに負けないくらいの輝く瞳で、オクルス湖を見つめていた。

「湖の真ん中に教会があるなんて、童話みたいだわ」

「あそこ、船で行けるんだ。あっちにある桟橋から船に——んん？」

指差した方向にあったのは古い桟橋だった。今は使われていない。

そこに、人がぽつんと立っていた。

「修道女(シスター)かしら？　なんだか、絵になるわね」

湖の桟橋に、佇む修道女。見えるのは後ろ姿ばかりで、表情などはうかがえない。どこか浮き世離れしているように感じるのは、なぜなのか。アニャと共にぼんやり眺めていたら、修道女は思いがけない行動に出る。ふらふらと桟橋を進み——そのまま吸い込まれるように湖へ落ちていった。

「は⁉」

「なんてことを‼」

弾かれたように、アニャが走り始める。助けるつもりなのか。慌ててあとを追いかける。

修道女は足を滑らせて落ちた、という感じではなかった。自ら湖に落ちていったのだ。

冬の湖なんかに入ったら、凍死してしまう。いや、死ぬつもりで湖に飛び込んだのだろう。身投げというやつだ。アニャの足は速い。追いつかないと、先にアニャが湖に飛び込んでしまう。

「ちょっ、アニャ、待って！　俺が、俺が助けるから！」

なんとかアニャに追いつき、引き留める。

「イヴァン、あの人、助けなきゃ！」

「わかった、わかったから、ここにいて。俺に任せて」

素直に頷いてくれたので、ホッと胸をなで下ろす。湖を見たが溺れている修道女の姿はない。沈んでいったのだろう。すぐに助けなければ。

上着を脱いで桟橋まで駆ける。そのまま飛び込んだ。バシャン！　と大きな音が鳴り、同時に刺すような冷たい水温に全身が驚く。水中の視界は若干悪い。けれども、黒衣の修道女の姿をすぐに捉えた。

ばた足で接近し、力なく放り出された修道女の腕を掴む。抵抗されたらどうしようかと思っていたが、そのまま大人しく腕を引かれていた。

栈橋にかかっていた古い浮き輪を、アニャが投げてくれる。浮き輪には縄が結ばれていて、アニャが栈橋の上から引いてくれた。

なんとか陸まで上げることに成功したものの、修道女は意識がなかった。おそらく、身投げしたときに気を失ってしまったのだろう。体が冷えているので、アニャは上着を脱いで修道女に被せてあげていた。

「アニャ、どうしよう。ひとまず、町の医者を呼びに行けばいい？」

「イヴァン落ち着いて。大丈夫、私に任せて」

アニャがそう言って修道女のベールを取る。顔にかかっていた長い髪を寄せた瞬間、ハッとなる。

修道女の顔に見覚えがありすぎた。

「ロ、ロマナ⁉」

「ロマナって、あのロマナ？」

「う、うん、あの、ロマナかと」

見間違えるわけがない。彼女は双子の兄サシャの元妻、ロマナだ。痩せ細っていて別人のようだが、間違いないだろう。いや、今は彼女がロマナか否か気にしている場合ではなかった。

「ねえ、大丈夫？　修道女様？　ロマナ！」

肩を叩きながらの声かけに反応はない。アニャは驚きの行動に出る。指先で唇をこじ開け、額に手を添える。それから顔を近づけ、ロマナに口づけしたのだ。

否、ただの口づけではない。呼気を送り込んでいるように見える。

一度、二度、ふーっと大きく息を吹き込んだら、胸が上下した。さらに、ロマナの体がビクリと反応を示す。咳き込み、水を吐いた。

「イヴァン、彼女の体を横にして！」

「了解」

吐いた水で呼吸困難にならないよう、体の向きを変えた。何度か咳き込むのと同時に、さらに水を吐き出す。

「はあ、はあ、はあ……ううっ！」

ロマナの眦（まなじり）がふるりと震え、ゆっくりと瞼が開いた。

「あ――」

「意識が戻ったわ！」

アニャの大丈夫かという声に反応し、こくりと頷く。

「て、天使様……？」

ロマナはアニャを見て、ぼそりと呟く。アニャは眉尻を下げつつ、「違うわよ」と答えた。

「わ、私――」

ロマナはわなわなと、震え始める。それは水に濡れた寒さの震えとは、異なるものであった。

死ぬつもりだったのに、死ねなかった。彼女が感じる恐怖がどんなものかまでは、わからない。

大粒の涙を流しつつガタガタと震えるロマナを、アニャはぎゅっと抱きしめた。

「大丈夫よ。今は何も考えないで」

これまでアニャはたくさんの患者に接してきた。不安に陥ったとき、どういう態度で接すればいいのかわかっているのだろう。ここはアニャに任せることにした。

アニャが優しく背中を撫でていたら、ロマナの震えは治まっていった。町まで歩いて行く体力は、今のロマナに残っていないだろう。思いがけず寒中水泳することになった俺の体力も、残り僅かだ。というか、今、ロマナより震えているかもしれない。アニャ、俺も抱きしめて……なんてバカなことを考えてしまう。もちろん、この状況では絶対に口にしないが。

「ねえ、イヴァン。彼女をどこか暖かい場所につれて行きたいのだけれど、あそこの建物って――」

「実家」

「そ、そうよね」

美しい美しいオクルス湖のほとりにある花畑と大きな家。そこは生まれ育った実家である。当たり前だけれど、外観はなんら変わっていない。

俺たちの会話を耳にしたロマナは、ハッと弾かれたようにこちらを見上げた。

「あなた……イヴァン？」

「うん。ロマナ、久しぶり」

「ああ、なんてこと……！」

せっかくアニャが落ち着かせていたのに、再びロマナの全身は戦慄(わなな)く。

「ご、ごめんなさい……、ごめんなさい。あなたは、私のせいで、家を出ていくことになって――」

「ロマナのせいじゃないよ。俺は自分で選んで、家を出たんだ。今は、幸せに暮らしている。だから、気にしないで」

ロマナは涙を流すばかりで、会話にならなかった。実家に連れて行くわけにもいかないので、ミハルのお祖父(じい)さんから譲り受けた小屋に連れて行くことにした。

今はツィリルが小屋の管理をしている。あそこならば、しばらくゆっくり休めるだろう。

「ねえ、立って歩ける？」

アニャの問いかけに、ロマナは頷いた。肩でも貸したほうがいいのかと思ったが、アニャが大丈夫だと制する。ロマナはアニャの手を借りて、一歩、また一歩と進んでいった。

なんとか小屋までたどり着く。鍵はかかっているが、予備の鍵が外に隠されているのだ。屋根の隙間に鍵が差し込まれている。それを手に取り、小屋の扉を開けた。中には以前持ち込んだタオルや着替えがそのまま残っていた。他にツィリルが持ち込んだであろう、木の棒や木の実、靴などが置かれている。なんというか、楽しく利用しているようで何よりだ。

と、小屋の変化を気にしている場合ではなかった。

「これ、着替え。使って」

「あ、ありがとう」

ロマナが着替えている間に、俺は外に出てその辺にある木の枝を拾い、焚き火をした。火に当たりながら、濡れた体を拭いて着替える。焚き火を黙って見つめ、ふたりが出てくるのを待った。

着替えたロマナが、アニャと共に小屋から出てきた。暗い表情である。無理もないだろう。

「ロマナ、寒いでしょう？　そこ、座ったら？」

「体を、温めたほうがいいわ」

ロマナは頷き、焚き火の前に腰を下ろす。三人揃っても、ただただ火を見つめるばかりであった。気まずいものの、無理に事情は聞きださないほうがいいだろう。

「あの、助けていただいて、本当に、ありがとうございました」

「え、ええ」

「まあ、なんていうか、偶然、近くにいてよかった」

「あなたはどうして、湖に飛び込んだの？」

アニャがズバリと聞いてしまう。ロマナは顔を伏せ、お腹の辺りを摩った。

「――あ！」

思わず、声をあげてしまう。以前ツィリルから、ロマナの妊娠を聞いていた。あれからずいぶんと経ったのに、お腹の膨らみはまったくなかった。

「お腹の子を、死なせてしまったのです」

ロマナの目から、涙が零れる。どうやらサシャとロマナの子どもは、生まれる前に天に召されてしまったようだ。

「わ、私の、せい、なんです。私が、母親になる資格なんてないから、生まれてこなければいいのにって、思ってしまったから、子どもを、死なせてしまった」

「そんなことはないわ！」

アニャがぴしゃりと言いきる。

「子どもは、私たちがどうこう思ってどうにかなるものではないのよ。生まれてこなかったのは、そういう運命だと、最初から決まっていただけ。あなたは悪くないの。絶対に。だから、自分を責めないで」

ロマナは首を横に振る。アニャが力強く励まそうとしても、聞く耳など持たない。子どもを死なせてしまった罪深い女だと、ロマナは自分を責める言葉を口にし続ける。

誰が何を言っても、彼女の心には届かないのだろう。今はそっとしておいたほうがいい。アニャに声をかけたが、「イヴァンは黙っていて！」と逆に怒られてしまった。

「助けてくれたことには、感謝しています。けれども私みたいな母親になれなかった女に、生きる資格はないのです」

アニャはロマナをジッと見つめ、意を決したように話し始めた。

「あのね、私、初潮がきていないの。だから、子どもを産みたくても、産めない体なのよ」

初めて、ロマナがアニャの言葉に反応を示す。光のない瞳が、アニャを見つめていた。

ロマナは母親になれなかった自分を否定し、命を絶とうとしていた。だがそれは、アニャの存在すら否定する言葉だったのだ。アニャはこれまでになく、怒っているように見えた。

「先天性の無月経だと、お医者様はおっしゃっていたわ」

以前、ツヴェート様から勧められて診察を受けたらしい。

医師によると――アニャは生まれつき子宮がないか、卵巣が機能していない、もしくは脳から卵巣を刺激するサインが出ていないか、とさまざまな可能性があるという。

はっきりとわかるのは、アニャが子どもを望めないということだけ。

「ずっとずっと、気にしていたの。私は子どもを産めない。だから、結婚なんてできっこないって。でも、イヴァンはそれでもいいからって言って、私を妻に迎えてくれた」

おそらくロマナは俺とアニャの関係を察していたのだろう。話を聞きながら、静かに頷いている。

「結婚してからも、子どもが産めない自分を、ずっと自分で責めてしまっていたわ。イヴァンとの子どもが、どうしてもほしかったから。私のせいで、イヴァンに自分の子どもを抱かせてあげられない。悔しいって……」

どれだけアニャが望んでも、子どもは産めない。これまで彼女が悩んでいたなんて、知らなかった。アニャはいつだって、太陽みたいに明るかったから。

苦しかっただろう。辛かっただろう。今はかけるべき言葉が見つからない。

「ツヴェート様……私とイヴァンのお祖母様が、おっしゃっていたのよ。すべての子どもの生は運命に定められている。私とイヴァンの間に導かれる運命だった子どもは、最初からいなかっただけだって。私が思い悩んでも運命は絶対に変わらない。だから気にするだけ無駄だって」

アニャはロマナをまっすぐ見つめながら話す。ツヴェート様が言っていたようだ。子どもは天から遣われし、神々からの贈り物である、と。

「でも、子どもは、私たちと同じ姿をしているとは限らないんですって」

地面に咲く草花や、湖を泳ぐ白鳥、大地を駆ける馬――。

「それから宙を舞う蜂。気づいていないだけで、神様はたくさんの子どもたちを、贈っているのですって。だから誰でも母親になれる。あなたの傍にも、きっと、愛すべき子どもがいるはずだわ」

ロマナは胸を押さえ、嗚咽を漏らした。アニャは俺を振り返り、「そうでしょう、イヴァン？」と言って微笑む。

そうだ。そうだった。俺たちの周りには、たくさんの命がある。そのおかげで、生を繋いでいるのだ。

ツヴェート様の言うとおり、子どもは人の姿をしているとは限らない。ずっと、気づいていなかった。アニャを抱きしめ、耳元で感謝の気持ちを伝える。

ロマナだけでなく、俺までも救われたような気持ちになってしまった。


それからロマナを、修道院に送り届けた。修道女たちは、いなくなったロマナを捜していたらしい。

すぐにロマナは医師のもとに連れて行かれ、診察を受けるという。俺たちにお礼を言う修道女たちが温かいお茶をふるまってくれるというが、修道院の内部は男子禁制。敷地の外に建てられた小屋に案内された。

院長を名乗る女性は、深く頭を下げる。

「もうロマナはどれだけ励ましても、気力を取り戻さないだろうと思っていたんです。けれど、戻ってきたら瞳に光が宿っていた。いったい彼女に、何があったのですか？」

院長の問いかけにアニャは答えた。

「周囲の愛に、気づいたんだと思います」

「そう、でしたか」

これまで、修道女になったというロマナが気がかりであった。けれど、この先は大丈夫だろう。

そんな気がしてならなかった。

ロマナの騒ぎのせいで一日中バタバタしていた。宿に戻り、ラウンジでひと息つく。昼食も食べ損ねていた。ひとまず名物であるクリームケーキを食べよう、という話になったのだ。

「なんていうか、アニャ、ごめん」

「いいのよ。ロマナさんがどんな人なのか、気になっていたし」

「あ、うん」

「きれいな人だったわ」

なんて答えたらいいかわからず、明後日の方向を眺める。

個人的にはアニャのほうがきれいだと思ったが、人を比べるのはよくないだろう。だから、何も言葉を返さなかった。

運ばれてきた紅茶を飲んで、心を落ち着かせる。

「イヴァンはどうして、ロマナさんと結婚しなかったの？」

「――――っ！」

危うく紅茶を噴き出しそうになった。寸前で飲み込むことに成功する。

「いや、どうしてって聞かれても。ロマナは妹みたいな存在で、一回も結婚したいって思わなかったし。ってこの話、前にもしなかったっけ？」

「改めて、疑問に思ったから。ロマナさん、すっごく美人だったし」

「俺が結婚したいって思ったのは、アニャだけだよ」

「そうだったのね」

「そうそう」

ナイスタイミングで、クリームケーキが運ばれてきた。アニャの瞳が、キラキラと輝き始める。

「おいしそうだわ！」

「食べてみて」

フォークで掬ったクリームケーキを、アニャは頬ばる。すると、満面の笑みを浮かべた。

「おいしい！」

「でしょう？」

久しぶりに、俺も食べてみた。濃厚なクリームの甘さが、口いっぱいに広がる。

「アニャと一緒だから、いつも以上においしい気がする」

湖畔の町の名物お菓子をアニャと一緒に味わう。これ以上ない、幸せなひとときだと思った。


翌日、ミハルと会った。約束した時間に店に行くと、思いがけない人物と出会う。

「いらっしゃいま——イヴァン兄⁉」

「ツィリル⁉」

なんと、驚いたことに甥のツィリルが働いていたのだ。

「え、どうして⁉」

「イヴァン兄、それはこっちの台詞だよ」

こちらは新婚旅行である。そう説明すると、遅れてアニャの存在にも気づき、「なるほどね」と納得したようだった。

「ツィリルはなんで、ここで働いているの？」

「ミハルの祖父ちゃんが、家の手伝いばかりでは視野が狭くなるだろうって、父ちゃんやお祖母ちゃんを説得してくれたんだ」

「そうだったんだ」

なんでも、養蜂園の蜂蜜を通常より多く仕入れるのと引き換えに、ツィリルがここで働けるように交渉してくれたようだ。ミハルがやってきて、自慢げに言う。

「うちの祖父ちゃん、気が利くだろう？」

「さすがだな」

一応、俺が出て行った件から、いろいろ思うところもあったのだろう。ツィリルを第二の俺にしないように、母や兄も考えてくれているのかもしれない。

ツィリルを引き取る話が却下され、そのあといいように使われていないか心配していた。けれども、ミハル家がこうしてツィリルを導いてくれていたのでホッとする。

「ミハル、ありがとう」

感謝の気持ちを伝えると、ミハルはニカッと笑って俺の背中をポンと叩く。

「そろそろ休憩時間だから、上の階でゆっくり話そうぜ」

「ああ」

店番は母親と交代だという。奥にあった扉から、ミハルの母さんがひょっこり顔を覗かせる。

「おばさん、久しぶり」

「本当に、久しぶり。その、ご実家に戻ったの？」

「違うよ。新婚旅行で立ち寄っただけ」

「あらあら、そうだったの」

アニャを紹介すると、「可愛らしいお嫁さんね」と褒めてくれた。そうだろう、そうだろうと心の中で自慢する。

家族にもアニャを紹介したい気持ちはある。けれど、今はまだ早いかもしれない。もう少しだけ時が経ったら、会話を交わす余裕もでてくるだろうけれど。

二階に招かれ、ミハルの母さんが作っておいてくれた料理をいただく。テーブルには、ごちそうが並べられていた。マスのバター焼きに、牛肉のシチュー、マッシュルームスープに豚肉のカツレツ。どれもおいしそうだ。

「おばさんの料理、久しぶりだな」

「心して味わうといい！　それにしてもイヴァン、お前、いい感じに筋肉が付いたな」

「おれも思ってた！　イヴァン兄、ちょっとムキムキになった？」

「え、そう？」

結婚してから食事量が増えたものの運動量も増えたため、ツィリルの言うとおり筋肉質になったのかもしれない。

比較対象がマクシミリニャンしかいないので、体型が変わったと感じていなかったようだ。

「イヴァン兄、前よりもずっとずっと明るくなった。幸せに暮らしているんだね」

「まあね」

そっちはどう？　とツィリルに聞けないところが悲しい。

「おれのところは――」

遠い目となったツィリルに、なんと声をかけていいものか。

「っていうか、ツィリルをうちの山に呼ぶ話、破談になってしまってごめんね」

「ううん、いいよ。期待はしていなかったから」

大きくなったら住めばいいよ、と誘えないのも歯がゆい気持ちになる。アニャは俺たちが暮らす山を、〝終わり逝く者たちの楽園〟と言った。後継者となる次代の子どもが、いないからだ。

正直、楽な暮らしではない。もしもツィリルがやってきても、同じように山暮らしに付き合ってくれる伴侶を探すのは至難のわざだろう。

だからツィリルを巻き込んではいけない。今回、反対してもらえて、逆にありがたかったと思っているくらいだ。

「おれ、夢ができたんだ。大きくなったら、船乗りになりたい」

「え⁉」

「大きな船に乗っていろんな国を見て回りたいって、思っているんだ」

ツィリルの新しい夢に、驚いてしまう。なんでも、ミハルのお祖父さんの話を聞いているうちに、船乗りに憧れるようになったらしい。

「うちの売れない蜂蜜を、たくさん買い取ってくれる国もあるかもしれないだろう？」

ツィリルの瞳には、希望が溢れていた。心配せずとも、ツィリルはツィリルの人生を歩もうとしている。ホッと胸をなで下ろした。

食事を終えたあと、再びオクルス湖へと向かった。昨日、ロマナの身投げ事件があって、ゆっくりできなかったから。

ツィリルはアニャと水切り勝負をしていた。オクルス湖の輝く水面に、鋭い角度で投げた石がぽんぽんと跳ねていく。

その様子を、少し離れた場所でミハルと眺めていた。

「イヴァン、そういやロマナの子どもの話、聞いたか?」

「昨日、本人から聞いたよ」

「え!?」

「ロマナ、古い桟橋から身投げしたんだ。そこに偶然居合わせてね」

「助けたのか?」

「当たり前だよ」

ロマナはきっと大丈夫だろう。問題は、サシャのほうかもしれない。

「サシャなー。最近は真面目に働いているようだけれど、結果が伴わないみたいだからな」

「その辺は、頑張ってもらうしかないよね」

「まったくだ」

湖のほうを眺めていたら、ミハルがぐいぐいと腕を引く。

「ん、何?」

「いや、あれ!」

ミハルは遠くを指差す。ふたり連れの誰かが、こちらへと向かってきていた。目を凝らすと、ぼんやりとした輪郭がはっきりする。

「うわ、サシャとミロシュ兄さんじゃないか」

明らかにこちらに向かっているので、俺に用事があるのだろう。

「イヴァン、どうする？」

「ミハル、殴り合いの喧嘩になったら、止めてくれる？」

「いや、無理だよ」

どうやら、単独で相手をするしかないようだ。どうしてこうなった。

「待って、待って。サシャの顔、めちゃくちゃ怖い！」

「イヴァンと同じ顔だよ」

「いやいやいや、酷いよミハル！　俺、あんな悪魔みたいな表情なんてしないでしょうが！」

「腹減っているときのイヴァン、似たような感じだけれど」

「知らなかった！」

普段、自分がどんな表情をしているのか、案外知らないものだなとしみじみ思ってしまう。

と、ミハルとほのぼのと会話している場合ではなかった。

「ミハル、悪い。俺、アニャと一緒に逃げるから！」

「ちょっ、待てよ」

「待てない」

立ち上がって逃走しようとしたら、すぐ後ろにアニャの姿があった。驚いた表情で、やってくる兄たちを凝視している。

「イ、イヴァン、気のせいかもしれないけれど、イヴァンに似た人が、やってきているの！」

「アニャ、あれ、俺の兄さんたち」

サシャは双子の兄なのでそっくりなのはもちろんのこと、ミロシュとも似ていると言われていた。

「お兄さん、たち?」

「そう。目つきが悪いほうが双子の兄サシャ。背がヒョロッとしているほうが、ツィリルの父親でもあるミロシュ」

「ふたりとも、イヴァンにそっくりだわ。それにしても、ツィリルのお父様、若いのね」

「結婚が早かったからね。十六か、十七の頃だったかな」

なんて話をしているうちに、ふたりの兄たちが目の前まで来てしまった。

思わず、ミハルの陰に隠れる。

ゆっくりと歩いてきたので、俺をとっちめようという勢いではないのだろう。わかっていても、真っ正面から向き合うつもりはなかった。

「イヴァン……」

先に声をかけてきたのはミロシュだった。遠慮がちな声色である。

「イヴァン、少し、話をしたい」

ツィリルの件だろうか? それとも、家を出たことについてなのか。

どちらにせよ、直接話をするつもりはない。何か不都合があれば、この前やってきたマクシミリニャンに伝えていたはずだ。

「イヴァン、悪かった。反省している。だから少しだけ、家に戻ってきてくれないか?」

なんと返そうか迷っていたら、ミハルが先に発言する。

「いやイヴァンの兄さん、そのお願いはあんまりにも勝手じゃないっすか?」

ミハルが責めるように言う。今まで聞いた覚えがないくらいの、低く鋭い物言いだった。

「他人の家の事情に、ああだこうだと口を出すのはどうかと思っていたんだけれど、あまりにも酷いから言わせてもらいます。イヴァンはずっと文句も言わずに、ひとりで頑張ってきました。仕事をたくさん押しつけられても、へとへとになって帰ったのに夕食がなくても、寝床が甥や姪に占領されても、一度も誰かを憎まなかった。そんなイヴァンを、兄さんたちは本当に愛していたんですか？　出て行くまで、便利な存在って思っていたでしょう？」

ミハルの指摘にミロシュは黙り込む。図星だったからだろう。

実際、俺は家族にとって、都合がいい便利な存在だった。

「イヴァンがいなくなって蜂蜜の品質が落ちたから、戻ってきてもらって、またこき使おうとか考えているのだろうけれど、甘すぎる！」

「ち、違う。これからは、俺たちも一緒に働いて、いい、蜂蜜を作りたい」

自分たちだけでどれだけ頑張っても、以前のような蜂蜜はできなかった、とミロシュは言う。

「イヴァンが必要なんだ……。これまでのことは、謝る。だから――」

深く深く、頭を下げた。

家族は皆、同じ思いだという。俺に、帰ってきてほしいと訴えてきた。

「戻ってきてくれるのであれば、養蜂園の半分を、イヴァン、お前に渡すと、兄弟たちで話していた」

「そっか。みんな、そこまで考えてくれていたんだ」

アニャとマクシミリニャンを連れてきて、一緒に暮らせばいい。家は新しく用意しよう。

これまでにない待遇で迎えてくれるようだ。アニャを振り返る。顔を伏せ、こちらを見ないようにしていた。

たぶん、誘っても町で暮らすことはない。山での生活が大事だから。

俺を引き留めようともしないだろう。アニャは、そういう女性だ。

「おい、イヴァン!!」

ミハルが怒りの形相を向け、しっかりしろと怒鳴りつける。

わかった、わかったと、ミハルを抱きしめた。

「お、お前、ふざけたことしやがって！」

「いや、怒っている人には、これが一番なんだよ」

マクシミリニャンがそう言っていた。ミハルは「優柔不断なお前に怒っているんだ！」と叫んでいたので、はっきりと気持ちを伝えることにする。

ミハルから離れて、まっすぐミロシュを見つめた。

「俺、兄さんたちの待つところに、帰るつもりはないよ。帰るべき家は、山にあるから」

「なっ……!?」

「兄さんたちは、きっと大丈夫」

「な、何が大丈夫なんだ。養蜂園は壊滅状態なのに」

「俺だって最初から何もかも、上手くできたわけじゃない」

世話に失敗して、巣箱の蜜蜂を死なせてしまったのは一度や二度ではない。餌やりを失敗して、まずい蜂蜜になった覚えもある。

「何回も何回も失敗して、反省を繰り返して、やっと上手くできるようになったんだ。兄さんたちも失敗を重ねて、試行錯誤したら、おいしい蜂蜜を作れるようになる。俺の手なんて借りずに、自分らだけで頑張ってみなよ。まだ何もしていないのに、できないだなんて言わないで」

そこに、水切りをしていたツィリルがやってきた。

「父ちゃん！　どうしたの？」

「あ――」

さすがに、子どもの前では食い下がることもできないのだろう。何か言おうとしていたが、口をぎゅっと噤む。

「ツィリル、来年は、おいしい蜂蜜を作れるよな？」

「うん、頑張る！　今年は上手くできなかったけれど、同じ失敗をしなかったら、蜂蜜はおいしくなるはずだよ。最高の蜂蜜ができたら、イヴァン兄のところに送るから」

ツィリルの言葉を聞いたミロシュは、ハッと何かに気づいたような表情を浮かべていた。

何事も、失敗を積み重ねて成功を得る。最初から、上手くできる人なんていないだろう。

「そう、だな。そんな簡単なことにも、気づいていなかったなんて……」

もう一度、ミロシュは頭を下げ、謝罪した。すまなかった、と。そんなミロシュに、ミハルは優しい言葉をかける。

「イヴァンの兄さん、もしも困ったことがあったら、うちの親父に相談すればいいよ。仕事、いろいろあるだろうから」

「……ありがとう」

納得したのか、ミロシュはツィリルと共に帰っていった。

「イヴァン！」

アニャが体当たりするように、背後から抱きつく。

「どわっ！」

危うく、つんのめって倒れそうになった。アニャ、強い娘……！

「よかった。イヴァン、家族のもとに帰るんじゃないかって、心配で」

「ごめん」

よほど、優柔不断な態度に見えたのか。ミハルが怒るくらいだったので、アニャは相当不安な気持ちになっていただろう。

「さっきも言ったけれど、俺の帰る場所は、山の上にある家だから」

アニャは返事をする代わりに、ぎゅっと抱きしめてくれた。

ホッとしたのもつかの間のこと。腕組みしたサシャが、この場に残っていたのに気づく。

「うわ……」

ミロシュやツィリルと一緒に帰っていったと思っていたのに。

ロマナとの仲を疑われ、サシャにボコボコにされたのが、遠い日のことのように思える。誤解だったと謝罪も受けていないが、別に謝らなくたっていい。だって、サシャだから。

少し離れた場所にいたサシャが近寄ってくる。

正直、彼と話したいとは思わない。けれど、ここで逃げたら、一生サシャと言葉を交わさないままとなってしまうだろう。

それでいいのかもしれない。だって、サシャは俺のこと嫌いだし。でも、せっかく双子として生を享けたのだ。このまま決別するなんて、なんだか悲しい。

サシャが目の前に立った。心臓がバクバク鳴っている。無言で殴られたらどうしようか。サシャには前科がありすぎる。

ただただ、見つめられるだけの時間が辛い。いくら双子でも、考えていることはわからないのだ。

今日は天気がいいね、なんて話題を振ろうとしたところ、思いがけない展開となる。

アニャが俺とサシャの間に割って入ってきたのだ。両手を広げ、まるで俺を守るように立ちはだかっている。

「お前、誰？」

「わー！」

サシャがアニャに失礼な質問を投げかける。ピリッと空気が震えたので、慌ててアニャの手を握って引き寄せた。

アニャが傷つかないよう、サシャに背中を向けて庇うような状態で答える。

「彼女は俺の妻。アニャ・フリバエ」

アニャは俺の脇の下からひょっこり顔を出し、サシャへ会釈していた。

そういう律儀なところも可愛い……ではなくて。

アニャに大丈夫だからと言ったら、こくりと頷いて離れてくれた。

ミハルにも視線で訴える。彼もまた、見守ってくれるのか、強い眼差しを返してくれた。

今度こそ、サシャと真っ正面から向き合う。大きく息を吸って、はく。

ありったけの勇気を振り絞って、話しかけた。

「あの、サシャ、なんの用？」

「……、……たくて」

「はい？」

声、小っさ。

いつも尊大で、自分勝手で横暴なサシャが、蚊の鳴くような声を出すなんて、初めてだろう。

「ごめん、聞こえなかった。もう一回、言って」

「お前に、謝りたいって言ったんだよ!!」

今度は、空気がビリビリ震えるような大声である。

相変わらず、ゼロか百しかない性格のようだった。

「ロマナのことで誤解して、すまなかった」

サシャは頭を下げ、はっきりと謝る。彼のつむじを見たのは初めてだった。

許すとか許さないとか、そういう感情はなくなっていた。けれども、サシャは納得しないだろう。

このまま引き下がられても面倒である。

だから、サシャのためでなく自分のために、許してあげることにした。

「いいよ、別に」

「は？」

サシャは大きく目を見開き、信じがたいという視線を俺に向けていた。

「え、何？」

「許すって、正気か？」

「正気に決まっている。別に俺、サシャに対して怒っていないし、恨んでもいない。謝ってほしいとかも、考えていなかったし」

「なんでそうなるんだよ！　俺はお前の尊厳を、勘違いから踏みにじったんだぞ⁉」

「俺の尊厳？　ないない、まったくないから」

たぶんだけれど、母のお腹にいるとき、尊厳というものはすべてサシャの中に流れ込んでしまったのだろう。そうに違いない。

「俺は、お前を、理解できない」

「他人だから、当たり前だよ」

「他人？」

「そう。俺たちは同じ姿で生まれてきたけれど、同じ存在ではない」

神様は俺とサシャを、まったく同じには作らなかった。

理解できなくて、当然なのだ。

「俺にないものを、サシャは持っている。サシャにないものを、俺は持っている。持っていないものは、自分のものではないからわからないものなんだよ。サシャはずっと俺を、もうひとりの自分だって、思っていなかった？」

そう信じて疑わなかったから、俺が予想から外れた行動を取ったとき、彼は怒っていたのだろう。

俺たちは双子だが、同じ存在ではない。離れて暮らすようになってから、俺も気付いたのだけれど……。

いい機会だ。ずばりと、指摘させてもらう。

「サシャは、ロマナのこと、好きじゃないのに結婚したんじゃない？」

「……」

「俺とロマナが仲良かったから、同じように仲良くなれると思った？」

サシャは自分の気持ちを認め、僅かに頷いた。

「ロマナと結婚したら、彼女を、理解できると思っていた」

けれど、サシャはロマナを理解できなかった。挙げ句、俺とロマナが家を抜け出し、密会していた……ように見てしまった。

結果、サシャは我を忘れるほど怒ったのだろう。

「俺がサシャを理解できないように、サシャも俺を理解できないんだ。別々の思考を持った、他人だから」

「他人、か」

「そう、他人。理解できない部分ばかりだし、同じように生きられないんだ」

同じ日に生まれ、同じ顔で、同じ背丈で――結果、同一の存在だと勘違いしてしまったのだろう。

「俺、サシャのこと、嫌いじゃないよ」

「俺は……」

「嫌いでしょう？」

サシャは黙り込む。図星を突いてしまったからか。

答えは思いがけない方向から聞こえてきた。

「嫌いなわけないじゃない」

なぜか、アニャが答える。想定外の見解だったので、思わず振り向いてしまった。

「お兄さんは、イヴァンのことが大好きなの」

「えー、大好きな弟を、顔の判別ができなくなるまで殴る？」

「それは、反省すべきことよね」

サシャは改めて「悪かった」と謝罪した。

「俺を、同じくらい、殴ってもいい」

「え、嫌だよ。手、痛くなるし。サシャも、痛かったでしょう？」

「痛かった」

手だけではなく、心も痛んだだろう。教会に預けたと母は話していた。相当長い期間、謹慎していたに違いない。

「お前とは、もう会わない」

「どうして？」

「他人だから。それに、会いたくないだろう？」

「うーん、会いたいかと聞かれたらそこまで会いたいとは思わないけれど、永遠の別れは寂しいかも？」

サシャは目を丸くし、それから、深く頭を下げた。何やらポロポロと、光り輝くものが落ちていったが、気づかないふりをしておこう。

背を向け、サシャに声をかける。

不思議と、清々しい気分だった。

振り返らずに、「捕まえてごらん」と言って、アニャと一緒に走る。

ミハルの「おい、俺を置いていくな！」という叫び声が聞こえた。

そのまま、立ち去る。

サシャがどういう反応をしているかわからないが、背中越しに手を振った。

「またね」

「あ、ああ」

「サシャ、元気で」


サシャが追いかけてくるわけではないのに、オクルス湖のほとりを目的もなく走る。アニャとミハルは、文句を言わずに付き合ってくれた。

「もう、ダメ。これ以上、俺は走れない……！」

自分で始めたことなのに、弱音が零れてきた。

「イヴァン、お前、なんで走ったんだよ」

「いや、なんか、走りたい気分だったから」

「なんじゃそりゃ！」

俺とミハルは息切れしていたものの、アニャはひとりケロッとしていた。さすが山育ち。足腰がうっとりするくらい丈夫な上に、体力や持久力もあるのだろう。改めて、惚れ惚れしてしまう。

「イヴァン、俺、帰るわ」

「あ、うん。ミハル、ありがとう」

「なんのお礼だよ」

「兄さんたちにいろいろ言ってくれたから。なんか、スカッとした」

「ああ、それか。気にすんな」

ミハルは俺の背中をバン！　と叩く。激励の一撃は、「うっ！」と声を上げてしまうほど力強いものだった。

「アニャさん、イヴァンのこと、よろしく。頑張り過ぎないか、きちんと見張っていて」

「もちろんそのつもりよ。イヴァンったら、放っておいたら休みなく働くから。家族で、目を光らせているの」

「それを聞いて安心した」

去りゆくミハルに、今度手紙を書くからと叫ぶ。「いらねえよ」なんて返ってきたので、笑ってしまった。きっと照れているのだろう。

「いい人ね」

「でしょう？　ミハルがいたから、俺はくさらずに、やってこられたんだと思う」

サシャがどれだけ横暴でも、悪さの責任をなすりつけられても、ミハルはいつだって味方してくれたのだ。

彼のおかげで、サシャと比べられても気にしていなかったのかもしれない。

「っていうか、実家の問題が次から次へと……！　アニャ、本当に本当に、ごめん」

「そうなるんじゃないかって、想像はしていたわ」

「俺はぜんぜんしていなかったから、心臓がもたない。今もちょっとバクバクしてる」

「それは、走ったからでしょう」

「そうだった」

アニャはある程度、俺と家族との衝突を予想していたらしい。だから、どんと構えていたのか。

「故郷に戻るんだから、誰かしらに会うとは思っていたわ」

「うん。でもまあ、会ったのがサシャとミロシュ兄さんでよかったのかも」

サシャはさておき、ミロシュは兄たちの中でも温厚なほうだし。

「家族を見かけたら、全力で逃げようって思っていた。でも、逃げなくてよかった」

なんだか胸のつかえが下りたと言えばいいのか。妙にスッキリとした気分だ。

「ツィリルが前向きに暮らしているのも、確認できてよかったかも」

「そうね。あの子、いい子だわ」

「でしょう?」

「一緒に暮らせたら、よかったわね」

「本当に」

でも、ツィリルはツィリルで新しい夢を抱いている。それを応援したい。

「よし！　アニャ、湖を渡って、島に行こう」

「え、あそこ、上陸できるの?」

「できるんだな」

古い桟橋から離れたところに、新しい桟橋がある。そこには手漕ぎの船がズラリと並んでいた。

初夏から秋にかけての観光シーズンは、ここに人々が列を成しているのだ。

冬となり寒さも厳しくなると、湖を観ようという観光客はぐっと減る。

今日は、船の順番を待つ人は並んでいないようだった。

ここで船漕ぎの仕事をしたこともある。秋になって蜜蜂の世話がかからなくなったころに、働きにきていた。だから、ここで働く人たちも顔見知りである。

「おい、イヴァンじゃないか！」

「どうも」

「なんで今年はこなかったんだよ」

「結婚して、家を出たんだ」

「そうだったのか！」

ヴェーテル湖の周辺に住んでいると言うと、「あそこもいい湖だ」と言ってくれた。なんだか嬉しくなる。

「嫁さん乗せて、久しぶりに自分で漕ぐか？」

「うーん、どうしよう」

船は十人ほど乗れる大型の物だ。行き来するだけで、体力を消費するだろう。

「乗船賃、半額にするぞ」

「乗った！」

乗せるのはアニャひとりなので、そこまで疲れないだろう。

そんなわけで自ら船を漕ぎ、オクルス湖の島を目指すこととなった。

「イヴァン、こんなに大きな船を、ひとりで漕ぐの？」

「そうだよ。多いときは、十人以上のお客さんを乗せていたんだ」

「そうだったのね」

先に乗って、アニャへ手を差し伸べる。

「船、初めてなのよ」

「大丈夫だよ。さあ、手を貸して」

「え、ええ」

重ねられたアニャの指先をそっと握り、傍へと引き寄せた。ぐらぐらと揺れたのが怖かったのだろう。アニャは「きゃっ！」と小さな悲鳴を上げ、胸に縋ってくる。

怖くない、怖くないと言いつつ、優しく背中を撫でた。

船の揺れが落ち着いたら、ゆっくりと水を掻き分けるように櫂を動かした。最初は怖がっていたアニャだったが、美しいオクルス湖を眺めているうちに慣れたようだ。

「イヴァン見て、水草が見えるくらい、水が澄んでいるわ！」

「あまり覗き込むと、落ちるからね」

「わかっているわよ」

楽しそうなアニャの横顔を見ていると、来てよかったとしみじみ思う。この景色を彼女に見せたかったのだ。

「ここが、イヴァンの育った場所なのね」

「そうだよ」

オクルス湖の景色に心や癒やされ、棲む魚に食生活を助けてもらい、船漕ぎの仕事で家族の暮らしを支えた。オクルス湖に育ててもらったと言っても、過言ではないだろう。

と、そんな話をしているうちに島に到着した。

島は湖の真珠とも呼ばれている。古くよりさまざまな地方から貴族が観光を目的に集まり、町の財政は潤っていた。

けれども各国で起こった革命により、貴族社会は崩壊。近年、やってくる観光客はぐっと減っていた。

収入は激減したと、町の人々が口々に話していた。

時代と共に、ここの在り方も変わっていくのだろう。けれども湖の美しさは不変である。

「本当に、美しいわ」

よく晴れた日には島が湖に映る。水面に波紋がない瞬間が、もっとも美しい。けれど、その様子を見られるのは稀だ。今日は風が吹いているので、残念ながらお目にかかれないだろう。船を島の船着き場に横付けし、打ち付けてある杭に縄をかける。

先に下りて、アニャへ手を差し伸べた。乗ったときとは違い、軽やかな様子で下りてくる。

「こんなところにどうして教会を建てたのかしら?」

「島に教会があったら、美しいだろうから。なんて話を、船漕ぎのおじさんから聞いたことがある。本当かどうか、わからないけれどね」

教会は木々に囲まれ、まず目に飛び込んでくるのは高くそびえる白亜の鐘塔。教会の真っ赤な屋根も、湖水の色に映えてとてもきれいだ。

まず、教会にたどり着くためには九十八段の階段がある。

「ここで行われる結婚式では、新郎が新婦を横抱きにして階段を上るんだよ」

そんなわけで、古き良き伝統に挑戦してみる。アニャを横抱きにして、九十八段の階段へ挑んだ。

「ちょっとイヴァン。腰を悪くするわよ」

「大丈夫、大丈夫。たぶん」

「たぶんって、あなた……」

最初は平気だと思っていたが、だんだんと辛くなる。アニャは止めるように言ったが、意地で登り切った。

一番上にたどり着いた瞬間、アニャをそっと下ろし、大地に手と膝をついた。

「イヴァン、宿に戻ったら、蜂蜜湿布をしてあげるわ」

「うっ、さすが、蜜薬師……！」

今日以上に、アニャが蜜薬師でよかったと思う日はなかっただろう。

四つん這いの状態からなかなか起き上がらない俺に、手を差し伸べる中年男性が現れた。

祭服姿の、神父様である。にっこりと微笑みながら、入場料をせがんだのだった。

助けるために手を出してくれたわけではなかったようだ。

人生、甘くない。

「今日は他に人がいないので、ついていいますよ」

神父様のあとを歩いていく。チップを多めに渡したからか、教会の歴史について語ってくれた。

なんでも、ここの教会には〝七回鳴らしたら願いが叶う鐘〟があるらしい。

「かつてこの地に住んでいた女性が、亡き夫を想って家中にある金属を使って鐘を作ったようです。それを奉納するさい、船が嵐に襲われて、鐘ごと沈没してしまいました。女性の死後、話を聞いた法王が涙し、この教会に鐘を贈ってくださったのです」

鐘は高くそびえる鐘塔にぶら下がっている。そのため、足を踏ん張って力いっぱい縄を引かないと鐘は鳴らないらしい。

「イヴァン、一緒に引いてみましょうよ」

「そうだね」

アニャとふたりで鐘としっかり繋がった縄を握る。この鐘を鳴らすのは、一筋縄ではいかない気がした。

「イヴァン、何を願う？」

「家族みんなの幸せ、かな」

「ふわっとしたお願いね」

「アニャは何かある？」

「家族みんなが、健康で元気に暮らせますように、かしら？」

「さすがアニャ。具体的だ」

俺も同じ願いを込め、アニャと一緒に縄を引いた。

「いっせーのーで！」

ふん！　というかけ声と共に縄を引く。

「ぐうっ、お、重たい」

「本当に」

ここまで船を漕ぎ、アニャを抱いてきた腕が悲鳴をあげる。こんなに腕の筋肉を酷使する日はないだろう。

ガラン、と鐘が音を鳴らす。

「はっ、鳴った！」

「イヴァン、あと六回よ」

「が、頑張れ、俺の腕の筋肉！」

「ちょっと、笑わせないでちょうだい」

「真面目に腕を応援しているんだけれど」

歯を食いしばり、腕の筋肉を信じて縄を引く。なんとか七回、鐘を鳴らすことに成功した。

これだけ大変な思いをしたのだ。きっと、願いは叶うだろう。

しかしながら、腕も体力も限界である。またしても、床に膝をつくこととなった。


教会から出ると、別の神父様に呼びとめられた。

「ああ、君は、イェゼロ家の――」

「俺はイヴァン、双子の弟のほうです！」

宣言しておかないと、サシャだと思われたまま話が続くときがあるのだ。

「そうそう。あの子とは印象が、まったく違うんだよなあ」

「よく言われます」

「こうして話してみると、正反対だ」

なんでも、サシャが俺を顔の造形がわからなくなるまで殴った事件のとき、一時的にサシャの身柄を引き受けてくれた神父様らしい。

「イェゼロの奥さんも無茶苦茶だったよ。手が付けられないから、預かってくれって。うち、そういうのやってないのに」

ひとまずサシャは、告解室に閉じ込められたらしい。何も話そうとしないので、食事と水だけ与えたようだ。

「半日も経つと、出してくれと訴え始めたんだよ」

さすがに、そのままの状態で家に帰すわけにはいかないと判断したのだろう。神父様は根気強く、サシャに話しかけたのだという。

「今、思うこと、後悔していること、悲しいこと、嬉しいこと。なんでもいい、話してくれと言ったら、少しずつではあるものの、語ってくれたよ」

サシャもサシャでどうにもならない感情を解消できずに、胸の中に溜め込んでいたらしい。

一度素直になって神父様に話したので、サシャの心も軽くなったのだろう。今はきちんと真面目に働いているというので、このまま頑張ってほしい。

「すみません、家族がご迷惑をかけて」

「いやいや、君が謝る必要はまったくないよ。家族のしたことを、自分のことのように気に病まなくてもいいんだ」

「そう、なのでしょうか？」

「そうなんだよ」

神父様の言葉は、心に沁み入る。深く深く、感謝した。

「これ、今、俺が採っている蜂蜜なんです。よかったら、どうぞ」

「ありがとう。きれいな蜂蜜だ」

ミハルやツィリルにあげようと思って、持ち歩いていたのだ。サシャとミロシュがやってきたので、渡しそびれてしまったけれど。

他にもいくつか持ってきているので、後日渡そう。

この蜂蜜はアニャやマクシミリニャンと一緒に、春から奮闘して採った自信作だ。ぜひとも味わってほしい。

神父様と別れて、再び船に乗り込んだ。船の中でふと気づく。アニャが、先ほどから大人しい。

「ねえアニャ、どうかしたの？」

「ここの湖は、きれいだと改めて思っていたの」

お喋りを忘れるほど、見とれていたらしい。

「オクルス湖は穏やかで、信じられないくらい水がきれいで、まるでイヴァンのようだわ」

「え、俺？」

「そう」

サシャに殴られたのに殴り返さなかったという話を聞いた時に、改めて思ったそうだ。

「湖の水面はいくら叩いても、叩き返してこないでしょう？」

「水は跳ね返ってくるけれどね」

「その程度なのよ」

広い湖は人が泳ごうが、船で渡ろうが、石を投げようが、気にしない。

どれもこれも、些細なものとして受け入れる。

「けれど湖は汚れを流し込まれたら、一気に濁ってしまう」

「うん」

湖を美しく保つために、オクルス湖周辺では禁止事項がいくつかある。

意識して規制しないと、湖はあっという間に人の手によって汚されてしまうのだろう。

「イヴァンが家を出てくれて、よかった」

「おかげさまでね」

「これからもイヴァンの心が汚されないように、守らなければいけないって、思ってしまったわ」

「俺は、保護動物なんだ」

「ええ、そうよ。きちんと保護しないと、大変なことになると思うの」

これまで、自分を押し殺して暮らしていた。いつしかそれが当たり前だと思っていたけれど、アニャやマクシミリニャンと生活をはじめて、俺が感じていた普通は普通ではないことが明らかとなった。まあ、人の考えや意識はそう簡単に変わらないもので、最近も、アニャやツヴェート様に「それはおかしい行動だ！」と注意された。

先日の、怪我を隠して仕事を続けていたことも、そのひとつだろう。

これまで、俺がどれだけ傷を負おうが誰も気にしなかった。治療よりも、一日の仕事を終わらせることが大事。そういう環境の中で暮らしていた。

きっと、いろいろな常識が、歪んで染みついているのだろう。

「なんていうかさ、変わり者の俺を受け入れてくれたアニャやマクシミリニャンには、感謝しているよ」

「似た者同士、惹かれ合ったのかもしれないわ」

「そうなのかな？」

「そうなのよ」

そんな話をしながら、船を漕いだ。


それからも、ミハルやツィリルと釣りに行ったり、アニャと買い物したりと、町の滞在を存分に楽しんだ。

愉快な旅行の日々は、あっという間に過ぎていった。

「お義父様、ツヴェート様と上手くやっているかな？」

「心配だわ」

「早く帰らないと！」

馬車を待っていたら、ミハルとツィリルが見送りに来てくれた。

「イヴァン、またそっちに遊びに行くから」

「待っていてねー！」

ふたりに手を振って別れた。

第四章　養蜂家の青年は、結婚式を挙げる

五日ぶりに我が家に戻ってきた。マクシミリニャンとツヴェート様が、笑顔で迎えてくれる。

「アニャ、イヴァン殿、よくぞ戻ってきた」

「おかえりなさい」

アニャと一緒に、「ただいま！」と元気いっぱい返す。無事に帰ってきたことに感極まったマクシミリニャンが、俺とアニャをぎゅーっと抱きしめる。

「お父様、苦しいわ！」

「なんという、力強さ……！」

冬なのに暑苦しい。けれども愛を感じる抱擁だった。

「どうだったか？」

「楽しかったかい？」

「楽しかったわ！」

「うん、楽しかった」

「それはよかった」

「心配していたんだよ。イヴァンの家族と出会って、揉め事になっていないか」

ツヴェート様の言葉に、アニャとふたり、思わず遠い目となる。

「何か、あったのか？」

「まさか、誘拐されかけたんじゃあ」

「いやいや、ツヴェート様が考えるような物騒な事件は起きていないよ」

「イヴァン、でも、ロマナさんが」

「あっ、そうだ」

「いろいろあったようだな」

「中で、ゆっくり聞かせてもらおうか」

「そ、そうだね」

ツヴェート様が薬草茶を淹れてくれた。連銭草（れんせんそう）という野草を煎じて作ったらしい。苦みがあるので、蜂蜜を垂らして飲むようだ。

「たしかに苦いけれど、おいしいわ」

「渋い味わいだね。ちょっと風味が独特だけれど」

「田虫の治療で、余ったものだよ」

「ツヴェート様、たむしって何？」

俺が質問した瞬間、アニャとマクシミリニャンが微妙な顔になる。何か、聞いてはいけないものだったのか。

「田虫は菌が皮膚に移る感染症だよ。足にできたものは、水虫。股にできたものは、股部白癬（こぶはくせん）、それ以外にできたものを、田虫と呼んでいるのさ」

「へえ、そうなんだ」

「酷く不衛生にしていると、かかるんだよ。獣と接触するのも、注意が必要だね」

「な、なるほど」

「ちなみに、田虫にかかったのは我である」

マクシミリニャンがそっと、挙手した。俺とアニャが新婚旅行で留守の間に、お風呂に入るのをサボっていたらしい。その結果、感染してしまったと。

「まったく！　男という生き物は、風呂嫌いな奴が多すぎる!!」

「すみません」

別に風呂は嫌いではないが、男を代表して謝っておいた。

ちなみにマクシミリニャンの田虫は、ツヴェート様特製の薬のおかげでほぼ完治しているようだ。

「いつもは私がお父様にお風呂に入るよう、うるさく言っていたのよね」

「お義父様、アニャがいなかったら、まともな生活ができないんだ」

「非常に恥ずかしい。昔から、入ろうという気持ちはあるものの、面倒に思ってしまって」

ツヴェート様の亡くなった旦那さんも、お風呂に入るのが大嫌いだったらしい。

「田虫はまだマシだよ。股間に感染したら、死ぬほど辛いって死んだ夫から聞いたことがある」

部位が部位なだけに、医師に診てもらうのも恥ずかしい。そのため、ツヴェート様は古い民間療法の本を読み、治療薬の作り方を調べたようだ。

マクシミリニャンは、お尻が猛烈に痒（かゆ）くなったという。涙を流しながら、ツヴェート様特製の薬を塗ったらしい。

それにしても、マクシミリニャンは完璧な大人の男だと思っていたが、お風呂が苦手だったとは。

人は見かけによらないなと、思ってしまった。

「ちなみに、連銭草の茶は、陰萎にも効果があるらしい」

それを聞いたアニャとマクシミリニャンは、同時にお茶を噴き出した。

「ちょっと、ツヴェート様！　なんてものを、私に飲ませるの⁉　イヴァンにも！」

いんいい、とはいったい？　気になるが、聞いていいような空気ではない。

アニャは文句を言っていたが、マクシミリニャンは頭を抱えていた。

「イヴァン、それ、飲まなくてもいいから！」

「え、でも、せっかく淹れてくれたものだし」

「飲まなくて、いいの！」

「はい」

ツヴェート様は大笑いしている。知らないのも怖いので、恐る恐る聞いてみた。

「なあに、滋養強壮にいいだけの茶だ。気にせずに、飲むといいよ」

「ツヴェート様！」

「アニャ、大丈夫だ。そこまで強いもんでもないし」

立ち上がったアニャは、暖炉に吊されたヤカンを手に戻ってくる。俺のお茶を、お湯で極限にまで薄めてくれた。

「どうぞ、召し上がれ」

「あ、ありがとう」

お茶会がお開きとなったあとで、マクシミリニャンに「いんいってなあに？」と聞いたら、答えてくれた。

「男性の、その、不能状態である」

「あっ……」

思わず、口を両手で押さえてしまった。

ツヴェート様、なんてものを飲ませるんだ。

春に植えた蕎麦は見事、夏に実った。

さらに、夏に植えた蕎麦は、秋が深まったタイミングで収穫する。

新婚旅行前に収穫する予定だったが、冬支度に思っていた以上の時間がかかり、今日になってしまった。ただ、植えるのが若干遅かったため、蕎麦の実はちょうど熟していていい感じ。

アニャと俺、ツヴェート様の三人で仲良く蕎麦を刈る。

次々と刈り、ある程度の量になったら束ねておく。これの繰り返しだ。

ツヴェート様は初めてだと言うが、草木を扱う仕事をしていたからか、蕎麦刈りも手慣れたもののように見えた。

逆に俺は実家にいたときから何度かしているのに、ツヴェート様から「へっぴり腰だね」と言われてしまう。畑仕事はまだまだ修業中なのだ。

蕎麦を刈り終えたら、今度は別の作業に移る。畑に木を二本打ち込んで、横木をかけたものに蕎麦の束を干すのだ。

冬の貴重な日差しの中で、蕎麦を乾燥させていく。すべての蕎麦を干し終えると、ふと気づく。

「あれ、アニャ、春に比べて、蕎麦の量が少ない？」

「秋は実が少なくて、大粒なのよ」

「あ、本当だ！」

なんでも春は早熟でたくさん収穫でき、秋は大粒で晩生らしい。実家でも手伝っていたのに、ぜんぜん気づいていなかった。余裕がなかったからだろう。

「夏に収穫された蕎麦はどちらかといえば香りが弱くて、生地にしたときの風味もそこまでないの」

夏の暑さで蕎麦本来のおいしさが飛んでしまうという。一方で、秋が深まるにつれて育つ蕎麦は、味も風味も最高のできになるようだ。

「へえ、そうだったんだ。夏の蕎麦も、おいしく食べていたんだけれど」

「だったら、秋の蕎麦はこれまで以上においしいと感じるかもしれないわ」

「食べるのが、楽しみだな」

秋蕎麦は、冬ごもりの貴重な食料となるようだ。実の一粒も落とさないように、丁寧に扱わなくては。


十日後——前回と同じく、アニャと俺、ツヴェート様の三人で乾燥させた蕎麦の脱穀を行う。

まず、乾燥した蕎麦を敷物の上に広げ、棍棒(こんぼう)で叩いていく。こうすると、蕎麦の実が茎から外れるのだ。

ドンドン、とひたすら蕎麦の実を無言で叩く。みんな、顔が怖い……。

指摘なんてできるわけもなく、ただただ黙って蕎麦を叩いた。

変な場所に蕎麦の実が飛んでいかないよう、細心の注意を払った。地道にすること一時間ほど。やっとのことで、実を外した。

今はまだ、実以外の葉っぱやゴミが交ざった状態である。そのため篩にかけていく。

二回目は、さっきより網目が小さい篩にかける。この段階で目立つ葉やゴミがあれば取り除く。たまに小粒の石も交ざっているので、目を皿のようにして調べた。

次に、蕎麦を湧き水で洗う。水に浮いた実は、虫食いだったり、生育不良だったりするので、しっかり取り除く。

きれいに洗った実は、天日干しにする。
二、三日後、石臼で製粉作業を行う。
今回は、ひとりで任される。石臼を回すだけの簡単なお仕事だった。

石臼から出てきた粉は、殻と交ざった状態である。

途中から、マクシミリニャンがやってきて蕎麦粉を篩にかけてくれた。

一言も喋ることなく、ひたすら蕎麦を挽いていく。

すべて終えたころには、すっかり日が暮れていた。ヒュウと、冷たい風が吹く。

「うう、寒くなったな」

「あと一週間も経たないうちに、雪が降るだろう」

「もう、そういう季節か」

明日からマクシミリニャンは麓の村に下りるという。冬ごもりの食料を、買ってくるようだ。

「イヴァン殿、何か必要な物はあるか？」

「いや、何も——あ、お義父様が、無事に山を下って、帰ってくること、かな」

「そうかそうか」

マクシミリニャンが、頭をがしがしと撫でてくれる。少々乱暴なのは、照れているのだろう。

「本当に、いい、息子をもったな」

しみじみと言うので、こちらまで照れてしまった。


夕食に、挽いたばかりの蕎麦を使った料理がでてくる。もっとも蕎麦の風味を味わえるのは、〝アイドヴィ・ジュガンツィ〟だろう。マッシュポテトの蕎麦版、といえばわかりやすいのか。湯に蕎麦粉、オリーブオイル、塩を入れて茹でてから練り、ソーセージと一緒に食べるのが王道だ。

まずは、ジュガンツィだけ食べてみた。

「え、うわっ、おいしい！」

口当たりはねっとりしていて、かつ、なめらか。口に含んだ瞬間に、蕎麦のいい香りがスーッと鼻に抜ける。夏にもジュガンツィを食べたが、そのときに味わった以上のおいしさだった。

「アニャ、おいしい！」

「秋の蕎麦は、特別でしょう？」

「うん！」

他に、蕎麦粉をまぶして揚げたマス、蕎麦粉のクレープと、ごちそうを次から次へと堪能した。

心も体も満たされる、絶品蕎麦料理を味わった。

雪が深く積もる前に、農作物や草花を収穫し、保存するために加工する。野菜は天日干しにしたり、オイル漬けにしたり。

草花は主に染め物用なので、煮込んだり粉末にしたり。寂しくなった畑は、そのまま放置しない。〝寒起こし〟と呼ばれる、冬期の土壌改良を行うらしい。

雪深くて野菜の栽培が不可能という地域は初めてだ。もちろん、寒起こしについてまったく知らなかった。アニャが説明してくれる。

「寒起こしというのは畑の土を掘り返して冷たい空気にさらし、土壌にいる害虫や菌を死滅させるものなの」

〝寒ざらし〟とも呼ばれているらしい。

畑が空き、霜が降りるこのシーズンに、毎年行っているのだとか。

寒起こしは土壌の害虫や菌を殺すだけでなく、土の中の腐った水や有毒な物質も取り除いてくれるらしい。

「土が凍結と乾燥を繰り返すことによって、きれいになっていくのよ」

「へえ、すごいな」

雪解けと共に種蒔きして収穫された野菜がおいしいのは、冬の間に行う寒起こしのおかげなのだろう。そんなわけで、アニャと共に畑を掘り起こす作業に取りかかる。

一年間、休まずにさまざまな作物を育てた畑の土は、みっちりしていて固い。

「ぐうっ！」

苦悶の声をあげつつ、掘り返す。一方で、アニャはサクサク掘り返しているように見えた。なんでも、コツがあるのだという。

「イヴァン、一回で掘り起こそうとするのではなく、何回か土を解してから掘り起こすのよ。そうしないと、疲れてしまうから」

「ああ、なるほど。そういうわけね」

アニャが教えてくれた通り、鍬の先端で土を叩いて解したあとに掘り返してみる。すると、先ほどの半分くらいの力で掘り返せたような気がする。

「アニャ、これは……すごい技術だ」

「イヴァンったら、おおげさね」

「いやいや、本当に。アニャは天才」

「私が考えたのではないわよ。畑仕事をする人の、基礎的な作業で——って、イヴァンはずっと養蜂だけをしていたから、知らなかったのね」

「あ、そっか。俺、養蜂しかしていなかったんだ」

養蜂以外、自分でも驚くほど何もできない。

近所の家畜農家を手伝ったり、オクルス湖の船漕ぎをしたり、ミハルの実家の商売を手伝ったりしていたが、どれも短期間だった。実家でも畑仕事をしていたが、軽く手伝う程度だったし。何か得た技術はと振り返ると、何もない。

「なんか、お義父様みたいにバリバリと働けたらいいんだけれど」
「最初から上手くできる人なんていないわ」
「そうかな?」
「そうなのよ」

喋りながらも、アニャはせっせと手を動かし、土を掘り起こしている。一方で、俺は話すのに一生懸命で、手が止まっていた。

口と同時に手も動かす技術も習得しなければ。そう、強く思った。

午後は屋根に上り、傷んでいる箇所がないか点検して回る。雪が降り積もって屋根が崩壊しないように、毎年調べているようだ。

一応、一ヶ月前にマクシミリニャンが確認したようだが、もう一回見ておくように言われていた。屋根板が腐っていたり、反り返っていたり、外れかけていたりしないか、丁寧に見回る。

最後に、赤鉄鉱（せきてっこう）から作られた塗料を塗っていく。

この塗料はなんと、防虫、防腐、撥水（はっすい）効果がある。高価な塗料らしいが、今年は蜂蜜の売り上げがかなりよかったらしく、思い切って購入したようだ。

マクシミリニャンは「イヴァン殿のおかげだ」と言っていたが、そんなことはない。蜂蜜がよく売れたのは、ふたりの努力の賜物だろう。

母屋と離れ、家畜たちの小屋に塗料を塗る予定だったが、母屋だけで半日が経ってしまった。まさか、塗るだけというシンプルな作業にここまで手こずるなんて。

太陽は沈みつつあるが、小さな小屋だけでも塗ってしまおうか。

屋根から下りて一歩踏み出した瞬間、ツヴェート様から声がかかる。

「イヴァン、夕食の時間だよ！　仕事道具は置いて、戻っておいで！」

有無を言わせず、とばかりの叫びだった。

大人しく帰宅する。

ツヴェート様に急かされながら、家の中へと入る。ちょうど、アニャが揚げパイを食卓に置いているところだった。

こちらを見て、ふんわりと微笑みかけてくれる。

「イヴァン、おかえりなさい」

「ただいま」

それは、家族の間で当たり前のように毎日交わされる言葉である。けれども実家にいたころは、俺が帰宅しても「おかえりなさい」なんて声をかける人はいなかった。

最初は、アニャやマクシミリニャンから「おかえりなさい」なんて言葉をかけられると、照れくさかったのを思い出す。

「ぼんやりして、どうかしたの？」

「ここは、温かいなって思って」

「さっき暖炉に火を入れたの……って、イヴァン、あなた、そんな薄着で外を歩き回るから寒いのよ！」

そういう温かさではなかったのだが、アニャにとっては家族に対しての温かさはあって当たり前のものなのだろう。薄着で寒がっていると勘違いされ、笑ってしまう。

「ヘラヘラしている場合じゃないから。この前あげた、毛糸の外套はどうしたの？」

「屋根を塗るから、汚したらいけないと思って」

「汚していいの！　防寒のためなのに、意味ないじゃない」

「そうだね」

アニャはこちらへ駆け寄り、俺の手を両手で包み込んでくれた。

「こんなに冷えきって、可哀想に」

「アニャの手が冷えるよ」

「そういうことは、気にしないの」

しばらく手を揉んで温めようとしていたようだが、いっこうに冷たいままだった。アニャは俺の手を口元まで近づけて、はーと温かい吐息を吹きかけてくれる。

「アニャ、ありがとう。温かい」

「ぜんぜん温まっていないじゃない」

「温まったよ」

手先は冷たいままかもしれないが、心はホカホカだ。それだけで、十分である。アニャがあまりにも優しいので、涙が出そうになった。奥歯を噛みしめ、堪える。

「あんたたち、何をしているんだい」

ツヴェート様が呆れた目で俺たちを見る。

「イヴァンったら、薄着で働いていたの。手を温めてあげようと思って」

「暖炉に当たればいい。人間同士温め合っても、キリがないから」

もう少しでスープが煮えるという。それまでの間、暖炉に当たらせてもらった。

今宵は、マクシミリニャンがいない夜。戻ってくるのは、明後日の昼くらいか。冬は日照時間が短いので、山を登り下りできる時間も限られている。そのため、村での滞在も長くなるのだ。

風が窓枠をガタガタと揺らす。

あっという間に、太陽は沈んでいったようだ。どうしてだろうか、マクシミリニャンがいないだけで、胸がざわつく。屋根の塗料を塗る作業が思うように進まなかったから？

きっと、マクシミリニャンだったら終わらせていただろう。

雪が降ったら、仕事ができなくなる。そのため、冬の、雪のない期間は大変貴重だ、という話を聞いていたのだ。

「イヴァン、どうかしたの？」

スープ鍋を手にしたアニャが、小首を傾げて聞いてくる。

「あ、いや、お義父様がいないと、寂しいなーって思って」

「イヴァンは、本当にお父様のことが大好きなのね」

「そうそう、大好き」

スープは、練ったトウモロコシの団子をトマト味で煮込んだもの。

他に、ウサギ肉の香草焼きに、豚ひき肉の揚げパイ、チーズの蜂蜜がけ、ツヴェート様特製の薬草酒。今晩もごちそうだ。

神に祈りを捧げたあと、食事にありつく。

トウモロコシ団子のスープを飲むと、体がじんわりと温かくなった。トウモロコシ団子はもちもちしていて美味。ツヴェート様が真心を込めて作ってくれたらしい。

アニャが作った揚げパイの中身は、塩漬けにしていた豚ひき肉に刻んだタマネギ、それから砕いたナッツが交ざっている。

生地はサクサク、中から肉汁がじゅわーっと溢れてきて、ナッツの香ばしさも感じた。とってもおいしい。

ウサギ肉は、マクシミリニャンが捕獲してきたものだ。

冬のウサギは、秋に木の実やキノコなどをしっかり食べ、むっちりと肉を付けている。そのため、脂が乗っていて最高においしい。

お腹いっぱい食べると、先ほどの不安な気持ちもどこかへ行ってしまった。

寒さと空腹は、精神を暗黒面に突き落とすのだろう。よかったよかったと思いつつ、苦い薬草酒を飲む。

あまりにも苦いので、チーズの蜂蜜がけと一緒に食べるのだ。口の中が甘くなったら、再び薬草酒を一口。

「それでイヴァン、何を悩んでいたんだい？」

危うく、口に含んだ薬草酒を噴き出しそうになった。ごっくんと飲み込み、急いでチーズの蜂蜜がけを食べる。

「な、悩み？」

「さっき、深刻そうな表情で、窓の外を眺めていただろう？」

「ああ、それね。なんていうか、なんだか気持ちがざわざわして、落ち着かなくって」

「胸騒ぎかい？」

「うん。どうしてかわかんないんだけれど」

思い過ごしだろう。だから、気にしないでほしい。そう言ったのに、ツヴェート様の眉間の皺は深くなるばかりだった。

「何かの、虫の知らせかねえ」

「いやいや、気にしないで」

「いいや、そういうのは、気にしたほうがいい」

俺の不安なのに、自分のことのようにツヴェート様は断言する。

「何かが、起こるかもしれない」

ツヴェート様の呟きと同時に、ドーン!!　という大きな音が鳴った。

「え、何？」

「納屋のほうから、音が聞こえたわ」

雷が落ちたような音ではない。何か巨大な存在(もの)が、納屋にぶつかったみたいな。そんな物音である。ゾッとした。

マクシミリニャンが帰ってきて、納屋に体当たりした――くらいの物音である。そうだったらいいけれど、そうではないのだろう。

「クリーロかセンツァが、小屋からうっかり出てしまって、納屋にぶつかったのかしら？」

アニャがポツリと呟く。そうだ。そうに違いない。

ものすごい物音だった。もしかしたら、怪我をしているかもしれない。

灯りを持って、様子を見に行かなければ。

「じゃあ、俺が外に――」

「いいや、大角山羊じゃないだろう」

ツヴェート様が言い切る。どくんと、胸が跳ねた。

「山羊は夜目が利く。夜でも草を見分けて食べるくらいだ。納屋にぶつかるドジはしないだろうよ」

「言われてみれば、そうかも」

ドクン、ドクンと心臓が重たく脈打った。頼むから、嫌な予感は当たらないでくれと願う。

無情にも、ツヴェート様が俺の嫌な予感を口にしてしまった。

「おそらく、中型から大型の、獣だろうね」

思わず、頭を抱え込む。

納屋には家畜の餌を貯蔵していた。それを目的に、やってきたのかもしれない。

もしも熊だったら、最悪としか言いようがない。

以前、マクシミリニャンが話していたのだ。熊は食い意地が張っていると。

熊の爪痕がある木の木の実や、糞がある場所のキノコは採ってはいけない。近づいたときに、どこかに潜んでいる熊に襲われる可能性があるから、とも話していた。

数年前、麓の村でも、好奇心旺盛な若い熊が出没したことがあったという。物置に侵入し、貯蔵していたリンゴの味を覚えて何度も来たらしい。

退治しようとした村人に噛みつき、全治三ヶ月の怪我を負わせた。

一度、味を占めた熊は、何度もその場に現れる。見つけたら、即退治すべきだという。

これまで、何度かマクシミリニャンから猟銃の扱い方を習った。けれども、実際に山に入って獣相手に使ったことはないし、練習用の的に当てたこともない。

なぜ、マクシミリニャンがいないときにやってくるのか。いや、でも、この先の人生、ずっとマクシミリニャンが傍にいるとは限らない。

俺が、家族を守らないといけないのだ。

やはり、俺が灯りと猟銃を持って外に行こう。そう決意し、振り返る。

「アニャ、ツヴェート様、俺――」

勇気を振り絞って、「外の様子を見に行く」と言うつもりだった。それなのに、背後にアニャとツヴェート様の姿はない。

アニャはすぐに、寝室から出てきた。手には、猟銃を持っている。続けて現れたツヴェート様は、右手に鉈、左手に短剣を剥き出しの状態で持っていた。

「イヴァンは家にいて。仕留めるから！」

「熊は鼻が弱点だ。襲ってきたら、これで叩いてやる！」

「いやいやいやいや!!」

勇敢過ぎないか、我が家の女性陣は。俺が戦々恐々としている間に、武器を用意してくるなんて。

いや、逆に俺が意気地なしなのかもしれないけれど。

アニャの小さな体に、大きな猟銃は不釣り合いだと思った。ツヴェート様の鉈を持つ姿は、妙にしっくりきているけれど。

「ちなみにアニャは、熊を仕留めたことは？」

「ない。でも、お父様と一緒に年に一度、熊撃ちに出かけているわ」

熊撃ち――それは、山に初雪が降った日の翌日に出かけるらしい。

このころ、熊は穴を掘って冬眠する。だが、中には冬眠せずに活動し続ける個体がいるそうで、二歳から三歳くらいの、世間慣れしていない未熟な若い熊が多いようだ。

冬の山に熊の食料は少ない。そのため、人里に下りたり、また、山で暮らすアニャやマクシミリニャンの生活圏に近づいたりする可能性があるので、見回るのだという。

普段、マクシミリニャンは銃による狩りはしないようだが、その時ばかりは猟銃で熊を仕留めるらしい。

「毎年ではないけれど、熊を撃つ年があったの」

アニャはしっかり、マクシミリニャンが熊を猟銃で狙って撃つ瞬間を、見て覚えている。

だから大丈夫、なんて言うけれど。

「ぜんぜん大丈夫とは思えないから！」

「でも、このまま家で震えているうちに、熊はここを食糧の拠点にしてしまうわ」

「それは、困るけれど」

「私が、仕留めるわ」

頼りないと思ったのだろう。だからアニャは「イヴァンは家にいて」なんて言ったのだ。アニャのとてつもない勇ましさに、胸を撃ち抜かれたような気分になった。

「アニャ、俺が撃つから」

「ダメよ。お父様が言っていたの。イヴァンは猟銃の扱いに慣れていないから、もしもの時は頼むって」

「うっ！」

否定できないのが非常に情けない。平和ボケをしていたのだろう。もっと頻繁に、猟銃を撃つ練習を重ねておけばよかった。まさか敷地内に熊が現れるなんて、想像もしていなかったのである。

「わかった。だったら、俺が灯りを持つから、アニャはそのあとをついて――」

「静かにおし！」

シーンとする中で、物音が聞こえる。

がさごそ、がさごそ、ひたひた、ひたひた――。

窓の外は、何も見えない。けれど、わかる。

何かが、接近しているのだ。

全身に、鳥肌が立つ。

同時にカチャ、という音が聞こえた。アニャが、猟銃の遊底（ボルト）を閉鎖したのだろう。

ガラス窓に熊の姿が見えたのと、アニャが叫んだのは同時だった。

「イヴァン、伏せて！」

伏せたのと同時にバ――――ン、と銃声が鳴る。

アニャが放った銃弾は窓を貫通し、のっそり顔を覗かせた熊の頭部を撃ち抜く。

ガラスがバラバラと砕け、強い風が部屋に吹き込み、熊の咆哮が響く。静かな山の夜にふさわしくない、大きな音だった。

熊は銃弾で絶命しなかった。

マクシミリニャンが言っていたのだ。熊の毛皮や脂肪は厚く、仮に命中したとしても、銃弾を食い止めてしまうときがあると。

熊はすぐには死なない。だから、十分距離を取って発砲するように、と。

間違っても、接近戦を挑んではいけない。絶対に負けるから。

熊はガラスが割れた窓枠に手をかけ、白いツバをまき散らしながらぐいぐいと家に体当たりしている。ぐら、ぐらと家が揺れた。

牙を剥きだしにし、家に入ろうと巨体を揺らしている。獲物は、きっと俺たちなのだ。

熊は執着心の強い生き物で、一度食糧として目を付けたものは絶対に諦めないという。だから、追い返すことができても、再び熊はここに現れる。今ここで確実に仕留めないと、近い将来、大変な事態になるだろう。

アニャは撃った反動で、銃を握ったまま倒れていた。ツヴェート様は、呆然としている。

無理もないだろう。山の脅威が、目の前で暴れているのだから。

こういうとき、どうすればいいのか。わからない。野生の獣とは、無縁の土地で育ったから。

何を、何をどうれすばいい……？

瞬間、背後でヴィーテスが吠えた。ふいに、アニャの言葉を思い出す。

――この子はヴィーテス。護畜犬なんだけれど……。

そうだ、守らなければいけない。家族を。

体が、自然と動いた。

暖炉にあった薪を握り、ツヴェート様が落とした鉈を手に取った。

まず、窓から顔を出す熊に向かって、薪の先端で燃えている火を突き出す。

すると、熊は怯んだ。

その隙に、熊の鼻のあたりを鉈で素早く叩く。

どん、どんと二回。

力いっぱい鉈を振り下ろしたのに、皮膚を切り裂けなかった。それでも、熊にとっては大きなダメージだったらしい。

熊は苦しげな悲鳴を上げて、窓から離れていく。

逃がすわけにはいかなかった。ここで、絶対に仕留めなければ。

アニャの持つ猟銃を手に取り、周囲にあった予備の銃弾をポケットにねじ込む。

そして、勢いのまま外へ飛び出した。

背後から引き留めるような声が聞こえる。けれど、止まるわけにはいかない。

ごうごうと、冷たい風にさらされた。

今、このときになって恐怖がじわじわと押しよせる。

だって、熊に襲われるなんて経験、これまでに一度もなかったから。

震える手で弾を装填し、ボルトハンドルを押し戻す。そして、構えて照準を合わせた。

周囲は真っ暗。熊の位置はおそらくそこにいるだろうな、くらいしかわからない。

けれど、やるしかない。

引き金を指先で絞る。すると、ダ――――ン!!　という音と共に銃弾が発射された。

ぐらりと、体の均衡が崩れる。そのまま背後に倒れそうになったが、なんとか踏ん張った。

ボルトハンドルを操作すると、空薬莢が勢いよく飛び出てくる。運悪く、左目に当たってしまった。痛い。地味に痛い。けれど、気にしている場合ではない。

銃弾は熊に直撃したのだろう。熊の体が、ぐらりと揺らいだ。

けれども、逃げる足は止まらない。

アニャが一発。俺が一発。二発銃弾が当たっても、死なないらしい。

なんて体力なんだ。

もう一発。

ボルトハンドルを操作する手が、先ほどよりも震える。

熊の姿は先ほどよりも遠ざかっていくのに、これでは照準がぶれてしまうだろう。

いくじなしめ……！

なんて、自分を責める言葉ばかり脳裏に浮かぶ。

「イヴァン！」

アニャがやってきて、背中に手を添えてくれる。続けて、ツヴェート様が叫んだ。

「落ち着いて！　イヴァン。あんたなら、できる！」

アニャの手が、ツヴェート様の激励が、心に響く。

自分でも驚くほど、震えが止まった。

集中力を遮断する物音も、気にならなくなる。

周囲は真っ暗で何も見えないはずなのに、目の前に熊の姿がはっきり見えるような気がした。

撃てる。

そう思って、引き金を絞った。

ダ――――ン!!

銃声で、ハッと我に返る。一瞬、意識がぶっ飛んでいたような。

それよりも、熊はどうなったのか？

「熊……、熊は？」

「さっきの銃弾で、倒れたわ」

「イヴァン、よくやった！　えらいよ！」

ツヴェート様がどんどんと、背中を叩く。その勢いのまま、俺は倒れ込んでしまった。

「きゃあ！　イヴァン！」

「ちょっと、これしきで倒れるなんて」

気づけば、胸騒ぎは治まっている。もう、熊が脅威となることはないのだろう。

「よかった。本当に、よかった」

嬉しさか安堵か、それとも恐怖か。よくわからない涙が、こみあげてきた。

今夜ばかりは、いくら泣いても許されるだろう。だって、熊を倒したのだから。

しばし、呆然としてしまう。

「イヴァン、大丈夫？」

「ん？　あ、うん」

だんだんと、冷静になってくる。息も整ってきた。

「俺、本当に、熊、撃った？　夢、じゃないよね？」

「ええ、イヴァンは熊を撃ってくれたわ！」

「そっか」

今振り返るとゾッとしてしまう。あの行動力は、どこに眠っていたのだろうか。信じられない。

「なんだろう。生存本能が働いて、体が勝手に動いたのかもしれない」

「どちらにせよ、熊を前にあそこまでの立ち回りができたのは、すごいことだわ」

「本当に」

ひとまず熊は動かなくなった。もう心配はない。

よかったよかったと、安心しきっていたら、ツヴェート様が信じがたいことを告げる。

「さっさと、血抜きの処理をしてしまおう」

「ちぬき？」

「そうだ。野生の獣肉は、血抜きを素早くしないと、臭くて食えたものじゃないって、話を聞いたことがある」

「それはそう、だけれど。その、あの熊さん、食べるの？」

「食べるわよ」

アニャは当然とばかりに、言葉を返した。

山で得た命は大事に。いつも、マクシミリニャンが言っている言葉である。

「大丈夫よ、イヴァン。熊の血抜きは、お父様と一緒にしたことがあるから。イヴァンは、灯りでも持っていてちょうだい」

「お、おお……！」

なんて頼もしい妻なのか。

そんなわけで、熊肉をおいしくいただくため、血抜きを開始する。

仕留めた熊は、思っていた以上に大きかった。マクシミリニャンと同じくらいの大きさだろうか。

この大きさでも若い個体だと、アニャが言っていた。四年、五年と育った熊は、さらに大きいらしい。

「そんなのが家にやってきたら、もうここでは生きていけないよ」

「大丈夫よ、イヴァン。大きな熊ほど、慎重なの。そういう個体は、冬になったら冬眠するし、人の生活圏には入ってこないのよ」

慎重に生きているからこそ、大きく育つのだという。

警戒すべきは体の大きな熊ではなく、未熟な若い熊なのだとか。もしくは、子育て中の母熊。

「熊社会も、いろいろあるんだなー」

「そうなのよ」

熊は完全に息絶えているようだった。それでも、近づきたくないほどには恐ろしい。

よくよく見たら、熊は舌をだらりと垂らし、白目を剥いていた。

銃弾が当たったのは、アニャが当てた頭部。俺が当てた後頭部と首筋の三ヶ所である。

まず、銃弾を取り除く。アニャは躊躇（ためら）うことなくナイフを入れて、首筋の銃弾を引っこ抜いていた。

次に、皮を剥ぐらしい。

「アニャ、やっぱり俺も手伝うよ」

「いいの？」

「うん」

銃弾をあっさり通さないほどの毛皮だ。簡単には剥げないだろう。

ツヴェート様に灯りをふたつ持ってもらい、俺も皮を剥ぐ作業に参加した。

思っていた通り、それは力がいるものだった。アニャひとりでは無理だっただろう。しかしまあ、俺ひとりでも難しかったと思われる。

何度、吐き気を催してご迷惑をかけたことか。途中から、ツヴェート様に背中を優しく撫でてもらいつつ、作業したくらいだ。

そのあと、腹を切って内臓を取り出す。この辺は、見ていられなかった。

アニャとツヴェート様にお任せしてしまう。情けなくて、本当にごめんと百万回は心の中で謝罪する。

ここで熊を荷物に乗せて斜面まで引っ張り、血抜きを行う。

しばし放置したあと、熊肉は部位ごとに切り分け、殺菌作用のある葉っぱに包んで保存する。

「……死ぬほど疲れた」

「お疲れ様」

「アニャも」

ツヴェート様が、お風呂を沸かしたので体を洗ってから家に上がるように、と言う。

「イヴァン、先に入っていいわよ」

「アニャが先に入っていいよ。俺より、血まみれだし」

「私はあとでいいわよ。今日の功労者は、熊を仕留めたイヴァンだから」

「そんなことないって。アニャが最初に頭部を撃たなかったら、仕留められなかったと思う」

だから、お先にどうぞ、なんて言っていたら、ツヴェート様より叱咤が届いた。

「何を譲り合っているんだい！　お湯が冷めてしまうだろう！　夫婦なんだから、一緒に入りな！」

え、そんなツヴェート様……。と思ったが、アニャは「それもそうね」なんて言っている。

「え、アニャさん、いいの？」

「ええ。さっさと入ってしまいましょう」

「やったー！」

「言っておくけれど、変なことはしないからね！」

「えっ、変なことって、なんだろう？　具体的に説明してくれないと、わからないな」

「さっきまでしょぼくれていたのに、どうしていきなり元気になるのよ」

「なんでだろうね」

そんなわけで、アニャと一緒にお風呂に入る。

このときばかりは、熊さんありがとう、と思ったくらいである。

熊が割った窓には、布が当てられている。ツヴェート様が応急処置を施してくれたようだ。ガラスの破片も、片づけたようだ。

なんていうか、疲れた。椅子に座り、がっくりとうな垂れてしまう。

アニャが、温めた山羊のミルクに蜂蜜を垂らしたものを持ってきてくれた。

「山羊のミルク、終わったかと思ってた」

「またお乳が張っていたから、もらったの」

「そうだったんだ」

山羊の乳は短くて三ヶ月、長くて一年以上出るらしい。

ありがたく、飲ませていただく。以前までは山羊のミルクは苦手だったのに、今では大好きだ。濃くて、優しい味がする。

いつもはここでホッとするところだけれど、いまだ心はざわついたまま。アニャも、少しだけ表情が暗いように思えた。

だっていきなり熊に襲われたのだ。無理もないだろう。

「アニャ……なんていうか、とんでもない目に遭ったね」

「ええ」

これが、山で暮らすことなのだと、アニャは呟く。

「でも、こういうふうに熊に襲われたのは初めて。覚悟はあったはずなのに、いざ直面すると、大した行動はできないのね」

「いやいや、アニャは十分冷静に行動できていたよ」

何はともあれ、皆、怪我もなく生きている。熊を倒すまでの手順に間違いはあったのかもしれないが、今回はよくやった。

そう、思っておく。

ツヴェート様がお風呂から上がってきた。さすがの彼女も、疲れ果てているようだった。

「あの、みんな、お願いがあるんだけれど」

「なんだい？」

今日は、どうにも心が落ち着かない。だから、一緒に眠ってほしい。そう言うと、ツヴェート様は呆れた表情となる。

「あんた、小さな子どもじゃないんだから」

「そうなんだけれど」

お願いしますと頭を下げたら、ツヴェート様は「仕方がないねえ」と言ってくれた。

そんなわけで、今日は居間に布団を敷いて、三人で並ぶ。

普段、アニャの寝室で丸くなるヴィーテスもやってきて、一緒に眠っていた。

眠れないのではないかと思ったが、ヴィーテスを抱き枕に、あっさりと眠りに落ちてしまったのだった。

❖　❖　❖

翌々日――ついにマクシミリニャンが大荷物を背負い、帰ってきた。

「お、お義父様――――!!」

もう、一番に抱きついてしまう。マクシミリニャンは俺を抱き返してくれた。

「お義父様、二度と、俺から離れないでー！　一生家にいてー！」

「何かあったのか？」

その問いかけには、追いついたアニャが答えてくれた。

「熊が出たのよ」

「な、なんだと⁉」

アニャは納屋を指差す。扉は半壊状態で、中に置いてあった家畜の餌が荒らされている状態だ。

「熊は、逃げたのか？」

「いいえ、イヴァンが仕留めたわ」

「イヴァン殿が？」

マクシミリニャンの、俺の頭をよしよしと撫でる手がピタリと止まった。

「イヴァン殿、熊を、撃てたのか？」

「偶然にも」

そう答えるや否や、ぐんと体が宙に浮いた。マクシミリニャンが俺の体を、軽々と持ち上げていたのだ。子ども相手に高い高いするみたいに、上下に揺らされる。

「熊を仕留めるなんて、素晴らしいぞ！　やればできる男だと、思っていた！」

「いや、最初にアニャが頭部を撃ち抜いていたんだ」

「それでも、銃の扱いに慣れぬイヴァン殿が、熊を仕留めたというのは偉業である」

「大げさだなあ」

昨晩に切り落とした熊の頭部を見たマクシミリニャンは、ひと目で状況を察したようだ。

「若い熊が、冬眠もせずに好奇心からやってきたのだろうな」

「そうだったみたい」

対策を講じなければならないだろう。マクシミリニャンは開墾時に伐採した木を使って、塀を作ったらどうかと提案する。

「たしかに、わかりやすい人工物があれば、熊も警戒する、かしら？」

「うーん、どうだろう」

一昨日の熊みたいに、人間を天敵だと思っていない個体は気にせずに侵入してきそうだ。

「このようなことは、滅多に起こらないのだがな。我らが安心して暮らせるよう、何か対策を考えておこう」

これまではのほほんと暮らしていたが、これからは気を引き締める必要があるのだろう。

熊と人間、互いに干渉しないように生きていけたらいいなと思った。


夕方、マクシミリニャンが空を見上げ、今夜か、明日辺り雪が降るかもしれないと呟いた。

どうしてわかるのかと問いかけると、雪が降る匂いがした、と言う。

なんだその嗅覚は。と思いつつも、「そうなんだー」と言葉を返す。

マクシミリニャンの予想はドンピシャに当たり、翌日は一面銀世界だった。

夜から降っていたらしい雪は止み、太陽がさんさんと輝いている。

「わー！　アニャ、見て。雪だー！」

「町にいても、雪は降り積もるでしょう？」

「そうだけれど、なんだろう。山の雪って、町の雪とはちょっと違う気がする」

「違うって？」

「キラキラしている？」

アニャはよくわからないようで、小首を傾げている。なんて言えばいいのだろうか。

言葉を探していたら、ツヴェート様が代わりに答えてくれた。

「雪質が、町とはまるで違うんだよ」

「雪質？」

「ああ、そうだ。さっき、触れてみたら驚いた。サラサラなんだ」

「え、サラサラ？」

雪といったら、ドシッとしていて、水分を多く含み、ぎゅっと握ったら固くなる。

けれども、山の雪はサラサラらしい。

気になって、窓を開けてみる。が、ドッ！　と強い冷気が流れ込んできたので慌てて閉めた。

「な、なんだ、今の寒さ！」

これまでも寒かったが、それ以上だ。山の冬を甘く考えていた。

「この寒さの中、外に出て行ったら凍え死ぬ！」

「イヴァン、これからまだまだ寒くなるのよ？」

「え、そうなんだ」

山の厳しさは、野生の熊だけではなかったようだ。まさか、恐怖を感じるほどの寒さに生命を脅（おびや）かされるなんて。

毛皮の外套を着込み、マフラーを巻いて、手袋を嵌（は）め、完璧に防寒対策した状態で外に出たが

――。

「耳！　痛い！」

顔面はそこまでではないのに、耳が激しく痛いという不思議。アニャが耳当て付きの帽子を被せてくれた。

「これで大丈夫よ」

「うん、ありがとう」

アニャと一緒に、外に出る。

一歩、足を踏み出すと、フカ……という繊細な雪の踏み心地に驚いた。

「え、これ、本当に雪？」

「雪じゃなかったら、なんなのよ」

「だって、俺が知っている雪は、踏むとギシギシ鳴っていたんだけれど」

そっと雪に触れてみる。

「わ、サラサラだ！」

手から零れた雪は、まるで砂のようにさらさらと流れ落ちていく。隣にアニャがしゃがみ込み、顔を覗き込みながら質問してくる。

「イヴァンの知っている雪は、こうじゃないの？」

「ぜんぜん違う。もっと、じめっとしているというか、なんというか」

そうだ、水分！　ここの雪は町の雪に比べて、水分が少ないのだ。手のひらの雪をぎゅっと握っても、固まらない。

「はは、ここの雪じゃ、雪玉遊びができないんだ」

「雪玉遊びって？」

「雪を握って玉を作って、投げ合う遊び」

「ふうん。面白い遊びをしていたのね」

「そう」

ツヴェート様が「雪質がまるで違う」と言った意味を、これでもかと理解する。

いつの間にか、マクシミリニャンも外に出てきていた。寒くないのか。シャツにズボンという、シンプル過ぎる姿である。

「ここの雪は、パウダースノーなのだ」

「パウダースノーか。確かに、粉みたいだ」

「湿度と気温が低い場所に降る雪は、こうなる」

「あー、なるほど。水分が少ないから、サラサラなんだ」

マクシミリニャンも、ここにやってきたときにパウダースノーに驚いたらしい。

「同時に、きれいだと思った」

「そうそう。わかる」

町の雪は、すでに誰かが歩いたあとだったり、子どもたちが遊んだあとだったり、まっさらな状態を目にすることが少ない。だから余計に、きれいに見えたのだろう。

「真冬のダイヤモンドダストも、この世のものとは思えない美しさだった」

雪の粉の次は、雪の結晶(ちり)？

なんでも、空気中の水蒸気が冷えて固まり、太陽の光を受けてキラキラと輝くのだとか。

雪を手に取り、宙に放り投げる。

細かな雪が、バッと広がる。太陽の光に照らされて、輝きを放っていた。

「お義父様、ダイヤモンドダストって、こういうの？」

「いや、これよりももっと神聖で、きれいなものだ」

冬のとっても寒い、晴れた日にのみ見られる現象なのだとか。

「目の前に、星が瞬いているような光景だ」

「そうなんだ」

マクシミリニャンは言う。ここにいれば、いつか目にする機会があると。

「でも、これ以上寒くなるのは嫌だな」

「まだまだ寒くなるぞ」

「怖すぎる」

まだ、今日みたいに晴れている日は暖かいほうなのだろう。これからやってくる本格的な寒さに、耐えきれるのか。

正直、自信はないが、頑張るしかないのだろう。

❖　❖　❖

毎日毎日、信じられないくらい雪が降る。屋根の雪を下ろし、家畜の様子を見に行って、可能であれば少しだけ外で運動をさせる。家畜だけでなく、人間も運動不足になるので、家の周りだけでも歩き回っている。

家の周囲には、熊対策として先が尖った杭が打ち込まれていた。乗り越えようとしたならば、容赦なく体に刺さるだろう。

開墾で伐採した木々を使い、みんなで作ったのだ。これがあるから絶対に大丈夫、というわけではないものの、心配は減ったような気がする。

熊襲撃事件を受けて、銃の扱いについてマクシミリニャンから本格的に習っていた。

幸い、冬は暇を持て余しているので、いい機会だったのかもしれない。

もしも、同じように熊に襲われたら、今度は俺が率先して銃を握らないといけないだろうから。

マクシミリニャンがいるから平気などという考えは、捨てなければならない。

生きていく中での脅威は、熊だけではなかった。敷地内でも危険は多々ある。

踏み込んだ場所が雪深く、胸の辺りまで埋まってしまったときは焦った。マクシミリニャンが救出してくれたからよかったけれど、自力では抜け出せなかっただろう。寒いだけの町の冬とは、まったく異なる。

アニャやマクシミリニャンは、このような環境の中で毎年暮らしてきたんだ。

ただ、アニャ曰く、ここの冬はそこまで厳しいものではないらしい。夜、布団に潜りつつ、話を聞かせてくれた。

「極夜（きょくや）といって、冬のある期間に太陽が昇らない地域もあるのよ。危ないから、なるべく家にいないといけないのですって」

「太陽が沈まない白夜は聞いたことがあるけれど、逆もあるんだね。太陽が昇らない土地かー。想像できないな」

「本当に」

まだまだ知らない世界があるというわけだ。

「毎日毎日寒くて、嫌になるでしょう？」

「ううん、こうしてアニャとくっつけるから、冬って最高だと思っている」

「イヴァンったら」

ぬくぬくなアニャを引き寄せて、胸に抱く。じんわりと、温もりを感じた。

冬って最高じゃないかと、改めて思ってしまった。


雪の中からざっくざっくと掘りだしたのは——先日仕留めた熊肉。

「久しぶり。こんな形で再会するとは、思わなかったよ」

思わず、話しかけてしまう。当時の記憶が甦り、ぶるりと震えた。

いや、この震えは寒さからくるものだ。早く家に戻ろう。

部位ごとに切り分けた熊肉は、雪の中に埋めて保存していた。これからマクシミリニャンが調理してくれるというので、掘り起こしたわけである。

冬の雪深い季節は、外の雪が保存庫代わりになっていた。どこに何を埋めたかわかるように、リボンを結んだ長い棒を挿している。

家に戻ると、露出していた肌が外との温度差に悲鳴を上げる。頬なんか、ヒリヒリするくらいだ。

「お義父様ー。熊肉持ってきたよ」

声をかけると、マクシミリニャンが台所からひょっこり顔を覗かせる。相変わらずの、フリフリエプロン姿であった。

「おお、イヴァン殿、感謝する」

熊肉料理はいつも、マクシミリニャンが作っているらしい。どのように調理するのか、見学させてもらう。

「ふむ、いい肉だな！」

「アニャが、よく血抜きをしてくれたので」

「そうだったか」

涙を流し、気を失いそうになりながらも仕留めた熊である。

ツヴェート様が血抜きをしようと言わなかったら、その亡骸はマクシミリニャンが戻るまで放置されていただろう。

貴重な食料を、台無しにするところだった。

狩猟は仕留めて終わりではない。命に感謝し、食べきるところまで手を抜いてはいけないのだろう。今回の熊に限っては、狩猟ではなく襲われた中での攻防の結果だったが。

あのときアニャが銃を取らなかったら――ツヴェート様が鉈を握っていなかったら――俺が動けなかったら――想像するとゾッとしてしまう。

皆が、家族を守るためにそれぞれ勇敢に動いた。おかげで、怪我もなく元気に過ごしている。

銃の扱いを教えてくれたマクシミリニャンにも、感謝感謝である。

「さて、熊肉スープ作りを始めようか」

「スープなんだ」

「それ以外の料理だと、獣臭さを感じるものでな」

「なるほど」

お揃いのフリフリエプロンをまとい、調理を開始する。

雪の中でカチカチになった熊肉を、マクシミリニャンはサクサクと切っていく。

手伝おうとしたが、刃がまったく入っていかなかった。危ないから見ているようにと言われた。

マクシミリニャンの太い腕と、自分の細い腕を見比べ、若干肩を落とす。

いつか、マクシミリニャンみたいにムキムキになるんだと、心の中で目標を立てた。

さいの目にカットした熊肉を、蒸留酒に漬ける。惜しみなく、どぼどぼと瓶を傾けていた。

「これは、臭み消しだな」

しばし、漬けておくようだ。

その間に、マクシミリニャンがこれまで戦った熊の話を聞いた。もっとも苦戦したのは、子育て中の母熊だったらしい。

「あの熊は強かった」

ここで殺さなければ、逆に自分が殺される。お互い、同じ状況の中で戦っていたらしい。

「実力は、同等だったように思える」

マクシミリニャンの戦闘能力は熊と同じ。強すぎる。

「何はともあれ、荒ぶる熊とは遭遇したくないものだ」

「本当に」

酒に漬けた熊肉は、そのあと水でごしごし洗われる。なんていうか、力強い。洗濯物を洗うような勢いだ。

続いて、熊肉のあく抜きをするという。鍋にたっぷり水を張り、臭い消しの香草と一緒に煮込むのだとか。

しばらく、鍋の番をしていたのだが、沸騰する前からあくがじわじわ浮かんでくる。沸騰したら、石鹸が泡立つみたいにぶくぶく出ていた。

「うわ、とんでもない量のあくだ」

「熊は野生獣の肉の中でも、特にすごいな」

鍋から漂う臭いも強い。だが、これでも臭わないほうだという。

「仕留め方がよかったのだろう。以前、内臓を撃ち抜いて仕留めた熊がいたのだが、猛烈に臭かったな。食えたものではなかった」

まずくてたまらなかったようだが、薬だと思ってアニャとふたりで一生懸命食べたらしい。

その年、アニャは熊肉が大嫌いになったようだが、翌年仕留めた個体はおいしかったので、大好物となったようだ。

熊は仕留め方、血抜きの仕方で味わいが大きく変わる。迅速な行動が、肝となるのだろう。

「だから熊を仕留めた日の夜、アニャが必死になって血抜きをしたんだね」

「そうだな。人間の技量で肉をまずくしてしまうのは、もったいない。せっかくいただく命だ。おいしく食べたほうがいいだろう」

十分ほど煮た肉は、茹でこぼす。二回、三回と繰り返すうちに、だんだんとあくが出なくなってきた。

「ふむ。これくらいだろうか」

鍋に熊肉を入れて、赤ワインをひと瓶、惜しげもなく注ぎ入れる。香味野菜に香辛料、香草などもどんどん追加していった。この状態でしばらく煮込み、途中からトマトの水煮、塩、コショウなどを加えて、さらに煮込む。

最後にバターを加えたら、熊肉の赤ワインスープの完成だ。

「熊肉は、滋養強壮にいいという。食べると体が温まるので、冬ごもりにうってつけの食材というわけだ」

これでもかと煮込まれた熊肉は、他の肉に比べて黒い。煮込んで煮込んで煮込みまくったので、ものすごく硬いのではないかと心配になる。

ただ、アニャが大好物だというので、おいしくないわけがない。

アニャとツヴェート様を呼んで、食事の時間とした。

「イヴァン殿と、熊肉スープを作ったぞ」

「わー、おいしそう！」

「いい匂いだねえ」

女性陣は目を輝かせていた。あんなに怖い思いをしたのに、引きずっていないらしい。ふたりの強さが、羨ましかった。

俺なんかは、昨日のことのように恐怖がぶり返してくる。夢にも何度かでてきたくらいだ。あの、熊が窓から「こんにちは」してきたところは、恐怖のあまり失神しなかった自分を褒めたい。

熊が割った窓は、マクシミリニャンが修繕してくれた。ただ、被害は跡形もないのに、窓際を何かが過(よぎ)っただけでびっくりしてしまう。

ちなみに、窓を横切ったのはマクシミリニャンの下着だった。驚かせやがって……。

「イヴァン殿、たくさん食べられよ」

「わーい、やったー」

自分でもびっくりするくらい棒読みだった。わずかに震える手で、熊肉スープが注がれた皿を受け取った。

あの日戦った熊の肉が、スープの中にぷかぷか浮かんでいる。

食卓につき、いつもより長く祈りを捧げた。

「いざ――――!」

腹を括(くく)って、熊肉を匙で掬った。

赤ワインとトマトのスープの中にいても、熊肉の存在感は異彩を放っている。

そんな熊肉を、ぱくりと食べた。

「んん⁉」

口に含んだ熊肉は、驚くほどやわらかい。

あんなに煮込んだのに、どうしてこんなにもやわらかいのか。噛めば噛むほど、肉の旨みが滲みでてくる。脂身はプリプリで、とろけるようなおいしさだ。

「嘘みたいにおいしい」

「そうだろう、そうだろう！」

普通の肉よりも、調理に手間暇がかかる。苦労してでも食べたいものが、熊肉なのだろう。

「熊、とってもおいしい。知らなかった……！」

この瞬間、熊に対する恐怖は消えてしまったように思える。おいしさが、恐怖を上回ってしまったようだ。

「来年、熊撃ちについて行こうかな」

「イヴァン、二度と熊には遭いたくないって言っていたじゃない」

「熊のおいしさを知ったら、遭いたくなったよ」

なんて、食べている間は調子のいいことを言っていたが、食後は「やっぱり遭いたくないかも」と思ってしまった。

乙女の恋心と、熊に遭いたいという気持ちは、移ろいやすいのかもしれない。

そういうことにしておく。

本格的な冬ごもりが始まる。
ヴィーテスは相変わらず寝てばかりだ。羨ましくなるものの、俺たちはそうはいかない。
朝はまず、雪下ろしから始めるのだ。率先して、屋根に上って雪を掻き落とした。
雪というのは、積もり積もってとてつもない重量になるらしい。夜、家がミシミシ鳴って涙目になったのは一度や二度ではない。

そのたびに、アニャが大丈夫だと言ってくれるけれど、まったく慣れないでいる。家が雪の重みで潰されないよう、せっせと雪を下ろす毎日だ。

朝の仕事が終わったら、それぞれ手仕事を行う。

俺は蜜蜂の巣箱を作っていたが、一日作っただけで、もう十分だと言われてしまった。その後も養蜂関係の作業に明け暮れたが、三日も経てば仕事もなくなる。

養蜂以外に、できる作業はない。以降は、家族の手伝いをすることにした。本日は、マクシミリニャンの仕事を手伝う。いったい何を作るというのか。

普段、マクシミリニャンが生活をしている離れで、作業を開始する。

「今日はレース編みをしようと思う」

「え、今、なんて言った？」

「レース編み、である」

「レース編みだって⁉」

なんでも、マクシミリニャンはレース編みが得意らしい。毎年、冬になるとせっせとレースを編んでいるようだ。

「マーウリッツアの養蚕(ようさん)農家から、蜂蜜と交換で絹糸(けんし)を手に入れるのだ」

「ようさん？　けんし？」

「養蚕は絹の元となる虫、蚕を育てて繭(まゆ)をとることだ。絹糸は、絹の糸のことだな」

「へー」

見せてもらった絹糸は真珠のような美しい照りがあり、手触りがよさそうだった。これを編んで、レースを作るらしい。

「レース編みとか、アニャやツヴェート様がするのかと思っていた」

「アニャはもっぱら、ボーンナイフ作りだな。鹿や熊の骨を削って、ナイフを作っている」

「かっこいい……！」

ツヴェート様はおなじみの、染め物と機織りをしているようだ。

「でも、なんでレース編みをするの？」

「高値で売れるからだ」

なんでも、レースは主に花嫁衣装に使われるらしい。一着の花嫁衣装だけで、ヴェーテル湖をくるりと一周するくらいの量が使われていると言われているようだ。

「す、すごすぎる」

「まあ、それくらいたくさん使用しているというような意味だろうがな」

かの有名な女帝も、総レースのドレスをまとい、流行の最先端として君臨していたようだ。

「ちなみに、総レースのドレスは一着で、貴族の別荘が建つくらいの金額らしい」

「レース、すごい」

布や糸はどんどん工業化が進んでいるようだが、レースだけは現在も人の手で作られている。

そのため、高値で取り引きされているのだとか。

「って、俺にもできるのかな」

「そこまで難しくない。教えて進ぜよう」

「よろしくお願いします」

ここから、マクシミリニャン先生のレース編み教室が始まった。

マクシミリニャンはガバッと開いていた膝を、優雅にそっと閉じる。どうしてかと思っていたら、絹糸を膝の上にちょこんと置いた。

マクシミリニャンの真似をして、膝を閉じてみる。なかなか辛いものがあった。気を抜くと、膝がパカッと開いてしまう。

「お義父様、お膝が、どうしても閉じないのですけれど」

「無理はしなくていい。円卓でも持ってきて、そこに道具を置かれよ」

「はい」

マクシミリニャンはあんなに綺麗に膝を揃えて座っているのに、俺はできないなんて……。なんだか、はしたないと思ってしまう。

「では、始めようか」

マクシミリニャンはまず、懐から紙を取り出す。レース編みの設計図のようだ。

繊細な模様が描かれていて、見ただけで目眩（めまい）がしそうだった。

「編み図には、編む順番や目数、編み方を表す編み図記号と呼ばれるものが記してある。それに沿って、編んでいくのだ」

「ほうほう」

マクシミリニャンはレース針を取り出し、説明しながら絹糸を編んでいく。太い指先で、精緻な花模様を生み出していた。人類の神秘だと思ってしまう。

俺は練習用に綿糸でレース編みをしたが、レース針で指先を刺すわ、指ごと編んでしまって動かせなくなるわ、こんがらかって模様が完成しないわで、とにかく大変だった。

「ふむ。最初はこんなものだろう。大丈夫、じきに上達する」

「え、意外と高評価？」

なんでも、マクシミリニャンが最初にレース編みをしたときは、もっと酷かったらしい。それに比べたら、きれいに編めているほうだという。

マクシミリニャンは美しいレースを完成させていた。

すでに、納品先は決まっているようで、結婚する娘さんのドレスに使うらしい。今は他に新たに編もうか、考えているところだとか。

「花嫁衣装かー。アニャが着たら、きれいだろうなー」

何の気なしに呟いた言葉だったが、マクシミリニャンはポロリと涙を零す。

「え、な、なんで⁉」

「あ、その、すまない。アニャの花嫁衣装を着た姿を見てみたいと、ずっと思っていたのだ」

一度、俺との結婚が成立したときに、花嫁衣装を着てみないかと提案したらしい。けれども、お金の無駄だと断られてしまったのだとか。

マクシミリニャンは部屋の奥から、木箱を運んでくる。中に収められていたのは、純白の生地だ。

「これ、もしかして花嫁衣装を作るための布？」

「そうだ」

アニャに拒否されてしまったため、すでに布は買ってあると言い出せなかったらしい。

「今は衣装箱の肥やしとなっておる」

「もったいないよ、お義父様。せっかくだから、アニャの花嫁衣装、作ろう！」

「ほ、本当か？」

「もちろん。俺も見たい」

ただ、マクシミリニャンと俺ではドレスなんて作れない。頼りは、ツヴェート様である。

せっせと機織りをしているツヴェート様のもとへ行き、マクシミリニャンとふたりで頭を下げた。

「アニャの婚礼衣装だって？　そんなの、協力するに決まっているだろうが」

「ツヴェート様、ありがとうございます」

アニャも完成したドレスを前にしたら、受け入れてくれるだろう。そんなわけでアニャの花嫁衣装計画が、極秘で進められることとなった。

アニャの花嫁衣装計画は、夜に進行する。マクシミリニャンと酒を飲むと言い、離れに通って作業していた。

まず、デザインを決めなければいけないらしい。マクシミリニャンがいそいそと持ってきたのは、自らの結婚式の写真だった。年若いマクシミリニャンとアニャの母親が、婚礼衣装をまとった姿で写っている。

ツヴェート様とふたりで、肖像写真を見入ってしまった。

「うわー、お義父様、若い！　アニャのお母さんは美人だな。っていうか、アニャはお母さん似だったんだ」

「父親に似なくて、よかったねえ」

マクシミリニャンはバリバリの白軍服である。胸には、立派な勲章が輝いていた。

「っていうか、お義父様の軍服、帝国のやつなんですけど」

ツヴェート様に声が大きいと怒られてしまう。

「えっ、お義父様、帝国出身なの？　なんでここにいるの？　どうして養蜂家になったの？」

疑問が次から次へと浮かんでくる。質問攻めに遭ったマクシミリニャンは、眉尻を下げて困った表情を浮かべていた。

ツヴェート様を横目で見る。驚いている様子はなかった。

「あれ、ツヴェート様、知っていたの？」

「国内の貴族とは、明らかに様子が違っていたからねえ」

「え、貴族⁉」

どういうことなのか。

「いや、すまない。イヴァン殿には、話したつもりでいた」

「いや、ぜんぜん話していないよ！　なんか触れたらいけないことかなって思って、今まで聞かなかっただけ！」

「そうだったか」

マクシミリニャンは居住まいを正し、語り始める。それは、想像もしないものだった。

「我と妻エミリアは、帝国出身である。ある事情があって、この国へとやってきた」

なんでも、アニャの母親エミリアさんは皇后の侍女で、蜜薬師だったらしい。そういえば、蜜薬師の歴史は帝国にあるとアニャが語っていたような気がする。

「皇族の侍女のほとんどは既婚者だ。妻だけ独身だったのだ」

その理由は、医師から体が弱く子どもは産めないだろうと診断されていたから。自らの健康のために蜜薬の勉強をしていたらしい。

エミリアさんの蜜薬師としての治療が評判となり、皇后の侍女に抜擢されたようだ。

「私と妻の出会いは、皇族が暮らす〝美しい泉の宮殿(シェーンブルン)〟だった」

エミリアさんが貧血で倒れているところを、マクシミリニャンが発見し、介抱した。これがきっかけで、ふたりは仲良くなったらしい。

「しかしながら、妻は名家の娘。我は下級貴族の三男。つり合うわけがなかった」

よき友でいよう。そう話していたのに、マクシミリニャンとエミリアさんの仲を引き裂くような事件が起こった。

ふたりの関係を疑ったエミリアさんの父親が、彼女に結婚話を持ち込んできたのだ。

「相手は妻の父親よりも年上の男。いわゆる政略結婚だった」

しかも、再々婚だという。世継ぎはいるので婚姻を結ぶだけでいい。体が弱く、子どもが産めないエミリアさんにとっては、都合のいい結婚話だった。

「相手は、地位はあれども女癖が悪いと評判の男だった。私は、その結婚を見過ごすわけにはいかなかったのだ」

マクシミリニャンはエミリアさんの気持ちを聞く。本当に、結婚したいのかと。

「彼女は立派な貴族女性だった。不幸になるしかないような結婚を、受け入れていたのだ」

エミリアさんは眉尻を下げ、眦には涙をたっぷり溜めていたらしい。そんな表情を見てしまったら、放っておけないだろう。

「結婚式の当日に、我は妻を国から連れ出した」

「何もかも、捨ててきたんだ」

「そうだ」

国を出る前に教会でふたりだけの結婚式を挙げ、記念に写真館で婚礼衣装を着て撮影したらしい。

その後、この国へとやってきた。

各地で療養しつつ、最終的に山の奥地へ流れ着いたようだ。

養蜂をしていたおじさんと偶然出会い、共同管理人となって山仕事を覚えたという。

「結婚から五年後――奇跡が起きた。子どもを産めないと診断されていた妻が、妊娠したのだ」

ひとり目の子どもは流産してしまったらしい。エミリアさんの落ち込みようは、相当なものだった。それからさらに三年後に、アニャが生まれた。

「妻の命は散った。けれども、不幸ではなかっただろう」

マクシミリニャンの話を聞きながら、大号泣してしまう。何か重たい過去がありそうだと思っていたが、想像以上だった。

「アニャ～～、アニャ～～、生まれてきてくれて、ありがとう」

思わず叫んだら、マクシミリニャンは頷きつつボロボロ涙を流す。当時の記憶が、甦ってしまったのかもしれない。

「我が娘アニャ!!　天が遣わした、天使!!」

「そのとおり!!」

「だからあんたたち、声が大きいんだよ‼」

一番ツヴェート様の声が大きかったが、これ以上何も言わないほうがいいのだろう。

マクシミリニャンとふたり、神妙に頷くだけにしておく。


アニャの花嫁衣装作りは――順調とは言えない。なぜかといえば、アニャと花嫁衣装に入れ込みまくっているふたりが揉めるからだ。

「花嫁衣装は袖口がふんわり膨らんでいて、スカートは開花した花のようにボリュームたっぷりのものがよい！」

「そんな花嫁衣装、今時誰も着ていないよ！　都で流行っているのは、袖がなく、スカートがすとんと落ちたシルエットだ」

マクシミリニャンは、アニャの母親が着ていた花嫁衣装に似たものを作りたいらしい。一方でツヴェート様は、都会で流行っているような今風のものを作りたいようだ。

しばらく、ああでもない、こうでもないと言い合っていたが――最終的に俺のほうを見て問いかけてきた。

「イヴァン殿！」

「どちらの花嫁衣装がいいと思うかい？」

「ええっ、そうくる？　うーん、難しいなあ」

正直、ドレスの形や流行なんてよくわからない。唯一確かなのは、花嫁衣装をまとったアニャは絶対にきれいだろう、というもの。

「たぶんアニャは、花嫁衣装の形がどうであれ、喜ぶと思うんだけれど。まあ、大事なのはアニャの気持ちのほうかな」

それっぽくまとめてみたが、花嫁衣装の形を選びたくないだけである。ただ、マクシミリニャンとツヴェート様の胸に響いたようだ。

「大事なのは、アニャの気持ち、か……」

「そこまでは、考えていなかった……」

「う、うん。そうそう」

調子のいいことを言っていた罰なのか。次の瞬間には、思いがけない任務を任されてしまった。

「イヴァン、あんたが、アニャにどんな形の服が好きか、聞いてきてくれるかい?」

「ああ、それがいい」

「え!?」

そんな……まさか……!

アニャから怪しまれずに、上手く聞けるものなのか。

「あの、どうやって聞けばいいの?」

「会話の流れで、服やオシャレの話になったとき、それとなく聞けばいいんだよ」

「アニャはお喋りが大好きだから、答えてくれるだろう」

「いや、でも、アニャと服とかオシャレの話なんてしたことないし。じ、自信がないんだけれど」

「やる前から、できないって言うつもりかい?」

「イヴァン殿、まずは、やってからだ」

「わ、わかりました〜」

そんなわけで、重大な任務を受けてしまった。本当に、うまくいくのか。

ドキドキである。

❖　❖　❖

本日はアニャとふたり、リンゴ酒を造る。使うリンゴは、冬の初めに山で採った野リンゴだ。

野リンゴは、市場にあるような真っ赤なリンゴではない。黄緑色で、小ぶりだ。これは、リンゴの原種らしい。

甘そうないい匂いがするものの、とてつもなく酸っぱい。そのため、お酒にするしかないようだ。

「まず、果汁搾り器を使って、リンゴを潰すの」

アニャが、どん！　と作業台に置いたのは、年季の入った果汁搾り器である。

井戸の手動ポンプみたいな形だ。器に果物を入れて、ハンドルでぎゅうぎゅうに押して搾るのだろう。百年ほど前から、大事に大事に使われている品らしい。

「じゃあ、俺が搾るから、アニャはリンゴの投入をよろしく」

「大丈夫？」

「力仕事は慣れているから！」

……なんて言ったことを、すぐに後悔する。

「ウッ、硬っ!!」

驚くべきことに、野リンゴは石のように硬かったのだ。

「え、どうして？　な、なんでこんなに硬いの？」

「これでも、熟れているほうなのよ？」

「そうなの⁉」

自慢ではないが、市場で売っているリンゴならば素手で割れる。けれども、野リンゴは絶対に無理だろう。自信を持って言える。

「これ、体感なんだけれど、胡桃（くるみ）を潰しているみたい。本当に、リンゴ？」

「間違いなく、野リンゴよ。イヴァン、代わりましょうか？」

「待って。もうちょっと頑張る」

今度は全力でハンドルを押した。すると、果汁搾り器からメキ、メキ……という、果物とは思えない音が聞こえた。

果汁搾り器の口から、搾ったリンゴジュースがぽたぽたと垂れてくる。

ハンドルから放した手が真っ赤だった。

「これ、すごいね」

これだけ力がいるのならば、アニャはもっと大変な思いをするだろう。

俺が、全部やってやる！

そんなわけで、すべての野リンゴを潰した。

「はあ、はあ、はあ、はあ……！」

「イヴァン、大丈夫？」

アニャが優しく背中を撫でてくれる。あっという間に、疲れは吹っ飛んだ。

搾った果汁には、種や皮が交ざっている。

そのため、あらかじめ煮沸消毒しておいた布で漉すのだ。

果汁を陶器のかめに注ぎ、砂糖をサラサラと入れた。その後、蓋をそっと閉じる。

「あとは、暖かい部屋に置いて、発酵させるの」

「酵母とか入れるわけじゃないんだ」

「ええ、不要よ。自然発酵するから」

リンゴの皮や種には酵母がついている。丸ごと潰すことによって、リンゴの果汁の中に酵母が混ざっている状態になるようだ。これをしばらく置いておくと、発酵して酒となる。

実家では蜂蜜酒造りを手伝わされていた。造り方は実にシンプル。蜂蜜に水を混ぜて、酵母を加えるだけ。近くに造り酒屋さんがあって、各家庭でたくさん造ると怒られた。だから、毎回こそこそと造っていたような気がする。

最近、禁酒法——酒の所持や製造、輸出、輸入、販売を禁止する法律ができた国があるらしい。なんでも、酒は悪魔がもたらした、人を堕落させる飲み物だと言われているようだ。だから、飲んではいけないという決まりが定められたという。

「この国は、お酒が禁止されなくて、よかったよね」

「本当に。リンゴ酒、けっこういい値段で売れるのよ」

「商品だったんだ」

「飲みたかった？」

「どんな味がするのか、気になるなーって」

「じゃあ、ひと瓶だけ、家で飲みましょう」

「やった！」

今日も一日、頑張った。


夜――アニャが眠るのを確認すると、そっと寝台を抜ける。むくりと起き上がったヴィーテスが、咎めるような視線を向けてきた。どうか静かにしておいてくれ、と目で訴えながら寝室を出る。

マクシミリニャンの離れに行って、花嫁衣装計画について話し合う。

「それでイヴァン、アニャはどんな服が好みだと言っていた？」

「一日ずっと、気になっていたのだ」

「あ！」

アニャと楽しくリンゴ酒を造るばかりで、任務についてすっかり忘れていた。

平謝りである。

花嫁衣装の話し合いから寝室に戻る。ヴィーテスはぐっすり眠っているようで、ホッと胸をなで下ろす。布団へと潜り込むと、中はアニャの体温でホカホカだった。

重くなっている瞼を閉じた瞬間、隣に横たわっていたアニャがもぞりと動く。

「おかえりなさい、イヴァン」

「た、ただいま！」

跳び上がるほど驚いた。どうやら、アニャを起こしてしまったようだ。

「アニャ、眠っていたのに、ごめん」

「いいえ。起きていたの」

「そうだったんだ」

アニャは夜型人間である。だから、なんら不思議ではなかった。

「ねえ、イヴァン」

「な、何?」

「最近、お父様と毎日のように酒盛りをして、仲よさそうね」

「あ、えっと、まあ……。こ、これまでは、毎日忙しくて、ゆっくり話す暇もなかったからね。いろいろと、積もる話もあるわけで」

「そう」

アニャがぐっと近づいてきた。胸がどきんと高鳴る。

「お酒のにおい、しないわね。今日は飲んでいないの?」

「あ、えっと、うん。そんなに、強くないし」

「ふうん」

甘えてきたのかと思ったら、単なる飲酒チェックだった。結婚してしばらく経つのに、いつまでもドギマギしてしまう。

「イヴァンは、お父様のこと、大好きよね」

「それはもう――」

マクシミリニャンは、実の親よりも俺を大事にしてくれる。逞しくて、頼りになって、尊敬できる。理想の父親だろう。

「お義父様のこと、大好き——うわっ⁉」

アニャのほうを見たら、大粒の涙を零していた。

「どど、どうしたの⁉」

「だって、お父様に、イヴァンを取られちゃったから！」

「ええ——⁉」

すんすんとすすり泣くアニャを、ぎゅっと抱きしめる。アニャは静かに震えていた。

ここ最近、毎日のようにマクシミリニャンの離れに通っているので、アニャは寂しい思いをしていたらしい。

「わ、私とお喋りしても、つ、つまらないいんじゃないかって、思って。だって、男の人は、すぐに、女の人を、仲間はずれにする、で、でしょう？」

「うわー、アニャ、ごめん！　アニャとお喋りするの、とてつもなく楽しいよ！」

「だったらどうして、夜はお父様とばかり過ごすの？」

「それは、それは——」

本当のことを言うべきか、迷う。

けれどもマクシミリニャンやツヴェート様は、アニャへのサプライズを楽しみにしているようだった。

アニャに嘘はつきたくない。必死に必死に考えて、俺は叫んだ。

「じ、実は、お義父様と、アニャについて、毎晩語り合っているんだ‼」

「ふたりとも、アニャが大好きだからだよ」

俺やマクシミリニャンだけではない。ツヴェート様も、アニャが大好きだ。だから揉めながらも、毎晩花嫁衣装について真剣に話し合っている。

「アニャがどんなものが好きだとか、どんな服が似合うとか、そういうことを話しているんだ」

「そ、そうだったの？」

「うん」

嘘は言っていない、嘘は。アニャの涙がぴたりと止まったので、安堵した。

「まさか、私についての情報交換をしていたなんて」

「ごめん。アニャについて、いろいろ把握していたかったんだ。お義父様も、知らない情報があれば、聞きたいみたいで」

「私に直接聞けばいいのに」

「なんでも、答えてくれる？」

「もちろん」

いい流れができた。布団の中で、ぐっと拳を握る。花嫁衣装について聞くために、いくつか質問をぶつけてみた。

「アニャは、何色が好きなの？」

「空に浮かぶ、雲のような白」

「どうして？」

「手が届かないものほど、美しく見えるの」

「なるほど」

ということは、純白の花嫁衣装は、アニャの好きな色合いとなる。

絶対に喜んでくれるだろう。

ちなみに白い花嫁衣装は、異国の女王が初めてまとい、瞬く間に広がったらしい。それ以前は、皆、自由な色合いのドレスを着ていたようだ。

今は純白のドレスが当たり前なので、よほど素敵なお姿だったのだろう。

「えーっと、次は、好きな花は？」

「イヴァンと見た、満開の蕎麦の花かしら？」

「あれは、きれいだったねえ」

「ええ」

一面真っ白に咲いた蕎麦の花は、本当に美しかった。今でも、記憶の中で鮮やかに甦る。

「次！　好きな服はどんなの？」

「そうねえ。動きやすい服がいいかしら」

「う、動きやすい服⁉」

花嫁衣装はスカートの裾が長くて、大変動きにくい。アニャの好み通りにしたら、短いスカートの花嫁衣装になる。絶対に、マクシミリニャンとツヴェート様が許さないだろう。

個人的には、アリ寄りのアリだが。

「あ、えっと、オシャレ着だったら、どんなものが好き？」

「オシャレ着？　うーん、あんまり意識したことなかったわ。イヴァンは、どういうのが似合うと思う？」

　まさか聞き返されるとは。オシャレ知識を総動員し、考える。

「アニャはさ、レースとか、リボンが似合いそうだよね」

「そう？」

「うん」

「レースといえば！　この前見かけた、レースの長袖のドレス、素敵だった」

「それって、花嫁さん？」

「ええ。スカートはクリームみたいに上品で、美しかったわ」

「なるほど、なるほど」

大変参考になりそうな情報を、聞かせていただいた。神がかり的な会話の流れに、感謝する。

今日は久しぶりに、アニャとたくさん会話できた気がする。楽しい夜だった。


　無事、アニャの好みの服を聞き出し、報告する。

マクシミリニャンとツヴェート様が主張していた意匠とは異なるものの、ふたりとも嬉しそうに話を聞いてくれた。これまでは各々が望むドレスがいいと言い合って引かなかったが、一番はアニャが望む花嫁衣装なのだろう。

　ツヴェート様はドレスの型紙作りと、ドレス本体の製作を担当する。俺とマクシミリニャンは、袖に使うレースを編む仕事を任された。

しかし、毎晩のようにマクシミリニャンのところに行ったら、またアニャが寂しがってしまう。そのため、作業は主に昼間に行うことになった。今日はツヴェート様の手伝いをすると言って、染め物小屋の端っこでレースを編んでいた。

染め物小屋は、物置を整理して作った。

村の外にあったツヴェート様の自宅のように、染め物用の植物が所狭しと天井からつり下げられていた。

ツヴェート様はせっせと、山で採取した植物をぐつぐつ煮込んでいる。もくもくと湯気が立ち上るなか、鍋に真剣な眼差しを向けていた。

糸を浸けている器を覗き込むと、さまざまな色が並んでいた。タンポポみたいに暖かみのある黄色は、マリーゴールドの花。少し色あせたような渋い緑は、ヒースの葉。秋を思わせる茶色は栗の皮と、いが。鮮やかな紫色は、マジョラムの花。

一晩浸けると、糸が染まるらしい。そのあと、水分を絞って乾燥させたら完成なのだとか。

この糸を、四角い窓枠のような織機を使って織物にする。

昔はテーブルクロスやベッドカバーなど、大型の織物も製作していたようだ。今は、食器を置くプレースマットやクッションカバーなどの、小物を作る体力しかないという。

レース編みも大変だが、糸を一本一本組み合わせていく織物も手がかかる。

織物は人の手で作られたものだと分かっていたものの、こうして目の当たりにするとまた印象がガラッと変わる。

機織りをするツヴェート様の額には、汗が浮かんでいた。

ぼんやり眺めていると、単純な作業に思える。けれども手元を見ると、目で追いきれないほど素早い動きだった。

枠に張ったたて糸を一本おきた掬いながら、よこ糸をすいっと通し、専用の櫛を使って糸の目を詰める。

と、ツヴェート様の仕事に見とれている場合ではなかった。俺はレース編みをしなければ。花嫁衣装は冬ごもりの間に完成させて、アニャに贈りたい。

忙しい春が終わり、養蜂家の繁忙期である流蜜期が過ぎたら、披露宴を挙げようという話になっている。

今からとても楽しみだ。

レース作りを頑張り過ぎてしまったのか、肩が重たい。これまでにないほどの凝りようで、動くたびに肩が悲鳴を上げている。

生活にも支障が出ているので、アニャに相談した。

「アニャ、あの、ちょっといい？」

「どうしたの？」

「肩が凝ったんだけれど、湿布とかある？」

「どうして肩なんか凝っているのよ？」

「えっ⁉」

アニャの花嫁衣装作りは、極秘任務である。白状するわけにはいかない。言葉を探していたら、アニャがいい感じに解釈してくれた。

「そういえば、昨日はツヴェート様のお手伝いだったわね。何か、力仕事でも任されたの？」

「あ……うん」

心の中で、ツヴェート様ごめんなさいと謝る。バレるよりはいいだろうと、自分に言い聞かせる。

「ちょっと待っていてね」

そう言って、アニャは台所のほうへと消えていった。

薬箱のある部屋とは逆方向だ。

十分後、アニャが戻ってくる。手に持った皿には、甘い匂いを漂わせるパンが載っていた。

「アニャ、それは？」

「アーモンド蜂蜜バターパンよ」

「へえ、おいしそう！」

三時のおやつ――というわけではないらしい。

これが、肩こりを楽にする〝薬〟なのだとか。

「え、このパンが、薬？」

「ええ、そう。このアーモンドは、蜂蜜に浸けたものなの。このふたつの食材は、血流をよくしてくれるのよ」

肩こりは肩甲骨周辺にある筋肉の血行が滞った結果、じわじわと鈍痛を発する。血流を改善したら、肩こりはよくなるというわけだ。

「つまり、このアーモンド蜂蜜バターパンを食べたら、肩こりが改善されるかもしれないわ」

「しれない？」

「効果は個人差があるから。まったく効かない人もいたのよ。それに、肩こりの原因や改善方法は他にもあるから」

「まあ、薬の効き目ですら、人それぞれだからね」

動くだけでも苦しいほどの肩こりは、蜜薬師では治せないという。そういうときは、医師を頼るようにと言っているのだとか。

「そういえば冬の間は、村の人たちが病気になったらどうしているの？」

「どうって、お医者様を呼んでいると思うわ」

伝書鳩も冬は飛ばさない。完全に、麓との連絡が遮断されてしまうのだ。

そもそも、蜜薬師は医師ではない。症状が続いて慢性化するようであれば、医師の治療が必要なのだろう。

「頼ってくれるのは嬉しいんだけれど。私にできることには、限りがあるから」

「そうだよね」

マーウリッツアの周辺に医師はいないので、ついついアニャに頼ってしまうのだろう。

なんとも気の毒な話である。

「そんなことよりも、イヴァン、早く食べなさい」

「はいはい」

アーモンドの蜂蜜漬けの上に、黄金色のバターが置かれている。なんでも、一緒に食べると、さらに血行がよくなるのだとか。

バターにも、意味があったのだ。さっそくいただく。

「んんー！」

実は先ほどまで、肩の痛みに苦しみつつ薪割りをしていたのだ。力仕事のあとの甘いものは、沁みる……！

カリカリに焼かれたパンに、蜂蜜と香ばしいアーモンド、そして塩っけのあるバターが載っている。パンには切り込みが入っていて、蜂蜜がじゅわーっと染み込んでいた。蜂蜜漬けのアーモンドは、サクサクとした食感が残っている。とてもおいしい。

「蜂蜜漬けのアーモンドは、治るまで毎日食べなさいね」

「はーい」

おいしく治療できるなんて最高だ。そんなことをしみじみ思う、三時のおやつであった。

朝――ツヴェート様に「イヴァン、来な」と呼び出される。アニャの花嫁衣装について何か話すのかと思いきや、たどり着いた先は鶏舎。
卵を集めたあと、鶏舎の清掃を行う。鶏の健康状態を確認して外に出ようとしたところ、ツヴェート様に引き留められた。

「ちょっと待ちな！」

「はい？」

「あんた、鶏の解体、やったことないだろう？」

ツヴェート様がビシッと俺を指差す。

「な、ないです」

「教えてやるから、やってみな！」

「へ⁉」

卵を産まなくなった雌鶏（めんどり）がいるらしい。

「俺が、鶏を、解体する、と？」

「そうだよ」

とうとう、この瞬間がやってきたのだ。なんとなく俺もやらなければいけないな、と思いつつも、言い出せずにいた。

普段、おいしく食べている肉は、もともとは生きていた命。わかっていたものの、いざやれと言われたら抵抗がある。

すでに、銃で熊を仕留めたり、ウサギを罠にかけて仕留め、皮を剥いだりした。

けれども、毎日顔を合わせ、言葉をかけてきた鶏を手に掛けるのは訳が違う。

普段からアニャに、家畜に名前を付けるなとか、話しかけるなとか言われていた。情が移るから。

大丈夫だなんて思っていたものの、今、酷く動揺している。

ちなみに、ツヴェート様も放し飼いで鶏を飼っていた。解体はお手のものなのだろう。

鶏を前にうろたえていたら、ツヴェート様に背中を強く叩かれた。

「早くおやり！」

「は、はい」

感傷に浸る時間など許してくれないらしい。個人的な感情はさっさと隅に押しやって、作業にかかる。

鶏の捕まえ方は、アニャから習った。こう、やる気いっぱいに「捕まえるぞ～！」みたいな感じで接近すると逃げられてしまう。鶏も、自分の運命がわかってしまうのかもしれない。

私は掃除をしていますよ、鶏には興味ありません、みたいな空気をまき散らしながらゆっくりゆっくり接近する。

至近距離までやってきたら、顔を逸らした状態で、視界の端にいる鶏を素早く捕獲するのだ。

一歩、二歩、三歩――鶏に近づく。逃げる気配はまったくない。

藁を拾い上げるふりをして、しゃがみこむ。そして、鶏の足へ迅速に手を伸ばした。

鶏は羽をばたつかせ、こけこけと鳴いている。あろうことか、いつも「おはよう」と言ったら、「こけー！」と返してくれる雌鶏だった。これから解体するなんて、胸が痛む。

心の中で「ごめん」と謝罪しつつ、鶏舎の外に出た。

「じゃあ、鶏の解体方法を教えるから、自分でやってみるんだよ」

「はい」

なんていうか、こういうのは一回見て覚えて、次から頑張ろう、みたいな流れになるのが普通なのではないのか。

いきなり、説明を聞きながら解体しろとか、厳しすぎませんか？

冬の寒さよりも、容赦ない。ツヴェート様、さすがだ。

鶏の解体は、雪の中で行われる。俺はガタガタと震えていた。それは寒さからくるものなのか、恐怖からなのか、よくわからない。

「まず、一方の手で鶏の両脚を掴んで逆さまにして、空いている手で首を掴み、そのまま捻るんだ」

「うわあああ、うわあああああ」

「うるさい！　さっさとやるんだよ」

「はい……」

このまま逆さ吊りも辛いだろう。マクシミリニャンも言っていた。命を奪うときは、長く苦しませてはいけない、と。

「はあ、はあ、はあ、はあ――くっ!!」

バタバタと動いていた鶏は、しだいに大人しくなった。いつまで経ってもガタガタけいれんしていると思いきや、俺の手が震えているだけだった。

以前、マクシミリニャンとウサギを解体したときも、恐ろしかった。

今回は、それ以上だ。

雪深いシーズンに山に入るのは大変危険である。だから、こうして家畜から肉を得なければいけない。生きていくために、必要な行為なのだろう。

けれど、なんだか残酷なことをしているように思えて、怖くなった。震えが止まらない。

「ツヴェート様、ごめん。なんか、情けなくて」

「いいんだよ。命を奪うんだ。それくらい、恐れてもいい」

ツヴェート様に励まされつつ、血抜きを行い、羽を毟(むし)って、内臓を抜く。

雪で鶏肉をもみ洗いし、なんとか解体は完了となった。

全身汗だくだ。全力疾走したくらいの疲労感がある。これまで、アニャやマクシミリニャン、ツヴェート様は大変な思いをして、解体していたのだ。心から感謝したい。

そして、命の糧となる鶏にも。

解体した鶏は、アニャの手に託される。

骨はスープをとるために煮込まれ、肉は煮たり焼いたりして、おいしくいただく。

羽根も、一枚も残さずに利用する。

ツヴェート様は羽根を染めて、髪飾りを作って売っているそうだ。アニャは、釣りに使う毛針作りに使うと言っていた。

アニャと共に羽根を選別しながら、ぽつりと零す。

「俺、わかっているようで、ぜんぜんわかっていなかった」

「何が？」

「日々、命を奪って、生きているんだってことが」

毎日祈りを捧げて食材に感謝していたが、今まで見えていたのはほんの一部だったのだ。

「そんなの、最初からすべて理解している人なんて、いないわよ」

「でも、アニャはずっと、世話をしていた鶏を、解体して食べていたんでしょう？」

「ええ、そう。お父様からやれって言われたのは、十歳くらいのときだったかしら？」

「そんなに早かったんだ。十歳のアニャが受け入れられたのに、二十歳を越えた俺が、こんなに落ち込んでいるなんて」

「受け入れられるわけないじゃない」

「え⁉」

「今も、怖いわ。できるならば、したくないわよ」

　割り切って、作業だと思いたくないとアニャは言う。俺の反応は、ごくごく普通だとも。

「そっか。そうだったんだ」

　アニャがぎゅっと抱きしめてくれる。

　温もりを感じながら、奪った命を無駄にしないよう、精一杯生きなければいけないなと改めて思った。

　山の冬は、行動範囲が狭まって、まともに仕事もできないまま一日が終わり、昼夜問わず薄暗くて、蝋燭（ろうそく）の火でしずしずと暮らす——なんて勝手にイメージしていた。
　実際に過ごしてみると、まったく違った。
　時間に余裕があるので、普段は取りかかれない手仕事に集中できるし、家族とのんびり過ごす時間も増える。
　朝から夕方まで家の中でせっせと作業し、夜は家族で集まってお喋りに興じ、ゆっくり眠る。

それが、冬の過ごし方だった。

春から秋までかけて、なんでこんなに一生懸命になって多くのものを作ったり、手をかけたりするのかと、若干疑問に思っていた。

だが、冬を迎えるとわかる。

春、夏、秋の労働を乗り切れば、冬を豊かに過ごせるのだ。

ようやく、俺は気づいたのだった。


あっという間の数ヶ月だったように思える。

雪が解けはじめ、緑がところどころ出ている。春がひょっこりと、顔を覗かせていた。

もうすぐ、蜜蜂たちと会えるだろう。

せっせと作っていたアニャの花嫁衣装も完成となった。まだアニャが着る前なのに、マクシミリニャンは感極まって涙を流す。

ツヴェート様は「もう二度と作らないよ」と険しい表情で呟いていた。

それも無理はないだろう。完成した花嫁衣装は、職人が作ったものと見まがうほど、すばらしい仕上がりだった。

きっと、見栄えがよくなるよう、ツヴェート様が丁寧に仕上げてくれたのだろう。俺とマクシミリニャンだけだったら、ここまで美しい花嫁衣装はできなかった。

「まったく、実の娘や孫の花嫁衣装だって作らなかったというのに」

「ツヴェート様、本当にありがとう。アニャも、きっと喜んでくれると思う」

「花嫁に、肩叩きでもしてもらうよ」

俺とマクシミリニャンが肩叩きをしたいと申し出たが、ふたりとも力が強いからとすげなくお断りされてしまった。


雪が七割ほど解けたら、畑を耕しにいく。雪でガッチガチに圧された土は、想像を絶するほど硬かった。おまけに、雑草も生えている。

緑だー！　春だー！　と喜んでいたものの、雑草、お前はダメだ。

ひたすら根っこから引き抜いた。

雑草を除去したら、畑を耕していく。涙を眦に浮かべながら、せっせと掘り返していった。

畑の土を解したら、夏から冬にかけて発酵させた腐葉土と家畜の糞と藁から作った厩肥（きゅうひ）を混ぜておく。

その後、しばし放置――したいが、雑草がぐんぐん生えてくる。そのため、二、三日に一度、雑草抜きを行うのだ。

開墾した土地は、畑以上に土がガッチガチになっていた。

ここは、マクシミリニャンが担当してくれた。様子を見に行ったところ、驚いた。

「えっ、土が、絨毯のようにフワフワ！」

マクシミリニャンの剛腕（ごうわん）で、土がやわらかく解されたようだ。

開墾地の三分の一はツヴェート様の染め物用の植物を育てて、残りはヒマワリを植えていいという。待望の、ヒマワリの蜂蜜作りが始められるわけだ。

雪が解けきったあたりで、やっと山に足を踏み入れられるようになる。

このシーズンの山は、要注意らしい。雪で道がぬかるんで足を取られたり、地滑りが起こっていたり。川は雪解け水で増水している上に、流れも速い。なるべく近づかないほうがいいと、マクシミリニャンが教えてくれた。

「もっとも警戒が必要なのは、野生動物である」

春の野生動物たちは、出産のシーズンを迎える。出産を終えた雌は、子どもを守るために神経質になるようだ。普段大人しい獣でも、襲いかかってくるときがあるという。

「特に、熊とは遭いたくないな」

「俺も、遭いたくないです……」

山に分け入るときは、なるべく熊に遭遇しないよう、常に自分の存在を知らせる音を鳴らしておくようにと言われた。

基本的に、野生動物は臆病である。特殊な状況でない限り、人に襲いかかってくることはない。だから、人間側が「ここにいますよ～」と伝えていれば、向こうから逃げてくれるのだ。

出産のシーズンは、野生動物だけではない。我が家で飼育している家畜たちにも、どんどん赤ちゃんが生まれていた。

二頭の山羊が同時に産気づいた日もあった。

家畜の出産に付き合うのは初めてだというツヴェート様だったが、ベテラン助産師さながらの働きを見せる。息んでも山羊の子が出てこないので、逆子だと判断。山羊の産道に手を入れ、子どもを外へと導いていた。

「イヴァン、逆子のときは、あんたもこうするんだよ」

「は、はい」

羊水まみれだった子山羊を、母山羊が丁寧に舐めてきれいにしていた。

時間が経つと、フワフワの可愛らしい姿になる。命が生まれた瞬間に立ち会うたびに、尊さのあまり涙してしまう。

最近、すぐ泣いてしまうのだ。


春となったが、まだまだ暖かいと言うにはほど遠い。そんな状況だが、蜜蜂の様子を見に行かなければならない。

いまだ凍えるような冷たい風は吹いているものの、緑が目覚め始めている。日差しを受け、美しい花々の開花は始まっていた。

庭に出ると、蜜蜂が目の前を通過する。どうやら花粉を持ち帰っているようだ。

「わっ、アニャ、蜜蜂だ！」

「あら、本当。イヴァンみたいな働き者がいるのね」

「どちらかというとツヴェート様みたいな、バリバリ働くタイプかも」

「そうかもしれないわ」

蜜蜂の姿を見ると、なんだかホッとする。冬の間、いろいろ仕事をしてきたけれど、一番好きなのは養蜂なんだなとしみじみ思ってしまった。

「じゃあイヴァン、行きましょうか」

「そうだね」

大角山羊のセンツァに跨がり、蜜蜂の巣箱を目指した。久しぶりに乗ったが、体が感覚を覚えているわけもなく。恐怖、再びであった。

風が針のように突き刺さる。眼前に木の枝が迫り、寸前で回避した。

歩いているときは頬にぺちんと当たるだけの木の枝も、センツァが走っている状態ならばナイフのような切れ味となるだろう。一瞬たりとも、油断できない。

悲鳴を上げつつ岩場を登り、なんとか巣箱のある場所にたどり着いた。

センツァから下りたのと同時に、膝の力がガクンと抜けた。安堵と疲労に襲われる。

「ひー、ひー……ふ――――」

「ちょっとイヴァン、大丈夫？」

「大丈夫って、言いたい」

「大丈夫じゃないじゃない!!」

アニャは家から持参していた蜂蜜水を飲ませてくれた。背中も撫でてくれる。

「うう、アニャ、優しい」

「当たり前じゃない。私を誰だと思っているの？」

「蜜薬師様です」

「そうよ」

センツァの背中で乗り物酔いをしてしまったのだろう。何かがこみ上げてきそうになっていたが、アニャの蜂蜜水を飲んだら落ち着いた。

「焦らなくてもいいわ。蜜蜂は逃げないから」

「うん」

「私もちょっと疲れたから、休むわ」

しばし、蹲（うずくま）ったまま大人しくしておく。アニャは静かに、付き合ってくれた。

アニャがひとりで働いていたら情けなくなっていただろう。こうして一緒にいて寄り添ってくれるのが、どれだけありがたいか。

「アニャは本当、最高の妻だな」

「ちょっと、いきなり何を言っているのよ」

照れたアニャが、顔を真っ赤にしている。世界一可愛いと思った。

「すっかり春ね。ここに来るまで、豊富な種類の花が咲いていたわ。リンゴの花に、タンポポ、ローズマリー、ラベンダー、プルモナリア。他にもいろいろあったような気がするけれど、通り過ぎるのは一瞬だから」

「いや、アニャの動体視力がすごすぎる。俺なんか木の枝を避（よ）けるのに必死で、花を見る余裕なんてなかったよ」

「センツァは気にせず、まっすぐ走るのよね」

「クリーロって、枝とか避けてくれるの？」

「ええ、避けてくれるわ」

「そうだったんだ！」

衝撃の事実である。なんでも、クリーロ自身が木の枝に当たるのを嫌がるらしい。一方で、センツァは気にせず走りぬけるようだ。

「クリーロとセンツァ、交代する？」

「いや、平気。センツァは、相棒だから」

「そう」

そんな話をしているうちに、具合もよくなる。作業開始だ。

まずは、内検――蜜蜂の巣を確認させていただく。巣の中では、女王蜂が流蜜期に向けて卵を産んでいるようだ。

内部の餌が十分に足りているか、病気が流行っていないか、害虫が侵入していないか、雄蜂が増えすぎていないか、隅々まで見て回る。

餌が足りていない巣には、給餌した。保冷庫に保存していた蜜枠を、差し込むのだ。

テキパキと確認していかないと、永遠に作業は完了しない。目を皿のようにして、巣に異変がないかどうかを探った。

「アニャ、そっち大丈夫？」

「ええ」

「じゃあ、次、行こう」

「え、イヴァンのほう、もう終わったの？　すごいわね」

「まあね」

アニャに褒めてもらい、でへへと笑っている場合ではなかった。

春は短い。

急げ、急げ、何がなんでも急げ。そんな感じで、バタバタしながら一日が過ぎていった。

夕方、帰宅するとエプロン姿のマクシミリニャンに出迎えられる。

「よく帰った。夕食ができているぞ」

「わーい！　って、お義父様、そのエプロンどうしたの⁉」

フリフリエプロンではなく、無地のエプロンをかけていた。これまでフリル付きのエプロン姿しか見ていなかったので、普通のエプロン姿に違和感を覚えてしまう。

「ああ、これは、アニャが作ってくれたのだ」

「ようやく――――！」

アニャを振り返ると、気まずそうに言う。正直、似合っていなかったと……。

「ってことは、もしかして、俺の分もエプロンある⁉」

「ないわよ」

「ど、どうして？」

「イヴァンはフリル付きのエプロン、似合っているもの。ねえ、お父様？」

「まあ、そうだな。よく似合っている」

「いや、ぜんぜん似合っていないよ‼」

春一番の大声を出す。やまびことなってしまった上に、ツヴェート様に「うるさいよ！」と怒られてしまった。理不尽な世の中である。

のんびりしていた冬とは打って変わり、春は大忙し。

蜜蜂の世話や家畜の出産ラッシュに加えて、農作物の種蒔きや植え付けが始まるのだ。

マクシミリニャンが持ってきた野菜の苗は、なんと二年間も育てていたものらしい。三年目から収穫できるようになるようだ。

「えっ、三年目から？　そんな野菜があるんだ」

マクシミリニャンは神妙な面持ちで頷く。

「その昔は、王侯貴族しか口にできない野菜だったのだ。なんだと思うか？」

「えー、なんだろう？」

高貴な野菜の名は――アスパラガス。

茹でたものに、酢と卵黄、パセリなどで作った特製ソースをかけ、ナイフとフォークでお上品に食べていたのだとか。

「アスパラガスか。たまに、食卓に上っていたな」

「農業も進化しておるからな。手のかかる農作物も、品種改良や工夫の結果、大量生産できるようになっているのかもしれない」

マクシミリニャンはアスパラガスが大好物だという。たくさん食べたいので、二年間、世話を頑張っていたらしい。

アスパラガスは緑と白の二種類だけではなく、紫色もあるという。

「紫色のアスパラガスかー」

「ああ。鮮やかな紫色なんだが、茹でると色が抜けて緑になる」

「えー、不思議！」

紫アスパラガスはやわらかく、甘みが強くておいしいらしい。

ちなみに、白いアスパラガスと緑のアスパラガスは別品種と思いきや、同じ品種だという。通常のアスパラガスは土から伸びたものを収穫するが、白いアスパラガスは土を盛って太陽の光に当てないように育てるのだとか。

「土の中で成長したアスパラガスは、カブのように真っ白の状態で育つのだ」

「なるほど」

アスパラガスは茹でて食べるのが一般的だが、マクシミリニャンは生のままサラダにして食べるのが好きらしい。

朝採りくらいの新鮮なアスパラガスでしか味わえない、とっておきのサラダなのだという。数日経ったアスパラガスにはない、おいしさがあるようだ。

「サラダか。食べたことないな」

「では、収穫したら作ってみよう」

「楽しみだなー」

アスパラガスは、春の終わりから初夏辺りに食べ頃となるらしい。

そして、十年先まで収穫できるのだとか。

種植えから三年目でやっと採れるなんて大変だと思っていたが、何年も楽しめるのならば作る価値はあるのだろう。

アスパラガス以外に、キュウリやナス、トマト、カブ、ピーマンなど、さまざまな種類の野菜を植えていった。

ツヴェート様は開墾した場所に畑を作り、薬草を育てるようだ。

「こっちの列はアニス、向こうはカミツレ、オレガノにタイム、セージ、フェンネル、ローズマリー、まあ、いろいろだ」

他にも、染め物用の植物を植えるという。忙しそうだ。

アニャはスグリの木に登って剪定していた。その姿がとてつもなくカッコイイ。

今度、アニャに剪定の仕方を習おうと思った。そしていつか、「カッコイイ」と言われたい。密かな願望である。

妻の渋い剪定姿にキャアキャア言っている場合ではなかった。

キリキリ働かなくては。

午後からは、アニャと一緒に蕎麦の種を蒔いていく。

「こうして蕎麦の種を蒔いていると、一年前を思い出すわ」

「顔がボコボコになった俺が、婿にしてくれと押しかけた思い出？」

「ふふ、あったわねえ」

初めて出会ったときのアニャは、強く印象に残っている。

「アニャは、クリーロに跨がって俺たちの前に現れたんだよね」

「そうだったかしら？」

「うん。夕日を背に、神々しい雰囲気だったよ」

「ただの仕事帰りだったんだけれど」

それから、アニャに患者だと勘違いされて、親切に治療を施してもらった。おかげで、怪我の治りも早かった。

「そこから、もうひと悶着あったんだよね」

「ええ」

アニャは遠い目となる。

せっかくここまで来たのに、婿入りするためにきたと言ったらアニャが猛烈に怒ったのだ。

「だって、こんなところに、婿になるために望んでやって来る変わり者がいるなんて、普通は思わないでしょう？」

「ははは」

乾いた笑いしかでてこない。

家族からいいようにこき使われ、家を飛び出し、山での暮らしを選んだ変わり者こそ、この俺である。

「でも、後悔なんて一度もしていないよ」

「本当に？」

「本当に」

アニャを見ると、優しい微笑みを浮かべていた。

我が人生に悔いなしと、改めて思う。

「アニャのほうこそ、後悔していない？」

「していないわ、ぜんぜんっ！」

力強く答えてくれた。ホッと胸をなで下ろす。

「私、イヴァンと結婚できて、世界一幸せよ」

「俺も、アニャと結婚できて、世界一幸せ」

蕎麦を植えながら、そんなことを話す。ほのぼのとした午後だった。

家畜たちの出産シーズンが終わって汗ばむような陽気になってくると、今度は毛刈りシーズンとなる。

我が家で毛の採取のため飼育しているのは、カシミア山羊とアンゴラ山羊の二種類。数は多くないが、毛刈りは大変らしい。

コツを、マクシミリニャンが教えてくれた。

「第一に、山羊を傷つけないことは当たり前として、疲れさせないようにするのも大事である」

人間のために毛を提供してくれるのだ。負担が続かないよう、可能な限り丁寧に手早く。山羊の健康、精神状態を第一に進めたいという。

「その昔、カシミアやアンゴラの毛は、貴族の間で高値で取り引きされていた」

そのため一枚でも多く出荷しようと、次々と毛を刈って、織物を生産していたらしい。

「毛刈りをしたあとの山羊は、酷い状態だった……！」

血まみれで息も絶え絶えだっただけでなく、毛刈りが原因で命を落とす個体もいたようだ。

「家畜を雑に扱う者たちは、今も多く存在する。そんな行為を毛嫌いし、毛皮自体を嫌う者がいるという」

　命を奪う行為に嫌気が差し、肉すら口にしない人たちもいるようだ。なんと、野菜しか食べないらしい。

「ただ、そういう者たちも、命との関係は断ち切れない」

　そうなのだ。みずみずしく育った野菜も、家畜の糞や魚介を砕いた肥料を使って作られる。この世に生きる者達は、すべてどこかで繋がっているのだ。

「我々は、命を奪う者の頂点にいると言っても過言ではない。生を享けた以上、どこかで犠牲を強いている」

　そんな中で、自分たちに何ができるのか。それは命ある者たちへ敬意を示すことだろう。マクシミリニャンは自らの考えを語る。

「適当に扱ってよい命など、この世にひとつとて存在しない。それを、わかってほしい」

　マクシミリニャンの言葉に、深々と頷いた。

　そんなわけで、山羊の毛刈りを開始する。

　まずは、アンゴラ山羊から。耳が垂れていて、おっとりしている印象がある。毛は長く、刈り取ったものは〝モヘア〟と呼ばれているようだ。

　毛刈り用の山羊が人に馴れるよう、普段から触れ合うように言われていた。三日に一度は、櫛を入れて毛刈りと似たような状況を体験させている。

　その努力の賜物か、山羊は胸に抱いても大人しくしていた。頭をよしよしと撫でてやると、「べえ～～」と甘い声で鳴く。

鋭い角があるので、毛刈りのさいは注意が必要である。そんな角には、手作りのカバーを被せておくのだ。そうすれば、もしも暴れたとき、被害が比較的小さなものとなる。

「少しの間、頑張れよ」

声をかけると、再び「べえ～～」と鳴いた。

マクシミリニャンは毛刈り用のはさみを手に取り、真剣な眼差しで山羊を見下ろす。そして、ジャキジャキと毛を刈っていった。

毛刈り職人顔負けの腕前で、山羊の負担を最小限にするよう気遣いながら作業を進めていく。

三頭目から、俺もやるようにとはさみを手渡された。今度は俺の番らしい。

マクシミリニャンが山羊を抱いて押さえ、俺が毛を刈る。

緊張しつつ、はさみを入れた。じょきん、じょきんとこれまで経験したことのない手応えを感じる。時折「べ～～」と鳴くので、手が止まりそうになった。マクシミリニャンが「気にするな、進めろ」というので、手を動かす。

足下などの難しいところはマクシミリニャンが刈ってくれた。

なんとか終わったと、胸をなで下ろす。

続いて、カシミア山羊の毛を刈り取っていく。くるくると癖のあるアンゴラとは異なり、カシミアのもはまっすぐ長い。櫛を使いながら、梳くようにしてカットしていくのだ。

直前まで雄同士で喧嘩していた山羊も、マクシミリニャンが胸に抱いて「よーしよし、よーしよし」と撫でると不思議と大人しくなる。

とてつもない包容力だと、羨ましく思ってしまった。

そんなこんなで、二日間かけて丁寧に毛を刈り取った。刈った毛は毛玉やゴミを除去したり、傷んでいる場所がないか調べたりする。

次に、洗剤を溶かした熱湯で洗う。ここの作業は、アニャが担当だ。

一度つけ置き洗いをしたのちに、再び熱湯を使って洗うのだ。

「イヴァン、もっと力を込めてもみ洗いして」

「いや、これ、とんでもなく熱っ！」

お風呂の温度と言うけれど、それより熱いのは気のせいでしょうか？　気のせい、なんでしょうね……。

しっかり洗った毛を脱水し、乾かす。その後、もう一度同じように洗うという。

最後に、梳綿（カーディング）と呼ばれる作業を行う。乾燥させた毛を櫛のような道具で解し、繊維の方向を合わせる。

針がついた櫛のようなもので、ガシガシと梳（くしけず）っていく。それを何度も何度も繰り返すと、光沢ある美しい毛の完成だ。

これをフェルト状にしたり、紡いで糸状にしたりする。

今回はすべてツヴェート様に託し、草木染めをしてもらってから出荷するらしい。大切に育てた山羊たちの毛が、服や絨毯となって人々の暮らしを支える。意識していないだけで、俺たちの周囲にはたくさんの命があるのだ。

地上にあるすべての生命に感謝しつつ暮らしたいと、改めて思った。

毛刈りから二週間くらい経ったら、山羊たちの体を洗浄液が染み込んだ布で拭いていく。なんでも、山羊の体にまとわりついている寄生虫や卵を殺す効果があるらしい。

寄生虫が原因で、山羊が死ぬこともあるという。そのため、大事な作業であった。

ここ数日は、汗ばむ陽気が続いていた。毛を刈った山羊たちの足取りは、心なしか軽いように思えた。

また来年になったらよろしくと、声をかけておく。刈り取った彼らの毛は、我が家を支える収入の一部となった。


雪解け水を吸って育った草花が茂る夏に移り変わり、山がもっとも輝く季節を迎える。

養蜂家にとっては、忙しくなる流蜜期だ。家族で代わる代わる山を駆け抜け、蜜枠を回収しては遠心分離機にかけるという作業を繰り返した。

家ではツヴェート様が、蜂蜜を詰める瓶を煮沸消毒してくれたり、蜜蝋を採ってくれたり、おやつを差し入れてくれたりして、非常に助かっている。

おかげで、質のよい蜂蜜や蜜蝋を得られた。

今日はマクシミリニャンとふたり、山を下りてマーウリッツァまで、蜂蜜と、蜜蝋で作った蝋燭やクリームなどを売りに行く。

今日のために、ツヴェート様が麦わら帽子を編んでくれた。マクシミリニャンとお揃いである。

内部に布が当ててあって、被っても頭が痒くならないのだ。

マクシミリニャンと一緒に山を下りるのは、久しぶりであった。ここ最近はずっと、アニャと一緒だったから。

今回は蜂蜜の出荷ということで、力自慢が選抜されたというわけである。これまではマクシミリニャンがひとりで何往復もしていたらしい。

「イヴァン殿がいるから、出荷に行く回数も最低限で済む」

「お役に立てて、何よりです」

しかしながら、数年経ったら養蜂の規模も小さくしていこうと言われた。

「少し、無理のある量だったのだ」

アニャと俺がふたりでできるような量に減らし、収入は他で賄おうと提案される。

「今はまだ、蜂蜜が売れているが、麓の村もどんどん人が減っておる。この先、同じように蜂蜜が求められるとは限らない」

「そうだね」

若者は次から次へと都会に行っているという話を聞いた覚えがあった。マクシミリニャンの言いたいことはよくわかる。

過疎化がみるみるうちに進んでいるのだろう。

湖畔の町まで売りに行けばいいのだが、そうすると何日か家を空けなければならない。アニャに家畜や野菜の世話を任せるのは、心が痛む。

時代に合わせて、商売のありかたを変えていく必要がある。

「イヴァン殿、すまない」

「いいよ」

マクシミリニャンの謝罪には、さまざまなものが含まれているのだろう。

「イヴァン殿がいたら、我はいつでも安心して逝ける」

「またまた、そんなことを言って」

マクシミリニャンはずっと、アニャを独り遺して逝くことに対して恐怖を感じているようだった。

絶対に、俺はアニャを独りぼっちにはさせない。

彼女の人生を見届けることが、俺の数少ない望みのひとつである。

ただ、人生はどれだけ長生きしたいと望んでも、思い通りにはならない。

だから安心して逝ける、なんて言うマクシミリニャンのほうがアニャより長生きする可能性だってあるのだ。

俺たちにできるのは、毎日精一杯生きること。それだけだ。


八時間かけて山を下り、納品しにいく。以前、アニャとバトルした若おかみノーチェがいるお店である。

今日は旦那さんが店番をしていた。年の頃は四十歳半ばほどで、人のよさそうな男性である。年若い妻を娶り、デレデレ……といったところか。

今年も蜂蜜は大人気で、予約も入っているらしい。高値で取り引きしてもらえたので、懐も暖かくなった。

続いて向かったのは、なんでも屋さん。ここで、ある品物を受け取る。

それは――結婚指輪。

都に出入りしている商人に注文して、作ってもらったのだ。

アニャの指輪の寸法は、早起きして彼女が眠っている間に調べた。きっと、ぴったりなはずだ。

指輪を預かっていたなんでも屋さんのご主人が、完成した指輪を見せてくれた。それは、アニャとお揃いの銀の指輪。精緻な蔦と花が彫られている。

以前アニャが俺のために、蔦の腰帯を縫ってくれた。

蔦の花言葉は〝結婚〟らしい。それだけでなく、もうひとつある。それは〝永遠の愛〟。意味を知ったときは、感動したものだ。

指輪のモチーフとして、都でも人気らしい。

俺はこの指輪と共に、アニャに永遠の愛を誓いたい。そう思って注文した。

アニャは喜んでくれるだろうか。渡すのが楽しみだ。

もちろん、これは花嫁衣装と共に贈る予定である。

なんでも屋さんのご主人が俺の分の指輪の試着を勧めてくれた。頼んでいたときよりも指が太くなっていたらどうしようかと思っていたが、ぴったりだった。

ご主人がアニャの指輪をマクシミリニャンに差し出そうとしたので、「そちらは花嫁の父親です」と突っ込んでおく。

一瞬、マクシミリニャンが「え？　我が？」みたいな表情を浮かべていて、ちょっと笑いそうになった。

まさかの大抜擢だったのだろう。

明日は、アニャに花嫁衣装を渡す日だ。前日である今日は、大忙しであった。

俺の仕事は、アニャを外へ連れ出すこと。

流蜜期は終わったものの、巣箱を見て回ったり、キノコやベリーを摘んだり、花畑で膝枕をしてもらったりと、忙しくも楽しい時間を過ごした。

その間に、ツヴェート様はケーキを焼き、マクシミリニャンは明日食べるごちそうの下ごしらえをする。

せっかくなので、披露宴をしようという話になったのだ。

披露する親族はいないけれど……。

夕方になって、マクシミリニャンが麓の村に用事があると言い出す。夜の山は危険だからとアニャとふたりで止めたものの、途中で休むから大丈夫と主張し、飛び出して行ったのだ。

ツヴェート様は「好きにさせておくといい。夜の山の脅威といえば熊だが、あの男には勝てないだろう」と言う。

たしかに……と思ったものの、一応、マクシミリニャンも人間だ。果たして本当に大丈夫なのか。

明日の昼前には帰ると言うが……。いったいなんの用事だったのか。

一夜明け、マクシミリニャンのことが気がかりではあったものの、朝からツヴェート様と共に披露宴の準備を進める。

離れにあったごちそうを見て、驚いた。四人では食べきれないほどの量が、用意されていたのだ。

「ツヴェート様、これ、俺たちだけで食べきるの？」

「あんたやマクシミリニャンは、食べ盛りだろうが」

「いやいや、ここまでは……。まあでも、数日かけて食べるのもいいのかも？」

「だろう？」

ツヴェート様はこれから、アニャの着付けなどをするという。

二時間ほどかかるらしい。

「あんたはこれを着て、庭にごちそうを並べておくんだ」

そう言って、ツヴェート様は美しい布の包みを差し出す。

「これは？」

「あんたの花婿衣装だよ」

「え⁉　俺の分もあったの？」

「当たり前じゃないか。花嫁の隣には、着飾った花婿がいるものだろう？」

「ツヴェート様……！」

俺が知らない間に、マクシミリニャンとふたりで準備してくれたようだ。まさか、俺にまでサプライズを用意してくれるなんて。

思わず涙が溢れてしまう。

「言っておくけれど、アニャのもののように一から作った衣装ではないからね」

「とっても嬉しいです」

包みを開いてみたら、そこには白い衣装が畳まれていた。広げてみて、驚く。

「あれ、これ、お義父様の軍服を仕立て直した物なの？」

「そうだよ」

銀のボタンや立派な帝国の紋章は剥ぎ取られ、代わりに金メッキのボタンと蜜蜂の意匠が刺された紋章が胸に縫い付けられていた。

「銀のボタンは売り払って、披露宴の費用に充てたんだよ」

「思い出の軍服だったのに」

「気にしなくていい。思い出は心の中に残っているものだから」

大柄なマクシミリニャンのための一着だったので、寸法を直すのは大変だっただろう。ツヴェート様に心からの感謝の気持ちを伝えた。

「ありがとう、ツヴェート様」

「いいんだよ。先に言いだしたのは、マクシミリニャンだからねえ」

自分の結婚式にも使った思い出の一着だろうに。ますます泣けてくる。

そんな俺をツヴェート様は優しく抱きしめてくれる。が、次の瞬間には力強くどんどんと俺の背中を叩いた。

暗に、しゃっきりしろと言いたいのか。おかげで気合いが入った。

「きちんと着こなすんだよ。万全の状態で花嫁を迎えるんだ」

「了解です」

ツヴェート様を見送り、いただいた服に着替えた。

ブーツまで用意されていて、袖を通したらそれなりにいい感じに見えた。

どんな人間でも、軍服を着たら自然と背筋がピンと伸びるのだろう。

マクシミリニャンとツヴェート様に感謝だ。

この前購入した銀の指輪は、ポケットの中に忍ばせておいた。

着替えが終わったら、庭にごちそうを運ぶ。

すでに、庭の広場に敷物は広げられていた。中心には、ツヴェート様が焼いた二段重ねの立派なバターケーキが鎮座している。蜂蜜漬けリンゴで作った薔薇の花が飾られた、大変美しいケーキだ。

蜂蜜の瓶を並べ、パンが山のように盛られたかごを置く。

ごちそうは、蕎麦粉焼き（スリヴァンカ）、芋のペストリー（シュトルクリ）、ひき肉の揚げパイ、豚のカツレツ（ポパーニ・コレットレット）、カエルのからあげ、トリュフソースのパスタ。それからビーフスープやマッシュルームスープなど、汁物も用意されている。こちらは食べる直前に温めてから持ってくるらしい。

飲み物はコーヒーに薬草茶、バターミルク、薔薇の実ワインにリンゴ酒と、種類も豊富だ。

こうしてごちそうを眺めていると、これまでの頑張りの成果だということに気づいた。一年かけて作った蜂蜜や保存食が、これでもかと使われている。感慨深い気持ちになった。

ツヴェート様が「イヴァン、こっちにおいで」と呼ぶ。母屋の窓から叫んだようだ。相変わらず、よく通る声をお持ちで。

何かと思えば、アニャの着付けが終わったらしい。身振り手振りで教えてくれる。

迎えに来るように指示しているのだろう。

マクシミリニャンがいないが、いいのか。躊躇っていたら、早く来いと急かされてしまった。

もうすぐ、マクシミリニャンも戻ってくるだろう。

母屋まで走り、扉を開く前に深呼吸をした。

この扉の向こう側に、花嫁衣装をまとったアニャがいる。そう考えると、ドキドキと胸が高鳴った。早く会いたい。けれども、緊張してしまう。もじもじしていると、窓から咳払いが聞こえた。ツヴェート様だ。さっさと開けるようにと言いたいのだろう。

意を決し、扉を開いた。

その先に、花嫁衣装を着たアニャが立っていた。

みんなで作った純白のドレスをまとい、オレンジの花冠とベールを被っていた。

夢のように華やかで麗しい花嫁である。

「アニャ――！　なんて、きれいなんだ」

見た瞬間、感極まる。手を伸ばすと、そっと指先を重ねてくれた。

あまりにも美しすぎて、触れたら壊れてしまいそうだと思った。けれども、触れ合うと、いつものアニャだ。

アニャのほうから、ぎゅっと抱きついてきた。

「イヴァン、ありがとう！　まさか、こんな素敵な贈り物を用意してくれたなんて」

「みんなで準備したんだ」

「本当に、本当にありがとう。嬉しい」

細い体を抱き返すと、幸せな気持ちで胸がいっぱいになる。

アニャに隠しながら準備をするのは大変だった。花嫁衣装作りに精を出すあまり、アニャに寂しいと言われたときは胸が痛んだ。それでも、やり遂げなければと己を鼓舞し、頑張ってきたのだ。

その結果、アニャに喜んでもらえた。これ以上、心が弾むことはないだろう。

「イヴァン、あなたも素敵だわ。かっこいい」

「ありがとう。お義父様が軍服を、ツヴェート様とふたりで仕立て直してくれたんだ」

「そうだったのね」

アニャは涙で濡れた顔のまま微笑み、ツヴェート様へ感謝の言葉を告げる。

「ツヴェート様、本当にありがとう。こんな日が訪れるなんて、想像もしていなかったわ」

「幸せになりなりね」

「ええ！」

アニャはツヴェート様を優しく抱きしめる。その姿を見ていたら、目頭が熱くなる。

「ああ、なんて日なの。嬉しくてたまらないわ」

「本当に」

幸せを分かち合う俺たちに、ツヴェート様が声をかける。

「幸せな新郎新婦を祝福する客がやってきたぞ」

まず、部屋の奥からヴィーテスが出てきた。首にはリボンを巻いている。なかなか似合っていた。

「客はヴィーテスだけじゃないよ」

「え？」

「誰？」

外に出ると、マクシミリニャンがちょうど帰ってきたところだった。

彼はひとりではない。

「イヴァン兄――――!!」

「お――い、イヴァン！」

ツィリルとミハルの声だった。

なんと、マクシミリニャンはツィリルを横抱きにし、ミハルを背負った状態でやってきたではないか。

「ええ、びっくりした。ど、どうしたの⁉」

「このままのペースでは間に合わないからって、マクシミリニャンのおじさんがおれたちを抱えて登ってきたんだ」

「す、すごすぎる」

ツィリルとミハルを抱えて帰ってきたマクシミリニャンだったが、疲れた様子はなかった。

「五年前に捕らえた熊のほうが、重かったぞ」

「待って。その話、気になるんだけれど」

「また今度だな」

今は熊よりも、ミハルとツィリルだろう。

なんでも、俺たちを驚かせるために、ツィリルとミハルを招待していたらしい。麓の村での用事は、ふたりを迎えることだったようだ。

「お義父様、ありがとう！　ツィリルとミハルも、遠いところまで来てくれて、本当に嬉しい！」

「イヴァン兄の結婚式だもん！　絶対参加したかったんだ」

「俺も、大親友としては、参加しないわけにはいかないだろう」

「うん！」

お腹がペコペコだというので、みんなでごちそうをいただく。

「さあさ、お腹いっぱい食べるんだ」

ツヴェート様の言葉に、ツィリルは「やったー！」と無邪気に喜ぶ。量が多いと思っていたが、ツィリルやミハルの分が含まれていたからだったのだ。

マクシミリニャンはアニャの花嫁姿を前に、大号泣していた。食事どころではないようだ。

「このような花嫁姿など、一生見られないと思っていた。今日は、最高の一日だ」

「お父様ったら、大げさね」

マクシミリニャンの喜ぶ姿を見ていたら、俺まで涙が溢れてくる。

水分不足にならないように、ということか、ツヴェート様がそっと水を差しだしてくれた。や、優しい。

「いや、なんか、俺も泣けてきた」

「え、なんでミハルも泣くの？」

「だって、ずっと自分を押し殺して我慢していたイヴァンが、こんなに幸せそうで……！　お前、よかったなあ！」

「ミハル……」

実を言えば、ミハルが泣いた姿を見たのは、初めてかもしれない。ここまで喜んでくれるなんて、俺までつられてまた涙してしまう。

「イヴァン兄が幸せで、おれも、嬉しい！」

ツィリルは元気いっぱいだ。

マクシミリニャンにも懐き、今は膝の上に収まっている。ツヴェート様にも物怖じせずに話しかけ、可愛がってもらっていた。

ツィリルは俺とは違い、みんなから愛されるような性格だ。きっと、この先の人生も、愛と光で満ちあふれているだろう。

「そういえばイヴァン、今朝、蕎麦の花が満開だったの」

「あー、もうそんな時季か」

「ねえ、今から見にいかない？」

ツヴェート様がふたりで行ってこいと、手を振る。お言葉に甘えて、アニャとふたりで蕎麦畑に向かった。

「わ〜〜！」

蕎麦畑は、白い花が満開だった。風が吹くたびに、小さな花がふわふわと揺れている。とても可愛らしい。

「きれいだ」

「でしょう？」

なんだか、切々たる思いがこみ上げてくる。

去年の春、ここへやってきた。

最初、アニャは婿入りに反対し、受け入れてもらえなかった。

どうにか結婚してもらおうと、俺は蕎麦の種を使った賭けにでた。

この国には、蕎麦に関する言い伝えがある。

――新しい場所で蕎麦の種を蒔いて、三日以内に芽がでてきたら、そこはあなたの居場所です。

奇跡が起こって、俺が植えた蕎麦の種は三日目の朝に芽をだした。

そこから、アニャとの結婚生活が始まった。

山の暮らしは大変の一言。

それでも、今までよりずっとずっと、生きているという感じがする。

俺はこの先一生、彼女の隣で生きていく。そう、決めたのだ。

「アニャ、これからもよろしくね」

「こちらこそ」

手を差し出すと、そっと指先を重ねてくれた。アニャの手を取り、優しく引き寄せる。

蔦と花が彫られた指輪を、彼女の細い指に嵌めた。

「イヴァン、これは――!」

「永遠の愛の証だよ」

模様を確認したアニャは、頬を赤く染める。

俺の分を差し出すと、左手の薬指に嵌めてくれた。

アニャを抱きしめ、そしてキスをした。これで、俺たちの愛は永遠のものとなる。

ひときわ強い風が吹くと、蕎麦の花から蜜を集めていた蜜蜂たちがいっせいに飛び立った。

まるで、俺たちの結婚を祝福してくれているかのよう。

なんて美しい光景なのか。
アニャと見たこの景色を、一生忘れないだろう。

そんなわけで、養蜂を営む一家の暮らしは続いていく。
家に帰ると優しく迎えられ、食卓にはおいしい食事が並び、会話は盛り上がる。
理想を絵に描いたような温かな家庭が、山の上にはある。
蜜蜂が運んでくれた幸せを、いつもいつまでも大切にしたい。

書き下ろし番外編　春夏秋冬物語

春――パン窯作りをしよう！

春になるとカラス麦、もしくはオート麦とも呼ばれる燕麦を植える。

厳しい気候の山岳地帯でもぐんぐん育つ、ありがたい品種らしい。ただ、ひんやりした空気を好むものの、耐寒性は高くないようだ。

そんなわけで、雪が解けきってから種を蒔いた。

燕麦が作物として育てられるようになったのは、数千年も昔なのだとか。歴史ある燕麦をせっせと植える。

本日は晴天。農作業日和である。アニャと共に植えつけ作業をしていたら、突然彼女がピタリと手を止めた。

「アニャ、どうしたの？」

「一年前、イヴァンに燕麦パンを出した日を思いだしたの。あのお父様でさえ食べるときに顔を顰めるパンを、イヴァンは平然と食べていたから」

燕麦単独ではパンを作れない。小麦粉を混ぜて作るのだが、小麦パンやライ麦パンのようにふっくら膨らまない。平べったいパンが完成する。

初めてアニャが燕麦パンを出したとき、申し訳なさそうにしていた。

しかしながら三食まともに食べていなかった俺にとって、ここでの食事はすべてごちそうである。

燕麦パンも喜んで食べていた。

「お義父様は、高貴なお育ちだから」

「まあ、そうだけれど」

上流階級の人たちは、白くふっくら膨らんだパンを好む。それ以外の民衆は、黒いライ麦パンを食べるのだ。

「まだライ麦パンはいいのよ。歯ごたえがあって、酸味があって、香ばしいから。燕麦パンは硬いし、ボソボソしているし、スープに浸けてもなかなかふやけないし」

軍人時代のマクシミリニャンは、燕麦を愛馬の飼料として使っていたらしい。そのため、余計に切なくなるのだとか。

「だから去年、イヴァンがおいしいって食べてくれて嬉しかったわ。お義父様も、イヴァンを見て、文句を言わなくなったし」

「そんな事情があったんだ」

燕麦はとにかく栄養が豊富。そのため、家畜の飼料にも使われているらしい。特に、馬が喜んでバクバク食べるようだ。

ちなみにこの燕麦、ぐんぐん伸びる。麦の草丈は膝くらいだが、燕麦は胸あたりくらいまで育つ。それが畑の風除けになったり、害虫除けになったりする。かなり優秀な農作物なのである。風の流れが強い場所に、毎年植えているらしい。

収穫したあとの葉や茎は、そのまま畑にすき込むことで緑肥となるようだ。栄養たっぷりの畑にしてくれるらしい。

話を聞けば聞くほど、「やるじゃないか、燕麦」と言いたくなる。

播種（はしゅ）したあと土を被せ、足で踏みつけて鎮圧。すると、土が密集し、発芽に必要な水が蒸発しにくくなる。また、水やりのさいに種が流れてしまうのも防止するらしい。

鎮圧した場所には発芽するまで藁を被せておく。こうすれば、鳥に種を食べられてしまう確率がぐっと下がるのだとか。

この燕麦が収穫できるのは、初夏ごろ。一から育てると、収穫が楽しみになる。大きく育てよと、植えたばかりの燕麦に声をかけた。

「イヴァン、驚いたでしょう？　養蜂家のところに婿入りしたのに、農業までやらされて」

「たしかにびっくりしたけれど、農業は楽しいよ」

農業は奥深い。学べば学ぶほど、感心することばかりだ。

この世のすべてが養蜂だけだった俺にとって、ここで教えてもらう知識は興味深いものばかり。知らずに生きていたなんて、もったいないとすら思っている。

これからも、進んで学びたい。改めて、意欲がむくむくと湧いてきたのだった。

燕麦以外にも、たくさんの作物の種を蒔く。

アーティチョークにいんげん豆、ビーツに芽キャベツ、ニンジンにカリフラワー、ラディッシュにジャガイモ、タマネギ、トマトにカブなどなど。

珍しいところでホップを植える。ビールで有名なあのホップである。蔓性（つるせい）の植物で、村の農家から株分けしてもらったという。五年ぶりくらいに、ツヴェート様がビール造りをするようだ。なんでも、大好物らしい。知っていたら買ってきたのに、なんて返したら、自分で造るビールが好きなのだと言っていた。

それから、ビール造りに忘れてはいけないのは大麦。これも、一緒に植えるというから驚いた。町のほうでは、秋に蒔き、冬を越して初夏に収穫する。

山では春に植えて夏に収穫するようだ。冬山の寒さに大麦が耐えられず、秋植えでは育たないらしい。

町と山では、農作業のやり方も異なる。

開墾したので、畑の範囲も広がった。夏にはたくさんの野菜を収穫できるだろう。

山の食生活を支える食料だ。大事に育てなければ。

❖　❖　❖

冬越えを経て、数ヶ月ぶりにアニャと山を下りた。マーウリッツアは相変わらず、のんびりのどかな雰囲気である。

ただ、アニャは行く先々で呼びとめられる。

「アニャ先生！　ちょうどよかったわ」

「どうかしたの？」

「うちの旦那、火傷して、水ぶくれになっているのよ」

肌がヒリヒリ痛むようだが、旦那さん曰く「こんな小さな火傷で医者のところに行ったら笑われる」と主張しているらしい。

「少し、診てもらってもいいかしら？」

「ええ」

「こっちよ」

アニャは腕を引かれ、民家へ吸い込まれていった。この間、十数秒である。すぐにハッと我に返り、アニャと奥さんのあとを追いかけた。

旦那さんはアニャに火傷を見せていた。手のひらに、豆粒よりも小さな水ぶくれができている。なんでも、裏庭でゴミを焼いていたら、何かが突然爆ぜたらしい。飛んできた火の粉で、火傷を負ってしまったようだ。

アニャは鞄から蜂蜜軟膏を取り出し、優しく塗布する。奥さんに清潔な瓶を持ってくるように頼み、今塗っていた軟膏を分け与えた。

「水ぶくれがどうしても気になるようだったら、お医者様に診てもらいに行ったほうがいいわ。きっと、すぐによくなるはず」

医師の処置は、蜂蜜で治療するよりも痛みは長引かないという。

「水ぶくれは、潰さないで。傷口から細菌が入って、悪化する可能性があるから」

旦那さんはうんうんと頷いた。アニャは「お大事に」と声をかけて家を出る。が、奥さんに引き留められた。

「アニャ先生、治療代！」

そう言って差し出されたのは、立派な春キャベツであった。この辺りは雪が深く積もらないので、冬でも野菜の栽培が可能なのだろう。ありがたく、いただいておく。

アニャは次々と声をかけられる。手を切ってしまった、胃がじくじく痛む、夜よく眠れない——

さまざまな症状を、皆、アニャに訴えるのだ。

そのたびに、アニャは優しく人々を癒やしていく。

冬に作った品々を売りにきただけなのに、なかなか目的の場所であるなんでも屋さんに近づけない。それどころか、治療代と称して差し出された食料で両手が塞がってしまう。

最後に立ち寄った家で、解したマスを挟んだパンをもらった。ちょうど小腹が空いていたので、アニャとふたりでいただこう。

中心広場には木のベンチがいくつか置かれていた。そこに腰を下ろす。

「よいっしょっとー！」

「イヴァン、荷物、重たかったでしょう？」

「ちょっとだけね。アニャも、疲れたでしょう？」

皆、蜜薬師であるアニャを信頼しているのだろう。体に不調があれば、治してくれと縋っていた。

「私もちょっとだけ」

「みんなに頼られてすごいよね」

「でも、私がしているのは医学的根拠のない、民間療法だから。おまじないみたいなものだと言っているのだけれど、頼られちゃうのよね」

珍しくアニャは憂鬱そうだ。最近は病院に行ったほうがいい人まで頼ってくるようになったので、困っているのだという。

「明らかに骨が折れているとか、顔色が悪いとか、おかしな咳をしているとか、そういうのは絶対に蜂蜜では治せないのよ。お医者様を呼ぶのが少し遅れただけで、取り返しがつかない状態になることだってあるから。そう説明しても理解してもらえないから、どうすればいいんだろうって思っていて」

「難しい問題だよね」

アニャが蜜薬師として村の人たちに頼られるようになったのは、今から五年以上も前。最初は二日酔いを訴えるおじさんに、蜂蜜水を与えたことがきっかけだった。

二日酔いの症状のひとつに、低血糖状態がある。

そんな時、蜂蜜を摂れば、糖が豊富に含まれているので低血糖の状態を改善に導いてくれる。

しかも、酒は低血糖状態を引き起こすだけではなく、利尿作用によってどんどん水分を排出してしまうため、脱水症状を起こしやすい。アニャが与えた蜂蜜水は、二日酔いに効果てきめんだったのだ。

「二日酔いみたいに、効果がきちんとある場合はいいの。でも、いつもうまくいくとは限らないでしょう？　それに、無責任に治療を施して、症状が悪化したら怖いわ」

アニャは拳をぎゅっと握った。その手を、俺は両手でそっと包み込んだ。

「ずっと、アニャは不安と闘っていたんだね」

アニャは目を伏せ、ゆっくりと頷いた。

村人が頼ってくるので、できないとは言えなかったのだろう。皆を想って続けたことが、ここまで広まるとは思ってもいなかったという。

「お義父様には相談したの？」

「いいえ。村の人たちが私を頼りにしているのを、お父様は誇りに思っているみたいで、言い出せなかったの」

「なるほど」

なかなか難しい問題である。これまで、アニャは村人たちと良好な関係を築いてきた。もしも拒絶したら、良好な今の関係が崩れる可能性があるだろう。

俺たちは村との繋がりがなければ生きていけない。それが絶たれたら、大変なことになる。

しかし、アニャにとって重圧になっているのが何より問題だろう。

「よし、アニャ。村の人たちへの治療を、止めよう」

「え⁉　でも、この先、困っている人がいたらどうすればいいの？」

「医者がいる。アニャが背負うことではないと思う」

「今更、止めることなんてできるのかしら？」

「できる」

「どうやって？」

「蜜薬師の知識を、村の人たちに伝授するのはどう？」

アニャが作る蜜薬は、どれも驚くほど簡単だ。俺でも作れるくらいシンプルなのだ。

アニャが嫌でなければ、それを希望者に教えてもいいだろう。

「それで治療は各家庭で、自己責任で行う」

蜜薬を使った治療は民間療法で、医師の治療のように医学的根拠があるわけではない。おまじないのようなものだときちんと伝えた上で、伝授するのだ。

アニャは呆然としながら、俺の話を聞いていた。蜜薬師の仕事を他者に任せるなんて、無責任だったか。心配になる。

「あの、アニャ――？」

「イヴァンはすごいわ！」

「へ？」

「蜜薬の作り方を教えて、各家庭で治療してもらうなんて、思いつきもしなかった。たしかに、それでいいのよ。私が、いちいち治療して回る必要なんてないわ」

「そ、そう？」

「ええ、そう。もちろん、村の人たちを助けたいという気持ちはあるわ。けれども、ひとりでやるには限界がある。それに、私の治療を待つ間に、症状が悪化でもしたら怖いもの」

アニャは治療代を受け取っていない。村人たちのほとんどは何かしら食料をくれるが、中には「ありがとう」の一言で終わる人もいる。

「対価を要求しないで治療して回るということに、ずっと疑問を覚えていたのよね」

もちろん、アニャは対価を欲しているわけではない。対価を払う人と、払わない人がいるのが問題なのだという。

「対価を毎回くれる人が、損になるんじゃないかって思って、心が痛んでいたの」

遠慮しても、持っていけと押しつけられてしまう。そのため、アニャは治療の対価を受け取ったり、受け取らなかったりとまちまちな対応をしていたようだ。

「きちんと蜜薬師として活動するならば、対価を決めてすべきだったのよ。中途半端にしてきたことを、今になって深く反省しているわ」

「アニャ……」

各家庭で治療をするならば、材料費も各自で負担となる。アニャが心を痛める必要もなくなるというわけだ。

アニャは蜜薬師の技術が途絶えてしまうことも、密かに悩んでいたらしい。一時期は弟子を取りたいと考えていたが、当時の状況では難しいと判断していたようだ。

「今はツヴェート様がいるから、家の仕事は少しの間みんなに任せて、私は村で蜜薬について教える。いいかもしれない！」

「う、うん」

突然、治療をしないと宣言したら村の人たちも驚くだろう。計画は慎重に、進めたい。

「もっと早く、気づいたらよかったね」

「いいえ、ぜんぜん遅くないわ。節目の五年だし、ちょうどいいタイミングだったのよ。イヴァン、ありがとう」

「どういたしまして」

アニャの悩みが解消したところで、マスサンドをいただく。味付けは塩味のみとシンプルな一品だったが、これがまたうまい。アニャと共に、舌鼓を打った。

それから家族で、アニャの蜜薬師としての活動について話し合った。すぐに、ツヴェート様が賛成してくれる。

「アニャ、それがいいよ。蜜薬師なんて、負担でしかない。あんたはこれまでよく頑張った。えらいよ」

「ツヴェート様、ありがとう」

アニャとツヴェート様のやりとりを見ていると、ふたりの絆に泣きそうになる。血の繋がりはないけれど、ツヴェート様はアニャの母であり、祖母なのだ。

「お父様は、どう思う？」

アニャはやわらかく問いかけたが、その背後にいるツヴェート様がマクシミリニャンをギンと睨んでいた。アニャの決めた道を反対することなど、絶対に許さないといった感じである。

「我も、賛成だ。ツヴェート殿の言う通り、アニャはよくやっていた。もう十分だろう。あれだけ、村の者たちから信頼され、頼られるというのは、素晴らしいことだ。アニャは、自慢の娘だ」

「お父様、ありがとう」

涙ぐむアニャを、マクシミリニャンは優しく抱きしめた。ここで、俺の涙腺は崩壊した。

愛に溢れる家族の存在に、心から感謝したのは言うまでもない。


そんなわけで、アニャはマクシミリニャンと共に下山し、蜜薬師の引退を告げた。

村の人たちは困惑していたようだが、蜜薬の作り方を伝授するというと、たくさんの人たちが集まった。

今は週に一度、蜜薬作りを教えるために村に足を運んでいる。

これまで頻繁に山を下りることはなかったので大変だろう。心配していたが、以前よりも楽な気分で村に向かっているという。

「私、不安でたまらなかったの。蜜薬師で在り続けることが。今は、安心して村に行っているわ」

笑顔で語るアニャを、ぎゅっと抱きしめる。

「これからは家族のためだけに、蜜薬師としての知識を使いたい」

「俺たち家族だけの蜜薬師か。贅沢だな」

「でしょう?」

アニャの表情は晴れやか。よかったよかった、と胸をなで下ろした。

パン窯がそろそろ限界だというので、マクシミリニャンが新しく作ると宣言する。アニャと一緒に、わーっと拍手した。

突然騒いだので、眠っていたヴィーテスが目を覚ます。アニャと共に、頭を下げた。

「イヴァン殿、手伝ってくれるか?」

「もちろん」

「では、山に煉瓦用の土を採りに行こうぞ」

「煉瓦用の土?」

「そうだ。ここでは、煉瓦から手作りする」

「わあ、なんかすごそう！」

町では職人を呼べば、あっという間に煉瓦を積んで作ってくれる。煉瓦も店から購入するだけだ。

けれども、山の上の暮らしとなれば事情も異なってくる。煉瓦を持って山登りなんてできない。

だったら、どうすればいいのか？

答えは簡単だ。イチから作ればいいのだ。

「パン窯用の煉瓦は、普通の煉瓦とは異なる」

物置や花壇に使う煉瓦は、日干し煉瓦である。言葉のとおり、太陽の下で乾燥させる煉瓦だ。

一方で、パン窯用の煉瓦は、耐火煉瓦と呼ばれるもの。日干し煉瓦は耐火能力がないため、パン
窯には向かないのだという。

こうして、マクシミリニャンと一緒に山へ耐火煉瓦に適した土を採りに行った。

土って死ぬほど重いんだ……と実感した春の話である。

帰宅後、マクシミリニャンから信じがたい言葉を聞くことになった。

「この土を、一暑一寒の間乾燥させ、風化させるのだ」

「待って。一暑一寒って、これから一年間も乾燥させるって意味なの!?」

「ああ、そうだ」

「な、なんて気の長い話なんだ！」

ちなみに、パン窯はすぐにダメになるというわけではないらしい。あと、一、二年は保つだろう
という。それを聞いて安心した。

それから一年――採った土は、カピカピに乾燥して石ころみたいになっていた。

「ふむ。よく風化しておる」

「土って、乾燥させるとこういうふうになるんだ」

触り心地は完全に石だ。ここからどうするのか。

「この土を細かく砕き、再び土と化するのだ」

「お、おお。大変そう」

「地道にやるしかあるまい」

まず、金槌で叩いて粗く砕く。そのあとは、石臼で挽いて粉末状にするようだ。

こんなに手間が掛かるなんて、思いもなかった。陶器のように、粘土を採ってきて成形して、焼いたら完成くらいに考えていた。

粉末状にした粘土に焼土――焼いた土を加え、時折水を注ぎ入れながら混ぜていく。全体が混ざったら、足で踏む。この辺は、陶器の作り方と一緒である。

マクシミリニャンとふたり、ズボンの裾を捲り上げて踏んでいった。しっかり混ぜたものを、〝練土〟と呼ぶようだ。これを、さらに寝かせるという。ここでしっかり練土を寝かせておくと、焼いたときに縮まなくなる。

それから一週間後、練土を煉瓦の木枠で成形する。その後、十日前後乾燥させる。最後に、普段陶器を焼いている窯でじっくり焼いていった。

やっとのことで、パン窯用の新しい耐火煉瓦が完成となった。

「それではイヴァン殿、パン窯を作るか！」

「よしきた！」

アニャとツヴェート様がせっせと、数日分のパンを焼いていた。これから、台所にあるパン窯を解体する。

粉塵を吸い込まないよう口元に布を巻き付けておく。保護用眼鏡もあればいいけれど高級品なので買えなかった――と、マクシミリニャンがしょんぼりしながら言う。軍人時代、作業用の装備として使っていたようだが、高価な品だとは思っていなかったようだ。

気を付けながら、作業をしたい。

パン窯は大きな木槌で破壊する。それで壊せるのかと疑問に思っていたが、マクシミリニャンが一度叩いただけで煉瓦は崩れていった。見た目以上に、劣化が進んでいたようだ。なんでも、百年前に作られたパン窯だったらしい。

マクシミリニャンは煉瓦を叩き、俺は粉々になった煉瓦を回収して外に運ぶ。この煉瓦を粉末状にして再度煉瓦を作るようだ。

あっという間に、パン窯は破壊された。台所は丁寧に掃除し、土埃の一粒もないくらいきれいにした。

大きな一枚岩で作られたパン窯の土台は、続けて使えるという。こちらは百年経っても、劣化していないようだ。

「ふむ、こんなものか」

アニャが茶と菓子を運んでくれた。山羊のミルクをふんだんに使ったミルクティーである。菓子は、冬に余った乾燥果物を入れたケーキ。

アニャにおいしいと伝えると、にこにこ微笑んでいた。その背後で、マクシミリニャンが猛烈な速さでケーキを食べ、ミルクティーを飲み干していた。あれは、ゆっくり休む人の食べ方ではない。おそらく、すぐにでもパン窯を作りたいのだろう。アニャもそれを察したようだ。

「お父様ったら、せっかちなんだから」

「ははは」

俺も後れをとらないようにケーキを一口で食べ終え、ミルクティーで流し込んだ。

「イヴァン殿、もうよいか？」

「よ、よいです」

呆れた表情のアニャに見送られながら、続けてパン窯製作に取りかかる。

「今回は、二層式の窯を作る予定だ」

窯には単層式と二層式があるらしい。単層式は空間がひとつだけ。薪などを一緒に入れて焼く。パンを焼く焼き室と火を焚く燃焼室が分かれているものを二層式と呼んでいるという。

これまでは単層式のパン窯だったらしい。単層式は熱効率がよく、薪が少なくて済む。一方で薪の追加ができないため、温度調節が難しいようだ。

二層式は薪の追加が可能で、温度調節がしやすい。その代わり、調理するごとに薪を大量に消費してしまうのだとか。

「なるほどなあ。パン窯の形なんて、気にしていなかった」

二層式は焼き床と燃焼室が分かれているため、手入れも楽になる。アニャも大喜びだという。それを聞いたら、よりいっそう頑張らないといけない。

まずは、煉瓦を固定させるモルタル作りを開始した。

石灰を焼いて粉末状にした物に砂と水を合わせ、こねこねと混ぜていく。

俺がモルタルを作っている間、マクシミリニャンは土台一面に煉瓦を並べていく。

「イヴァン殿、モルタルを塗るから、その上から煉瓦を積んでくれ」

「了解しました、お義父様！」

モルタル塗りは一見簡単に見えるが、おそらく熟練の技なのだろう。マクシミリニャンはモルタルを均等に塗っていった。俺は震える手で、煉瓦を重ねていく。

「この土台に積んだレンガが、火床である」

さらに、火床の壁となる煉瓦を重ねていくようだ。三段ほど壁を積んだところで、焼き床にするための大判の煉瓦を重ねる。

焼き床の一部は、燃焼室からの熱を通すために開口部を作っておくのを忘れずに。これにて、燃焼室と焼き床の完成である。

次は、天井作り。ドーム状に仕上げるらしい。窯口となる部分に、丸い大きな缶をたて半分にカットしたものを横にして置く。

「イヴァン殿、この缶を窯口に固定しておいてくれ」

「はーい」

缶の半分から底を覆うように砂を盛ってドーム状に形を整える。それに濡らした薄い紙を被せ、上からモルタルを塗っていった。

「これを、一日乾燥させる」

「ということは、今日のパン窯作りは終わり？」

「そうだな」

その場に、どっかりと座り込んでしまった。思っていた以上に、疲れていたらしい。

「今日一日で、ここまで作れるとは思っていなかった。イヴァン殿がいたからだろう」

「いやいや、お義父様の情熱の成果だから」

謙遜しあっていたら、ツヴェート様が物申す。

「あんたたち、こんな暗くなるまで台所を占拠して、どういうつもりなんだい⁉　そもそも、何時間もぶっ続けで働いているじゃないか。働き過ぎだ！」

「す、すみません」

なんだかんだで、パン窯作りをマクシミリニャンと共に楽しんでいた。そのため、うっかり時間を忘れていたのかもしれない。

ツヴェート様は労うように俺とマクシミリニャンの背中を叩き、外に食事の用意ができていると言った。

春も盛りだが、夜はまだまだ寒い。外套を着て、外に出る。

庭先の焚き火でアニャが料理をしていた。風が吹くと、灰と共に火の粉が舞う。

すっかり暗くなった空には、数多の星が輝いていた。どこか幻想的で、美しい光景だと思った。

「イヴァン、お父様、夕食ができているわ」

カブと肉団子のスープに、豆のトマト煮込み、串に刺した鶏肉を炙ったもの。それと、薄く焼いた蕎麦粉のクレープが重ねてあった。

「蕎麦粉のクレープに、豆やお肉を挟むの」

「うわ、おいしそう」

「でしょう?」

焚き火に当たっていると、まったく寒くない。

お腹がペコペコなので、早速いただく。まず、蕎麦粉のクレープで包むのは豆だけにするか鶏肉だけにするか。それとも、最初から両方を包んで食べるか。迷ってしまう。

「ほら、イヴァン殿、これを食すとよい」

マクシミリニャンが蕎麦粉のクレープで包んだものを差し出してくれた。ちなみに、中身は肉団子らしい。なるほど、スープの具も選択肢にあったのだ。

さっそくいただこうとしたら、抗議の声が聞こえた。

「お父様、どうしてイヴァンにあげるのよ！　私が最初に食べさせてあげようと思っていたのに」

「すまない。今日、イヴァン殿は一生懸命働いてくれたから、礼をしたかったのだ」

やめて、俺を巡って言い合いなんかしないで……！

言おうかどうしようか迷っていたら、ツヴェート様が一喝した。

「誰が巻こうが味は同じだよ。不毛な言い争いなんかしていないで、さっさとお食べ！」

アニャとマクシミリニャンは素直に頷き、各々食べ始める。俺もなぜかツヴェート様に睨まれたので、いただくことにした。

蕎麦粉のクレープはもちもち食感で、ほんのり塩けがある。これに、肉団子がよく合っていた。

「お、おいしい！」

「イヴァン、それ、私が作ったの」

「アニャ、天才！」

するとと、笑みを返してくれた。アニャの表情が綻んだのでホッと安堵する。

「寒いかなって思ったけれど、案外、外で食べるのもいいわね」

「だね」

虫の大合唱を聞きつつ、星空の下で絶品の夕食をとるなんて贅沢極まりない。実家にいたころ、ひとり野外で食事をとることがあったが、あのときは不気味でしかなかった。たまに、酔っ払いの観光客と出くわす日もあり、怖い思いもしていた。

そんな記憶とは比べものにならないくらい素晴らしい。家族が一緒だからだろう。

「あ！」

「アニャ、どうしたの？」

「いえ、この蕎麦粉のクレープ、ジャムを塗って巻いてもおいしいんじゃないかって思って」

「絶対おいしいよ！」

アニャは家にジャムを取りにいくため立ち上がったが、マクシミリニャンが制する。

「我が取ってこよう」

「じゃあ、お願い」

「任せろ」

マクシミリニャンはすぐに戻ってくる。手には去年の秋に作ったベリージャムやリンゴジャム、桃のシロップ漬け、それから少し酸味があってもいいだろうと、水抜きしたヨーグルトも持ってきていた。

各々、好き好きに巻いていく。俺はベリージャムとヨーグルトに決めた。

せーのというかけ声で、口にする。アニャの瞳は、一瞬で輝いた。

「んっ、おいしい!!」

「うん、ジャムと蕎麦粉のクレープ、合うね！」

「甘い物は別腹だねえ」

「まったくである」

すでに腹がはちきれそうなくらいだったのに、一枚分ぺろりと食べてしまった。

食後はアニャが歌を聴かせてくれた。上手くて驚く。歌っている曲は、マクシミリニャンが昔歌っていたらしい。

「あれは、子守歌？」

「いや、軍歌を独自にアレンジしたものだ」

「軍歌……」

さすが、元軍人である。

子守歌を教えてくれと乞われたものの、十四番目の子どもともなれば親も放任主義が板についてきていたのだろう、歌ってもらった覚えはいっさいないので知らないのだ。

「イヴァンが眠れないときは、さっきの歌を聴かせてあげるわ」

「嬉しいなあ」

こんな感じで、穏やかな夜は過ぎていった。

翌日、モルタルが乾いているのを確認すると、モルタルと缶の間に詰まった砂を掻き出す。

空洞になったら、窯口に差し込んでいた缶の型を引っこ抜くようだ。

「ぐ、ぐうう！」

……なかなか引けない。足を踏ん張って引っ張るも、結果は同じ。砂を外に捨てに行って戻ってきたマクシミリニャンが、コツを教えてくれる。ずばり筋肉だ！　とか言われたら困惑していたが、そんなことはなかった。

「金槌で缶を叩くと、外れやすくなるぞ」

「なるほど！」

試してみたところ、マクシミリニャンの言うとおり、数回叩いただけで缶は抜けた。

続いて、砂とモルタルの間に貼り付けていた紙を剥ぐ。こちらは面白いくらい、ペリペリと剥がれた。内部を覗き込んだら、きれいに剥げたわけではなかったが、マクシミリニャンは大丈夫だという。

「窯に火を入れたら、紙は焼けてなくなる。完全に取る必要はない」

「ほうほう」

窯口には鋳鉄製の扉を嵌め込む。これにて、パン窯の本体が仕上がった。

「次は煙突だな」

モルタルに穴を空けて、土管を差し込むらしい。まず、手回し式のドリルを使って作業する。

せっかく作ったドーム状の部分が崩れやしないか心配であったものの、マクシミリニャンがあっというまに穴を作った。

「イヴァン殿、土管を入れてくれ」

「了解です」

ドーム状の天井に土管を差し込み、隙間にはモルタルを詰め込む。また、土管の内側にも、モルタルを塗っておく。

モルタルが乾燥し、テラコッタの鉢を上から被せて煙突のできあがり、というわけだ。

「仕上げに、表面にこれを張り付ける」

木箱の中に入っていたのは、美しい青タイル。アニャのために、奮発して購入したらしい。こちらも、モルタルを塗ってその上にタイルを貼っていく。

隙間なく貼る作業は、集中力が必要だ。マクシミリニャンとふたり、汗水垂らしながら作業を続けていく。

三時間後――タイル貼りが完了した。

「お義父様、もしかして、ついに完成？」

「ああ、そうだ！」

マクシミリニャンが両手を広げたので、ぎゅっと抱きつく。汗まみれの男がふたり、何をしているのだと思ったが、それよりも喜びが勝ってしまった。

「イヴァン殿、ありがとう！　すばらしいパン窯ができた！」

「こちらこそ、ありがとう。いろいろと、勉強になった」

普段、おいしいパンを焼いてくれていた窯は、たいそうな苦労を経て作られていたのだ。パンをこれまで以上に味わって食べよう。

まだ完全にモルタルは乾いていないものの、アニャの反応が気になる。マクシミリニャンとふたりで、呼びに行った。

「あら、イヴァンとお父様、ふたりして、どうしたの？」

「アニャ、パン窯が完成したんだ」

「嘘！」

「アニャ、見に行こうぞ」

「ええ！」

マクシミリニャンは駆け足で台所へとアニャを導く。なんというか、元気だ。俺はタイル貼りに気力を使い果たし、ヘロヘロだというのに。

台所のパン窯を目にしたアニャは、口元を手で押さえつつ歓声を上げた。

「きゃあ！　なんて素敵なパン窯なの⁉」

マクシミリニャンは胸を張り、誇らしげだった。俺もアニャの反応を見ていたら、苦労や疲れは吹き飛んだ。

「ふたりとも、ありがとう！　夢みたいに美しいわ！」

美しいタイルのパン窯を、家族皆で使えることが嬉しいという。

新しいパン窯で焼いたパンを食べる日を、心待ちにしよう。

パン窯の完成から五日後――ついに、モルタルが完全に固まった。

「イヴァン殿、待っておれ。これから、おいしいパンを焼くから」

「わ、わーい」

マクシミリニャンが太陽よりも早起きして、パンを作ってくれるようだ。

なんとなく、最初に食べるのはアニャかツヴェート様のパンかな、と思っていたが。まさかのマクシミリニャン特製パンである。

「ふん！　ふん！　ふん！」

マクシミリニャン渾身(こんしん)の拳が、パン生地に叩き込まれる。

力強く練られたパン生地は、驚くほどふっくら膨らむ。

今日はいつも以上に気合いが入っているので、どんなパンが焼き上がるのか楽しみだ。

スープもすでに仕上がっていた。こちらはツヴェート様特製、ソラマメのポタージュである。山羊のミルクをふんだんに使った贅沢な一品らしい。

マクシミリニャンがパンを一生懸命作っている間に、俺は家畜の世話をしたり鶏舎から卵を集めたりする。

太陽が昇って地上を明るく照らすころに、朝食の時間だと告げられた。

食卓には、マクシミリニャンの拳よりも大きなパンが山積みされていた。ふっくら膨らんで、とてもおいしそうだ。

朝に弱いアニャも、焼きたてパンを前に瞳を輝かせている。

「たった今焼けたばかりだ。皆、温かいうちに食べるとよい」

神に祈りを捧げて食べ物へ感謝する。もちろん、最初に手に取ったのはマクシミリニャン特製のパンだ。

焼きたてなので、アツアツである。そのまま食べたら、火傷するだろう。まずは、ふたつに割ってみる。

ふわっと湯気が上がった。同時に小麦のよい香りが漂う。

「はー！　いい匂い！」

思いっきり、かぶりつく。皮はパリパリで香ばしい。中はむっちり、噛み応えがある。もぐもぐと食べていると、小麦のおいしさを感じた。

ソラマメのポタージュに浸すと、よりいっそうおいしさが引き立つ。ミルクたっぷりのスープは、山羊の乳の出がいい春だけのごちそうである。

「うん、おいしい」

「本当に！」

ツヴェート様は「あんた、パン焼き職人になりな！」とマクシミリニャンに転職を勧めていた。それくらい、おいしかったのだろう。

「ふむ、そうだな。パンを作って、パンを売りに行くのもいいかもしれない」

「全部売り切るまで、帰ってくるんじゃないよ」

ツヴェート様が厳しいことを言うので、マクシミリニャンは捨てられた子犬のような表情でいた。

「冗談だよ」

「よ、よかった」

マクシミリニャンは安心したのか、途端に天真爛漫（てんしんらんまん）な笑みを浮かべる。笑うのを我慢していたものの、アニャが噴き出してしまった。つられて、笑ってしまう。

今日も、フリバエ家の春の食卓は大変賑やかだった。

夏――ビールを造ろう！

汗ばむ季節だが、山には今日も爽やかな風が吹いていた。川岸の木陰にいれば、少し寒いくらいである。

だからと言って、まったく暑くないわけではない、せっせと作業をしていたら、額に汗が滲んでくる。

流蜜期が過ぎ、養蜂の仕事も一段落ついた。これから、スズメバチのシーズンとなるだろう。考えただけで憂鬱な感情がこみ上げる。

アニャやマクシミリニャンはスズメバチを捕獲しようと、やる気を見せていた。俺やツヴェート様は、げんなりするばかりである。

「珍しいね、あんたと気が合うなんて」

「だって、怖いし」

まず、見た目が恐ろしい。スズメバチは蜜蜂と似たようなものだと言われることがあるが、ぜんぜん違う。蜜蜂は丸っこくて愛らしい。一方で、スズメバチは大きくて、凶暴そうな見た目である。まったく可愛くない。

「ツヴェート様、花畑で作業するときは気を付けてね。スズメバチの羽音が聞こえたら、ゆっくり離れるんだ。すぐ傍にいた場合も、刺激してはいけない。頃合いを見つつ、その場を去るんだ」

近くに巣があると、スズメバチの毒に含まれる興奮物質に反応して別の蜂も攻撃してくるのだ。なんとも恐ろしい話である。

刺されたら患部を水で洗い流し、肌を摘まんで毒を絞り出す。家に虫刺されの薬があったら塗布する。

薬を塗ったら大丈夫、なんて言っていられない。信じられないほど腫れたり、意識を失ったりと、体に異常が出てくる。死亡例だってあったはずだ。一刻も早く医師の診察を受けたほうがいい。

そんな話をすると、ツヴェート様は深いため息をついた。

「はあ、スズメバチに刺されて死ぬなんて、恐ろしい話だよ」

「だよね」

そういうわけで、スズメバチには絶対に刺されたくない。

アニャとマクシミリニャンはスズメバチの蜂蜜漬けを作ろうと張り切っているようだが、よい子は真似してはいけない。

ツヴェート様も、深く頷いていた。

スズメバチ対策について話していると、アニャから山に山菜採りに行こうと誘われる。

「山菜採り？　珍しいね」

「ええ。今が旬のものなの」

去年はバタバタしていて、採りにいけなかったらしい。今年はツヴェート様がいるので余裕がある。そのため、山菜採りに行くのだという。

アニャはカゴを片手に、軽やかな足取りで大角山羊小屋へと進んでいく。

「ねえアニャ、なんだか楽しそうだね」

「だって、山ホップを採りにいくのよ？」

「山ホップって、あのホップ？」

「ええ。山に自生している、野生種のホップなの」

ビール造りに使うことで有名なホップは、意外にも野生種がある。ふと、アニャが楽しそうな理由に気づいた。

「あ、もしかして、山ホップでビールを造って大儲け、とか？」

「惜しい！」

なんと、不正解らしい。

「どういうことなの？」

「山ホップで造るビールは、おいしくないらしいわ」

なんでも、山で野生種のホップを発見した学者が喜び勇んでビール造りに挑戦。しかしながら完成したビールは苦みのない、なんとも物足りない味わいだったそうな。

「山ホップは山菜として食べるの。村の人たちが、喜んで買ってくれるのよ」

酒のつまみにすると最高らしい。まさか、ビール造りに向いていないホップに、そのようなポテンシャルがあるなんて。

そんな山ホップはけっこういい値段で買い取ってもらえるらしい。山の奥地に自生しているので、村人にとっては貴重な山菜なのだそうな。

「イヴァン、ホップを採りに行くわよー！」

「おー！」

拳を掲げ大角山羊に跨がって、山ホップが自生しているという山の深い場所を目指す。センツァを走らせること三十分ほど。先導していたクリーロが止まる。アニャが振り返って言った。

「イヴァン、あれが山ホップよ。蔓が低木に絡みついているの」

松かさのような、ほわっと膨らんだ黄緑の花が山ホップらしい。今年の夏は特にたくさん花を咲かせているようだ。

「蔓には細かな棘があるから、気を付けてね。刺さるほどのものではないけれど、肌に当たったらチクッとするかも」

「わかった」

アニャはすぐに、プチプチとちぎってカゴに入れていた。

俺も同じように、山ホップを採っていく。

「山ホップの芽も、けっこうおいしいわよ」

「どうやって食べるの？」

「スープに入れたり、茹でたあと細かく刻んでオムレツに入れたりするわ」

「へー、なんかおいしそう」

山ホップを採り終わったら、今度は若い芽を摘んでいく。

「と、こんなものかしら？」

「うん、たくさん採れたね」

「ええ」

カゴいっぱいに採れたが、まだまだたくさんある。山の動物たちの分は十分あるだろう。夏の味覚を、ぜひとも味わってほしい。

他にも、ベリーやキノコを採る。これらは冬の保存食にするのだ。

去年の冬ごもりはとても楽しかった。いろいろな食料があれば、もっと楽しいだろう。冬のシーズンを豊かに過ごすため、食材集めは去年以上に全力でしていた。

帰宅すると、ツヴェート様から食事の準備ができていると声がかかる。昼食は豚のカツレツ。昨日、マクシミリニャンが村で豚肉を買ってきてくれたのだ。

半分はベーコンと塩漬け、オイル漬けを作ったらしい。

朝に俺が作ったキノコのスープと、アニャのパンが添えられる。

ヴィーテスには茹でただけの豚肉が与えられていた。尻尾を振りながら食べている。

家畜たちの小屋の修繕をしていたマクシミリニャンが戻ってきた。カツレツを見て、笑みを浮かべていた。

「さあさ、食べようか」

「はーい」

元気のいい返事をしたつもりなのに、ツヴェート様から気が抜けると言われてしまった。

祈りを捧げたあと、料理をいただく。まずは、豚のカツレツから。ナイフを入れると、中からチーズがとろーりと溢れてきた。

「え、何これ⁉」

ツヴェート様がしてやったりといった表情でこちらを見る。俺たちを驚かせようと、黙っていたらしい。

「一回、都で食べたことがあって、それがおいしかったんだ」

そんなチーズ入りのカツレツを、口いっぱいに頬張った。

外側はサクサクで香ばしい。

豚肉はやわらかくて、肉汁とチーズが合わさって最高の味わいになる。

「イヴァン、どうだい？」

「さ、最高です！」

アニャやマクシミリニャンも、嬉しそうに頬張っていた。

皿に零れたチーズは、パンに付けて食べる。これもまた、おいしい。

とっておきの料理を、お腹いっぱい味わったのだった。

春に畑に植えたホップの生育は、極めて順調らしい。蔓は上に上にと成長していくので、支柱を立てて巻き付くようにしてある。
そしてある程度育ったら、蔓下げと呼ばれる作業を行う。なんでも、蔓を下げると、ホップが過剰に生育するのを防ぐらしい。そのため、蔓を低い位置まで下げるようだ。
ツヴェート様はホップ作りに関してはベテランで、アニャやマクシミリニャンも舌を巻いているという。

ツヴェート様特製ビールは、いったいどんな味わいなのか。気になるところだ。

先日採った山ホップは、アニャとマクシミリニャンが山を下りて売ってくるという。村の人たちに蜜薬の作り方を教えるので、数日滞在するらしい。

親子の下山を見送る。今日からツヴェート様とふたりきり。この組み合わせは、ちょっと珍しいかもしれない。

夕食作りは俺が担当する。川で獲ったマスを開いて塩とコショウで味付けしたのちに、パン窯でしばし焼く。火が通ったら、新鮮卵から作ったタルタルソースをかけてさらに焼くのだ。

タルタルソースはすぐに焦げるので、見極めが肝心である。数分焼いて、パン窯から取り出した。こんがりと、おいしそうな焼き色がついている。マスのタルタルソース焼きの完成である。

これと、ベーコンのスープとマクシミリニャン特製パンを食卓に並べていく。薬草茶を添えて、うんうんと頷く。

これまで料理なんて焼き魚くらいしかできなかったのに、随分上達したものだ。

師匠が多いので、いろいろ教えてもらえてありがたい。

離れで作業していたツヴェート様を呼びに行く。足下が暗いので、手を繋いで母屋まで誘導した。

「はは。あんたは優しい子だねえ」

「優しい人たちに囲まれているからかな」

「そうかい」

なんて話しながら、母屋にたどり着く。夕食を紹介すると、ツヴェート様はごちそうだと言ってくれた。

「イヴァンよ。アニャやマクシミリニャンがいなくて、寂しいだろうが」

「ツヴェート様がいるから、寂しくないよ」

「またまた。あんたは調子のいいことばかり言って」

「本当だよ。これまで、アニャとマクシミリニャンがふたりで村に行ったら、独りだったから」

「ああ、そうだったねえ」

家族が山を下りたときに寂しくないのは俺だけではない。アニャやマクシミリニャンも、ツヴェート様がいるから楽しい夜を過ごしているだろう。

「アニャとふたりで何を話しているの？」

「それは、男共の愚痴に決まっているだろうが」

「や、やっぱり？」

「嘘だよ。大半は惚気だ」

「の、惚気!?」

「延々と、話しているんだよ。まったく、金をもらいたいくらいだ」

普段は話せないような話を、ふたりきりのときツヴェート様に語っているようだ。

「アニャは、あんたに不満なんてひとつもないよ。安心おし」

「そっかー。よかった」

「あんたはどうなんだい？　あの親子に対して、思うことのひとつやふたつ、あるだろう？」

「ひたすら、感謝しかないよ。アニャは明るいし、健気だし、素直だし、優しいし、心がきれいで、前向きで――とにかく可愛い！」

「マクシミリニャンは？」

「お義父様は頼りになるし、逞しいし、働き者で、豪快だけれど繊細なところもあって、力持ちで、こんな男になりたいって思う、理想的な父親かな」

アニャとマクシミリニャンの話を、ツヴェート様は優しい笑みを浮かべながら聞いてくれた。

「最後に、ツヴェート様は――」

「それは、言わなくてもいいんだよ」

「ええ、言わせてよ」

「いい、聞きたくない」

「聞きたくないって、酷いな」

笑ってしまったのは言うまでもない。

「イヴァン、明日はホップの収穫をしようか」

ちなみに大麦は、先日マクシミリニャンと収穫したらしい。

「もう製麦(せいばく)は済ませておいたから」

「ツヴェート様、せいばくって何？」

「大麦から麦芽を作ることだよ。大麦そのままでは、ビールを造れないんだ」

ビールを造るとき、糖と酵母が必要になる。糖は大麦から得るようだが、そのままでは使えない。大麦は発芽させることによって、糖分を生成するのだという。

発芽させた大麦は、天日にさらして乾燥させる。これによって、成長を止めることができるらしい。最後に、生えた根を取り除いたら、麦芽が完成する。

「麦芽作り、けっこう大変なんだ」

「ああ、そうだな。でも、おいしいビール造りには重要な工程なんだよ」

「勉強になるなあ」

ついに、ビール造りが始まるらしい。

ワクワクしながら、その日はヴィーテスと共にぐっすり眠った。


朝、家畜の世話を終え、すぐにホップの収穫を始めた。ふっくら膨らんだ花を、優しく摘んでいく。なんでも、ホップは未受精の雌花のみを使うらしい。

苦みと香りのもととなる、大事な材料だ。ところが、ホップの役割はそれだけではないようだ。

その昔、ホップは腐敗防止、雑菌の繁殖を抑制するために入れていた。次第に、ホップを入れたら酒の苦みと香りが豊かになることに気づいて、今ではビール造りに欠かせない材料のひとつとなったようだ。

ビール造りでは乾燥ホップを使う場合もあるようだが、ツヴェート様の特製ビールは生ホップで作るようだ。

午後からはビール造りに取りかかる。

まず、ツヴェート様が加熱殺菌した栓付きの樽に藁を敷き詰める。藁で濾過装置を作っているらしい。

その藁の上に、湯を注いでいく。そこに麦芽を加えて、ゆっくり混ぜるようだ。

「こうすれば、麦芽にある酵素の働きで糖に変えることができるのさ」

「へー」

このまま一晩置いておくようだ。樽にゴミが入らないよう、清潔な布を被せておく。

翌日――樽の栓を抜くと、漉された液体がでてくる。これは麦汁と呼ばれているらしい。樽に残った藁に糖が付着しているので、湯を追加して溶かす。これも、麦汁として利用するのだ。

麦汁を大鍋に移し、そこに木綿に包んだホップを浸す。そのあと、一時間ほど煮込む。

その間にカップ一杯の麦汁を取り、しばし粗熱を取る。これにビール酵母を注ぎ入れ、涼しいところに置いておく。

それから、桶に満たした冷たい井戸水で大鍋の麦汁を冷やす。冷えたら樽に注いで、さきほど置いておいたカップのビール酵母を加えて混ぜた。

雑菌が入らないよう、布を被せておくのを忘れずに。

二週間ほど樽の中で発酵させたら、ビールは完成するというわけだ。

「ホップと大麦が余っているから、別の作り方をしてみるか！」

「お供します！」

全部で三回、ツヴェート様とビール造りをした。

一回目は生ホップで作り、二回目は乾燥ホップ、三回目は山ホップで作ってみた。どれも、完成が楽しみである。

パン窯を完成させてからというもの、マクシミリニャンはパン作りに熱中していた。

いろんな種類のパンを作っては、家族にふるまってくれる。

ライ麦パンに蕎麦パン、ゴマパンにクロワッサン、トウモロコシパンまで作れるようになった。

さすがに、家族だけでは消費しきれなくなったため、山を下りて麓の村まで売りに行く。

村での滞在は一時間か二時間。その間に完売し、すぐに山を登る。

夕方には帰ってくるというハードな販売スタイルであった。

パンは大量生産できないため、値段は普通のパン屋さんより高めである。それでも、すぐに完売するらしい。

たしかに、マクシミリニャンのパンはおいしい。褒めると、誇らしそうに「パン窯がいいのだろう」と答える。

マクシミリニャンは今日もせっせとパンを焼く。明日、一週間ぶりにパンを売りに行くらしい。

予約分もあるということで、いつもより多めに焼いているようだ。今日は、アニャも手伝っている。

パンの売り上げのおかげで、家計も助かっていた。そのため、家族は全面協力をしているのだ。

翌日――マクシミリニャンと一緒に山を下る。一緒にパンを売る約束をしていたのだ。さすがに、一時間だけ滞在して、その日のうちに山を登るという荒技は俺には難しい。そのため、村で一泊しようと話している。

俺がパンを持つ一方、マクシミリニャンは蜂蜜の瓶が詰まった鞄を背負っている。

アニャが蜜薬作りを村の人たちに教えるようになってから、これまで以上に蜂蜜が売れるようになった。皆、家で蜜薬を作り、役立てているらしい。思いがけない結果であった。

おかげさまで、今年の販売用の蜂蜜は、マクシミリニャンが抱えているもので最後である。

流蜜期が過ぎてしばらく経ったあとに採れる蜂蜜は、主に自宅で消費する分と蜜蜂の給餌用になる。冬の生活を支える糧とするのだ。

「お義父様、蜂蜜、重たいでしょう？　途中で交代する？」

「いいや、大丈夫だ。これしき、重くもなんともないぞ」

と、マクシミリニャンは言っていたものの、休憩時間に持ち上げた蜂蜜入りの鞄はとんでもない重さだった。俺には手伝いなしに背負うことは難しいだろう。

さすがマクシミリニャン、としか言いようがない。

ようやく村にたどり着く。まずは、お土産屋さんとなんでも屋さんに蜂蜜を納品に行った。

そのあと、マクシミリニャン特製のパンを売る時間となる。

販売場所はなんでも屋さんの前。許可を得ているらしい。販売台も貸してくれるというので、至れり尽くせりというわけだ。

マクシミリニャンはキリッとした表情でエプロンをかける。そして、鞄から取り出したウサギの被り物を装着した。

「え!?　お義父様、それ、何!?」

「これを被っていないと、お使いに来た子どもが泣いてしまうのだ」

「あ、ああ……、なるほど」

マクシミリニャンは強面なので、一回目にパンを販売したとき、子どもに大号泣されてしまったらしい。二回目から、なんでも屋さんで購入したウサギの被り物を装着して販売しているようだ。

「これだと、怖くないだろう？」

顔は可愛らしいウサギ、体は筋骨隆々の成人男性。正直、今の状態のほうが俺には怖く感じてしまう。けれども、子どもたちには大受けしているようで、親しみを込めて「ウサギのパン屋さん」と呼ばれているようだ。

「ウサギの、パン屋さん……！」

「今日は、イヴァン殿の分も作ってきたぞ」

「ま、まさかの手作り！」

マクシミリニャンが夜な夜な、せっせと作ってくれたらしい。購入した品よりも、瞳がキラキラしていて愛らしい雰囲気だった。

アニャがマクシミリニャンに託していたフリフリのエプロンをかけ、ウサギの被り物を装着する。被り心地はよく、目に穴が空いていたので視界も確保できる。口元も、呼吸しやすいように工夫されていた。

それよりも、俺は大丈夫なのか？　変態に見えないか？　心配である。

「ふむ、よいな！」

その「よいな」は信用に値するものなのか、否か。まあ、いい。今はマクシミリニャンの言葉を信じるしかなかった。

　ウサギの被り物を装着した俺たちは、せっせとパンを売る準備を始める。すると、子どもたちが集結する。

「わー、ウサギさんだ！」

「本当だ！　可愛い！」

「今日も、おいしいパンを売りに来たの？」

　ワイワイと集まってきた子どもたちを前に、マクシミリニャンは想像もしていなかった言葉遣いで優しく返す。

「そうだぴょん」

「ぴょん⁉」

　思わず、復唱してしまった。

「今日は、別のウサギさんもいるー！」

「とっても可愛い！」

「フリフリウサギさんは、ムキムキウサギさんのお友達なの？」

　マクシミリニャンはムキムキウサギと呼ばれているらしい。まさかの呼び名に、噴き出しそうになった。フリフリウサギとは、俺のことだろう。子どもたちは、俺をキラキラとした瞳で見上げている。答えてあげなければ。

「俺は、ムキムキウサギの、息子だ……ぴょん」

「そうなんだー！」

「大人になったら、ムキムキになるの？」

「もう、大人だ……ぴょん」

「へえー」

ダメだ。自分でぴょんなんて発していて、笑いそうになる。

まさかマクシミリニャンが子どもたちのためにここまでしていたとは……。

努力に、涙しそうになった。

「ムキムキウサギさん、お母さん、呼んでくるね！」

「わたしも、呼んでくる」

「ぼくも」

子どもたちは散り散りになり、いなくなった。誰もいなくなったあと、回転草（タンブルウィード）が前をころころ転がっていった。

「あの、お義父様、ぴょん、とは？」

「我の声や硬い喋りを聞いた子どもが、泣きだしたのだ。ぴょんと付けたら、泣かれずに済む」

「ああ、なるほど」

すばらしい努力だと、心から称賛した。

そんな会話をしているうちに、村人たちが集まってくる。マクシミリニャンは当日販売分を担当。

俺は予約分の販売を行った。

気づけば、けっこうな人だかりができている。マクシミリニャンは慣れた様子で、次々とパンを売っていた。

俺も、ミハルの実家の店で店番の経験がある。繁忙期ばかり手伝っていたため、こういうのは得意だった。

頑張って運んだ在庫がどんどんなくなるのは気持ちがいい。

あっという間にパンは完売。数名の村人たちが、次回の予約をしている。

そんな中で、事件は起こった。

「おいおい、この村で勝手にパンを売っているのはお前か⁉」

四十代半ばくらいの、恰幅(かっぷく)のいいおじさんが大股でやってくる。眉は極端につり上がり、こちらを睨んでいた。

いったい誰なのか。ピンとこなかったが、マクシミリニャンはハッと表情を変えた。

「お義父様、あのおじさん、知り合いなの？」

「あれは、村のパン屋さんのご主人だ」

「パ、パン屋さんのご主人⁉」

パン屋さんのご主人は、マクシミリニャンをビシッと指差して叫んだ。

「お前のせいで、商売あがったりだ！　どうしてくれる？」

今日はマクシミリニャンのパンを販売する日だったので、皆、パンを買いにこなかったという。

「ふざけた恰好をしやがって！」

丁寧にご指摘を受けたものの、マクシミリニャンはウサギの被り物を取らなかった。まだ、近くに子どもたちがいるからだろう。

マクシミリニャンは一歩また一歩と、パン屋さんのご主人に接近する。思っていた以上に筋肉質で、がっしりとした体付きをしていることに気づいたからだろうか、パン屋さんのご主人は目を剥いて、マクシミリニャンを見上げていた。いったい何をするのかと思っていたが、マクシミリニャンはご主人の前に立つと、深々と頭を下げる。

「パン屋さんのご主人よ、すまなかった。競合するつもりは、まったくなかった」

一応、村長に販売許可は取っている。マクシミリニャンが作れるパンの数から、村にあるパン屋さんとは競い合いにならないだろうと判断されていた。それでも、マクシミリニャンがやってきた日は目に見えて売り上げが減っているというので、謝るほかないというわけだ。

パン屋さんのご主人がマクシミリニャンに殴りかからないよう、傍に寄る。これはマクシミリニャンを心配してと言うより、パン屋さんのご主人が手を痛めないように止める必要があるからだ。

マクシミリニャンの腹筋は、鉄板のように硬くて頑丈だ。殴ったほうが怪我をしてしまう。

それにしても、酒臭い。よくよく見たら、頬に赤みが差していた。どうやら、酒を飲んだ状態で乗り込んできたようだ。そんな状態で、勝てるわけがないのに……。逆に怪我をして終わりだろう。

ただ、心配は杞憂に終わりそうだ。マクシミリニャンを前にしたパン屋さんのご主人は、微かに震えていたのだ。

山で熊に遭遇したかのごとく、マクシミリニャンを見上げていた。

すると、思いがけない展開となる。小さな子どもが、マクシミリニャンを庇うようにしておじさんたちの間に割り込んできたのだ。

「ムキムキウサギさんを、いじめないで！」

「い、いじめる？」

パン屋さんのご主人が、信じがたいという声で聞き返す。

「おじさんのところのパン、最近おいしくないんだ！　味が落ちたわって、ママが言っていた！」

「こ、こら！」

母親らしき女性が子どもに駆け寄り、口を塞いだ。

「な、なんだよ！　まずいパンを作る俺が、悪役みたいじゃないか！」

「悪役ではない。悪いのは、パンを売りにきたこちらだ。今度から、パンの販売を止めよう。これ以上、迷惑をかけない」

「やだ！」

「ムキムキウサギさんが村に来なかったら、寂しい！」

「ムキムキウサギさんのパン、食べたいよお！」

子どもたちがマクシミリニャンのもとへと集まってくる。パン屋さんのご主人は、いたたまれない気持ちになったのだろう。くるりと踵(きびす)を返す。そして、吐き捨てるように叫んだ。

「パンの販売でもなんでも、好きにしろ！　俺は、これからもまずいパンを作り続けるからな！村人共、覚悟しておけ！」

子どもから言われたことを気にしているのか、若干、声が震えていた。

その後、逃げるように走り去っていった。

騒ぎを聞きつけた村長やなんでも屋さんのご主人がやってくる。事情を聞き、マクシミリニャンに気にするなと言って、励ましていた。

「あの男、真面目な職人だったんだが、パンばかり作っていて嫁さんと子どもに逃げられてしまったんだよ」

「今は酒に溺れているが、じきに復活するだろう」

マクシミリニャンというライバルが現れ、パンがまずくなったと指摘され、いい刺激になっただろう、となんでも屋さんのご主人は言う。

「気にすることはない。これからも、パンを売りに来てくれ」

「感謝する」

マクシミリニャンの声も震えていた。おそらく、ウサギの被り物の下で泣いているのだろう。

そんなマクシミリニャンを労るように、背中をポンと叩いた。


翌日、山を登りながら、マクシミリニャンはぽつりぽつりと話し始める。

「これで、よかったのだろうか？」

「何が？」

「いや、パン屋さんがあるのに、我がパンを売ってもいいのかと思って」

「お義父様、まだ気にしていたんだ」

「まさか我と村のパン屋さんが知らずに競合していたなんて。申し訳ない」

「パン屋さんのご主人は自業自得というか……。いや、奥さんと子どもが出ていった悲しみで酒に逃げたから、ちょっと違うか。でも、お義父様が気にするところじゃないと思うよ」

「そうだろうか？」

「そうだよ」

子どもからパンの味が落ちたと指摘された瞬間、パン屋さんのご主人の目つきが変わった。落胆したような、悲しんでいるような。

「たぶん、発奮するきっかけになったと思うよ。お義父様は気にしなくていいんだよ。これは、パン屋さんのご主人の問題だから」

「イヴァン殿は優しいな」

「うーん、優しいかな？」

「ああ、周囲がよく見えている、優しい男だ」

「照れるな」

どういう状況下にいて、誰がどの立ち位置にいるか、把握していないと大家族の中では生きていけなかった。だから、日頃からついつい周囲を見回す癖がついていたのかもしれない。

「ちなみにアニャには、ウサギの被り物を恥ずかしいからと拒絶された」

「まあ、その気持ちは否定できないけれど」

アニャに断られ、悲しそうにしているマクシミリニャンの様子がありありと想像できた。

躊躇う気持ちはあったものの、俺は被ってよかったと思う。

「イヴァン殿は自慢の息子だ」

「へへ。自慢かー。嬉しいな」

「我も、イヴァン殿が息子だと名乗った瞬間、嬉しかった」

「俺たち、両想いだね」

「そうだな。しかし、あまり仲良くしていると、アニャが嫉妬するから、ほどほどにしておかないと」

「うん、まあ、ね」

ここら辺から勾配の急な坂道になる。会話は途絶え、黙々と山を登った。

背中に夕日を浴びていた。今日も、一日が終わろうとしている。


それから数日が経ち、なんでも屋さんのご主人からマクシミリニャン宛てに手紙が届いた。

手紙を読んだマクシミリニャンの表情が、だんだん和らいでいく。

「いい知らせ？」

「ああ。村のパン屋さんの味が、以前のものに戻って、毎日店が繁盛しているらしい」

「よかったね」

「ああ」

村人たちはマクシミリニャンのパンも楽しみにしているらしい。

「パン職人として、我も頑張らなければいけないな！」

軍人を経て養蜂家となり、そのあとパン職人としての才能を開花させる人なんて、お義父様以外いないだろう。

なんというか、多才だ。

外から声がかかる。元気なアニャの大きな声が聞こえた。

「イヴァン、お父様、ソーセージが焼けたわよー！」

「はーい、待っていました！」

今日は、ツヴェート様のビールが完成したので、試飲会をするのだ。ビールと合わせるのは、村で買ってきたソーセージ。

マクシミリニャンと一緒に、いそいそと外へ出ていった。

真っ暗闇の中、焚き火の灯りを頼りに向かう。いい匂いが風に乗って漂っていた。火の上に置かれた金網を覗き込む。熾火で焼かれたソーセージは今にも破裂しそうで、食べ頃になっていた。

「うう、おいしそう」

「イヴァン、まずはビールを飲め」

ツヴェート様が慣れた手つきで、樽からビールを注いだ。

琥珀色のビールが出てきたかと思うとシュワシュワと発泡し、木製のカップが泡で満たされる。

正直、ビールよりもワイン派だが、これはおいしそうだ。

差し出されたそれを受け取った瞬間、驚いてしまう。カップから、果実の風味が感じられるような甘く爽やかな香りが漂っていたのだ。

「え、これ、どうしてこんな果物みたいないい香りがするの？」

その疑問には、ツヴェート様が答えてくれた。

エールとも呼ばれるこの酒は、発酵するさいに生じる香味成分のおかげで芳醇な香りが漂うのだという。

「へー！」

「飲んでみな。おいしいから」

アニャとマクシミリニャンと共に、完成したばかりのビールを飲む。

まず、なめらかな泡に驚く。それから上品な苦みとコクを感じ、最後に華やかな香りが鼻にスッと抜けていった。

「おいしい！　こんなビール、初めて」

ビールと言えば強い苦みが特徴だが、このビールの苦みはだいぶまろやかだ。アニャもおいしかったのだろう。ごくごくと飲んでいた。

「市販されているものは、同じエールでも辛みや苦みが強いものばかりでね。私は、この味わいが好みなんだ」

「うん！　俺、ビール得意じゃないけれど、これはおいしい」

「だろう？」

そんなビールを飲みながら、ソーセージを食べる。

ソーセージの皮はパキパキ。中から肉汁が溢れ、香草が利いていていておいしい。

ツヴェート様も、上機嫌でビールを飲んでいた。

夜になると、涼しくなる。もう、秋が近いのかもしれない。

家族と一緒に、ビールとソーセージを囲む。最高の晩夏の過ごし方だと思った。

秋――保存食を作ろう！

秋となり、冬ごもりの準備も進行が早くなる。

ある日の午後、アニャが大きな肉塊の包みを抱えているのを発見する。

「アニャ、持つよ」

「イヴァン、ありがとう」

中身は豚肉らしい。マクシミリニャンに頼んで、村で買ってきてもらったようだ。

「これは、ベーコン用？」

「いいえ、生ハム用よ」

包みを開くと豚もも肉の塊が、どん！　と存在感を示す。

「生ハムって、骨つきのもも肉で作るものだと思っていた」

「今回作るのは、〝ラックスハム〟といって、熟成が短期間の生ハムなの」

通常、生ハムの熟成には一年以上の年月を費やす。けれども、ラックスハムはたった三ヶ月の熟成で食べられるようになるらしい。

「ラックスハムは、低温で燻煙（くんえん）する生ハムなのよ」

「へー」

ラックスハムが作られた地域は湿度が高く、生ハムの本場のように乾燥のみでは作れないため、試行錯誤の末に生まれた製法なのだとか。

「ここも、この時期はまだ湿度が高くて生ハム作りには向いていないじゃない？　ラックスハムなら作れるって、教えてもらったの」

精肉店のご主人から作り方を聞き、三年ほど前から作り始めたらしい。

「イヴァンも作ってみる？」

「ぜひ」

そんなわけで、アニャ先生からラックスハム作りを習う。

「まずは、ピックル液に漬けるの」

ピックル液というのは塩、砂糖、香辛料、香味野菜などで作った漬け汁らしい。

「このピックル液で、生ハムの味や風味、保存性が左右されるのよ」

アニャは慣れた手つきで、鍋に材料を用意する。俺は野菜のカットを任された。アニャは調味料を計量する。

「水、塩、砂糖、ニンニク、セロリ、月桂樹の葉にタイム、フェンネル、パセリ――」

材料をすべて鍋に入れて、三十分ほど煮込むのだという。

「と、こんなものかしら」

ザルで漉して液体のみを使うようだ。

この完成したピックル液のを冷ます。

一時間後、ラックスハム作りは再開された。

「豚もも肉の塊を十日間ピックル液に漬けて、しばらく置いておくの」

十日間の時を経て、再び作業開始となる。一時間ほど水に浸けて塩抜きし、清潔な布で包んで北風にさらす。

「乾燥したら、あとは燻煙ね」

短時間の燻煙を何度か繰り返したのちに、作業はいったん終了となる。あとは、冷暗所で保存し、三ヶ月間、熟成を待つばかりだ。

「アニャ、俺、生ハムが今すぐ食べたくなってきた」

「そうなのよ。生ハムを作ると、熟成期間に入るのと同時に食べたくなるの」

アニャとふたり、生ハムへ思いを馳せてしまった。

翌週、村へ下りた俺は生ハムの原木を背負って戻ってきた。後悔はしていない。たまの贅沢くらい、許されるだろう。

今回購入したのは、乾燥のみで作られた生ハム。薄くカットして、パンに載せたり、チーズと一緒に食べたりと、これでもかと味わう。これが食べたかったのだと、涙が出そうになったのは言うまでもない。

「こうなるから、生ハムを毎年は作らないのよね」

「生ハム……非常に危険な食べ物だ」

家族一同、生ハムを頬張りながら頷いたのだった。

今日はマクシミリニャンが村で買ってきた、鮭を燻製にするという。作り方をアニャから習った。

「まず、鮭を捌くわ」

山暮らしをしていると、こういう大きな魚を捌く機会なんてない。どん！　と調理台に載った鮭を前に、戸惑ってしまった。

「鮭は水できれいに洗って、ヒレを切り落とすの」

鮭には胸、腹、背、臀にそれぞれヒレがある。捌くときに邪魔になるので、先にカットしておくようだ。続いて、ナイフで鱗をそぎ落とす。

「そういえば、鮭って鱗あったね」

「ええ」

今まで俺が鮭を焼く時は鱗を付けたままだったような気がする。アニャは鱗がないほうが好みらしい。

「次にナイフを入れるのだけれど、切り方は肛門からと頭から、二種類あるわね。やりやすいほうでいいと思うわ」

今回は肛門のほうから切り込みを入れるようだ。聞いているだけでも痛そうな話だが、一言一句聞き漏らさないようアニャの教えに耳を傾ける。

アニャは慣れた様子で、肛門から腹に向かってナイフを滑り込ませる。内臓を取り出し、エラから上の頭を切り落とした。お腹を開くと、血がこびりついていた。

「血合いを取って、身をきれいにするのよ」

アニャはスプーンを手に握る。血合いは洗うだけでは取れないので、スプーンを使って掻き出すようだ。

水洗いしたあと、中骨と両側の身に切り分ける。

「こんなもんかしら」

「お見事です。すごいな。アニャは鮭も捌けるんだ」

「お父様が、たまに買ってくるの」

鮭の保存食は毎年あるというわけではなく、安売りしている年に限定して購入するようだ。

「大きな鮭を、三本も四本も背負っていたら、村の人に熊みたいって言われたそうよ」

「あー、たしかに、お義父様、熊っぽいかも」

と、お喋りをしている場合ではない。次なる作業に移らなければ。

「乾燥鮭を作るわ」

まず鮭を塩水に漬ける。

「このまま、一週間置いておくの」

「い、一週間……！」

一瞬気が遠くなりかけたものの、煉瓦作りは一年以上かかった。一週間待つくらい、なんてことない。


一週間後――塩水を洗い流し、風通しのいい場所で乾燥させる。網の上に、鮭を並べていった。

「乾かすのは、五日くらいかしら？」

「ほうほう」

五日ほど、カラカラに乾くらしい。焚き火で炙るとおいしい、乾燥鮭が完成するようだ。

他にも、魚の保存食をいくつか教えてもらった。

「小さな魚は、一度燻煙してからオイル漬けにするの」

マクシミリニャン特製の燻製箱で小魚を燻す。煮沸消毒した瓶にオリーブオイルを注ぎ入れ、そこに燻煙した小魚を入れるのだ。長期保存が可能な、小魚のオイル漬けの完成である。

もう一種類作る。塩漬けしておいた鯖を一晩水に漬けて塩抜きし、薄くカットして酢に一日浸す。

それを三時間ほど燻したものをオリーブオイル漬けにする。

「冷暗所に保存しておくの」

地下の食料保存庫に、保存食が充実しつつあった。

収穫した野菜の保存も、他の保存食作りと同時進行で進めていく。これは、ツヴェート様が教えてくれた。

「タマネギは吊す」

「はい！」

穫ったばかりのタマネギは、太陽の下にさらしておく。タマネギの皮が茶色くなったら、乾燥したサインである。

「まず四つのタマネギをひとつにする。長めに切った茎をまとめて、紐でしっかり結んでおくんだ」

この四つのタマネギが核となる。

「この紐に、タマネギの茎をくくっていく。最大で、十五個くらいだろうか。あまり吊しすぎると、重みで落ちてしまう。気をつけるように」

「了解しました」

タマネギをブドウの房のように結ぶようだ。茎が硬くて結べない場合は、何回か揉んで解すといいらしい。

俺がひとつ完成させたころに、ツヴェート様はふたつも作り終えていた。熟練の技である。

こういうとき、「もたもたするんじゃないよ」などと怒ったりしないツヴェート様は優しい。

「次はニンジンだよ」

ツヴェート様に用意するようにと指示されたのは、樽と土。

「ニンジンは土に埋めて保存するのが一番なんだ」

この方法だと、冬の間も腐らずに保つらしい。

「まず、樽に土を入れて、ニンジンを差し込む。その上に、土を被せるのさ」

ニンジン同士が重ならないように差していくのが、ポイントらしい。

最終的に、三つニンジン保存樽が完成した。

「続いて、ジャガイモ！」

収穫したばかりのジャガイモは、陰干ししておく。

「地面に藁を広げて、そこにジャガイモを円錐状に積んでいくんだ」

「ニンジンみたいに、土に埋めるんじゃないの？」

「土はあとだよ」

ひとまず、指示された通りジャガイモを積み上げていった。ツヴェート様はただ一言「積め」と言ったが、これがなかなか難しい。すぐにバランスを崩して、コロコロ転がっていくのだ。

ツヴェート様は途中から見ていられなくなったのだろう。ジャガイモを手早く重ねていく。芸術的なバランスで、ジャガイモが美しく積み上がった。

円錐状にするのは、理由があるらしい。

「雨が降ったときに、中に染み込まずに流れていくんだ」

「なるほど」

円錐状のジャガイモ山に、藁を被せる。それを土で覆うようだ。

「最後に、藁を土から少し出して、通気口代わりにするんだ」

これにて、ジャガイモの保存は完了した。

「これは、雪が降るまでだ」

「そうなの⁉」

ジャガイモは霜や寒さに弱い。そのため、霜が降りる季節になったら小屋に運んだほうがいいようだ。

「これは本格的な冬になる前の、一時保存だな」

「勉強になります。ちなみに、冬はどんなふうに保存するの？」

「リンゴだ」

「え⁉」

「リンゴとジャガイモを一緒にしておく。それだけだ」

聞き違いかと思ったが、ツヴェート様ははっきりとリンゴと言った。驚きの保存方法を、丁寧に説明してくれる。

霜が降りるまえに小屋に運んだあと、乾燥しないように藁で包む。そして、リンゴを一緒に入れておくらしい。

「でも、どうしてリンゴなの？」

「リンゴは、ジャガイモの発芽を阻止するガスを発生させるんだよ」

よく、リンゴと一緒に果物を置いておくと熟す、なんて話を耳にする。通常は成熟を促すものであるが、ジャガイモにだけは成長を抑制する効果を発揮するらしい。

ジャガイモは芽が出たら毒を含むので食用には向かない。中には芽を除去すればいいなんて主張している派閥があるものの、母は絶対に食べるなと言っていた。気を抜くと、ジャガイモはすぐに発芽する。それをリンゴひとつで防げるなんて。

「えー、すごい！」

「仕組みはよくわからないがな」

とにかくジャガイモは霜が降りる前に小屋に運び、リンゴと一緒にしておくのが昔からの保存方法のようだ。

他にも、野菜の保存方法を伝授してもらった。来年はきっと、ひとりでもできるだろう。

アニャは採ってきたキノコを紐で繋ぎ、軒先にぶらさげて乾燥させていた。台所のほうからは、ベリーを煮込む甘い匂いが漂ってきている。マクシミリニャンがジャムを作っているのだろう。

着々と、冬支度が行われていた。

他に何をしようか。太陽の光を浴びながら、考える俺だった。

夜――アニャの声かけで、マクシミリニャンと三人、母屋に集まる。なんでも、相談事があるらしい。

アニャは深刻な表情で、話し始めた。

「あのね、もうすぐ、ツヴェート様がやってきてから一年になるでしょう？　それで、一周年の記念パーティーを開きたいの」

本当は誕生日を祝いたかったようだが、「老い先短い年寄りの年齢と誕生日を聞くんじゃないよ」と返されてしまったらしい。

そんなわけで、ツヴェート様の山暮らし一周年を祝いたいという。

「ツヴェート様、ここで暮らし始めてから一年経つんだ」

「ええ、そうなの」

「なんだか不思議だな。ツヴェート様、ずっと一緒にいるように思えてならないんだけれど」

「わかる。私たちの生活に、スッと馴染んでしまったのよね」

「それは、イヴァン殿も同じだな」

「俺も？」

「ああ。もう何年も、こうして暮らしているような気がする。立派な家族の一員だ」

そう言われると、なんだか照れてしまう。

「何はともあれ、食材が豊富にある秋に、パーティーを開くのはいいことだろう」

「でしょう？」

「俺も、いいと思う」

そんなわけで、一週間後にツヴェート様の山暮らし一周年記念パーティーの開催が決まった。もちろん、サプライズである。秘密裏に準備して、ツヴェート様を驚かせるのだ。

ひとまず、役割を分担する。

「では、我がケーキを焼こう」

挙手したのは、マクシミリニャンであった。

「そうね。お父様がいいかもしれない。お父様はパンばかり焼いているから、ケーキを作っていてもツヴェート様は不思議に思わないはず」

最近、甘いパンも作っているので、匂いが風に乗ってツヴェート様に届いても問題ないだろう。

「私は料理を担当するわ」

鶏の丸焼きを作るという。燻製作りに使う箱で、じっくり焼くようだ。

「私も最近、燻製ばかり作っているから、怪しまれないはず」

「俺は軽く摘まめる料理にしようかな」

クラッカーにチーズと生ハムを載せたものとか、オムレツとか、サンドイッチとか、揚げジャガイモとか。

「あ、でも、俺がこれだけの料理を次々と作ったら、怪しいよね？」

「たしかに、怪しいわね」

「どうすればよいのか」

三人で腕組みし、しばし考える。アニャがハッとなり、手をポン！　と叩いた。

「そうだわ。今年はまだ栗を拾いに行っていないから、パーティー当日に誘ってみようかしら」

鶏の丸焼きは、火の番をマクシミリニャンに任せるらしい。

「じゃあ、当日にお願い」

「ええ、任せてちょうだい」

話はきれいにまとまった。明日から、マクシミリニャンは山を下りてパンを売ってくるという。そのときに、パーティーに使う材料をいろいろ買ってきてくれるらしい。

「他に購入する品物はあるか？」

「バターと、それから、何か贈り物をあげたいな」

「私も！」

提案した瞬間、マクシミリニャンの表情が曇った。

「お義父様、どうかしたの？」

「いや、趣味のよい贈り物を選べるのか不安で」

「だったら、アニャも一緒に行ってきたら？　家のことは俺が頑張るから」

「でも……」

「ツヴェート様の山暮らし一周年記念パーティーは一回しかできないからさ。それに、お義父様が不安そうだから」

マクシミリニャンは雨の日に捨てられた子犬のような表情でいた。アニャに助けを求めている。

「わかったわ。お父様と一緒に山を下りて、贈り物を選んでくる」

話はまとまった。あとは、ツヴェート様にバレないように準備を進めるばかりだ。


アニャとマクシミリニャンが村に行っている間、ツヴェート様と共にバリバリ働く。畑の雑草抜きをしていたら、突然、ツヴェート様に首根っこを掴まれた。

「こんなところにいた！」

「い、いました」

「休憩するよ」

「はい」

母猫が子猫を運ぶように、井戸の前に連行される。手を洗って母屋に戻ると、焼きたてのクッキーがあった。

「わー、クッキーだ！」

「バターなしのクッキーだよ。期待をしないほうがいい」

山羊の乳飲みシーズンが終わると、途端に乳製品が生活から遠退(とおの)いていく。今回は、バターの代わりに植物油を入れてクッキーを作ったようだ。

グラニュー糖をまぶして焼いたクッキーは、サクサクしていて非常においしい。薬草茶との相性も抜群だ。

「どうだい？」

「最高！」

「そうかそうか。たくさんお食べ」

ツヴェート様はアニャとマクシミリニャンが山を下りて家にいないとき、こうしてお菓子を作ってくれる。アニャにも、同じように焼いてくれるらしい。きっと、寂しくないように、励ますような気持ちがあるのかもしれない。

「本当に、おいしい。ありがとう、お祖母ちゃん」

自然と口にしてしまった。その瞬間、ツヴェート様の眦に涙が浮かんだ。ギョッとしてしまう。

「あ、えっと、もしかして、俺がお祖母ちゃんって言ったの、泣くほど嫌だった？」

ツヴェート様は首を横に振る。

「違う。あんたを、本物の孫のようだと思った瞬間に、そう呼ぶからさ」

「あ、そういうことだったんだ！　よかった」

ハンカチを差し出すと、ツヴェート様にキッと睨まれた。

「え、な、何？」

「普通、男は女が泣いているとき、タイミングよくハンカチを貸すなんてことはしないんだよ」

男はわざわざハンカチなど持ち歩かないのだという。ただし例外はいると、ツヴェート様は凄みのある顔で語り始めた。

「女を知り尽くしている男だ。あんた、やっぱりアニャと結婚する前はとっかえひっかえ恋人を変えていたんじゃないかい？　大勢の女たちを泣かせていたんだ」

「いやいやいやいやいや、誤解！　女性を知り尽くしているのは、実家がそういう環境だったから。母、義姉、姪、女性が何人いたか！」

言い訳に聞こえないか心配だったが、ツヴェート様の表情は和らぐ。

「そういえば、そうだったねえ」

「そうそう！　ハンカチを常に持ち歩いていて、いつでも差し出せるようにしないと怒られていたから」

「なんだい、それは」

たとえば甥や姪が泣き止まないとき、義姉からハンカチを出せと脅されるように言われたり……

他には夫婦喧嘩の話を聞かされた挙げ句、大泣きした義姉からハンカチを貸せとドスの利いた声で命令されたり……。

「そんなわけで、心配するような理由じゃないです」

「あんたはそういう子だった。男からハンカチを差し出されたのは、初めてだったから、ついつい警戒したんだよ」

なぜ、ツヴェート様の傍にいた男はハンカチを貸さなかったのか、と思ったものの、男とは気の利かない生き物なのだろう。実家の兄たちだったら絶対にハンカチなんか持っていないし、涙を流す義姉たちに差し出すことすら思いつかないに決まっている。

「男の前で泣いたことなんぞ、一度もないんだよ」

「え⁉　どうして？」

「だって、悔しいだろう。私の中では、男の前で泣いたら負けなんだよ」

しかしながら、ツヴェート様は今、思いっきり涙を流している。これまで我慢してきた分が、ぽろぽろと零れ落ちているのかもしれない。微かに震えているように見えたので、肩に上着をかけてあげる。すると、ツヴェート様は「いい子だ」と言って手を伸ばし、幼子にするように優しく頭を撫でてくれた。

俺は、それを受け入れる。ツヴェート様の、〝孫〟だから。

いつになく穏やかな時間を過ごす。俺もちょっとだけ泣いてしまったのは内緒だ。

アニャとマクシミリニャンは、村でとっておきの贈り物を発見したらしい。

木箱に収められたそれを、こっそり見せてくれた。

「こ、これは――！」

花の透かし細工がなされた銀製品である。手鏡のような持ち手があるものの、鏡は嵌め込まれていない。

「アニャ、ごめん。これ、何かわからない」

「ロニエット、ですって」

「ろにえっと？」

アニャが銀製品を握り、指先で弾く。すると、折りたたまれた眼鏡がでてきた。

「え、眼鏡⁉」

「そう。ロニエットは、折りたたみ式の眼鏡なの」

「へー！」

「ツヴェート様、ご家族からの手紙を読みにくそうにしていたでしょう？　これがあれば、はっきり見えるようになるのですって」

「なるほど」

もともとは上流階級の女性が持ち歩いているような品だったらしい。近隣国で貴族が次々と没落した結果、なんでも屋さんに買い取り依頼が舞い込んできたという。

「でもこれ、高いんじゃないの？」

「同じような品がいくつも持ち込まれているから、安くしてもらったの」

村の識字率はそこまで高くない。そのため、眼鏡を置いていても売れないのだという。マクシミリニャンが値切り倒し、比較的安価で入手したようだ。

「ええ、すごい！　最高の贈り物だ！」

率直な感想を述べると、アニャとマクシミリニャンは照れくさそうにしていた。

「絶対、ツヴェート様、喜ぶよ。でも、よくこんなの見つけたね」

「これは、アニャが発見したのだ」

「きれいな銀細工だと思って手に取ったら、ご主人が折りたたみ式の眼鏡だって言うから驚いて」

「とんでもない技術だよね。眼鏡を折りたためるなんて」

そもそも、眼鏡は庶民の間では普及していない。高価な品なのだ。

その昔、母に言われた覚えがある。目が悪くなっても、眼鏡なんて買う余裕はないからね、と。

幸い視力が落ちることはなかったが、今考えるとけっこう暗い部屋で本を読んでいたような気がする。怖いもの知らずな十代だった。

「渡す日が楽しみだね」

「ええ」

「そうだな」

長い時間三人でいると怪しまれるので、集いは解散となった。

とうとう、ツヴェート様の山暮らし一周年記念パーティー当日を迎える。

マクシミリニャンは昨日ケーキを焼いて、あとはバタークリームを塗ってベリーを飾るだけ。俺も、アニャがツヴェート様を連れ出すのを確認し、軽食作りを開始した。

先日メニューに加えよう思いついた一品を作る。採れたてのマッシュルームと生ハムを使った料理だ。

まず刻んだニンニクと塩を鍋に入れ、オリーブオイルをひたひたになるまで注ぐ。そこにマッシュルームを加えて、ぐつぐつ煮込んだ。そのマッシュルームを皿に盛り、生ハムを載せたら完成である。とてつもなくしょっぱいので、苦手な人はマッシュルームだけ食べたらいいだろう。汗をかいた日にツヴェート様がふるまってくれたひと品だった。これと、ビールが信じられないくらい合う。

続いて、朝採りの新鮮な卵を使って厚焼きオムレツを作る。

まず、ジャガイモとニンジン、タマネギ、ベーコンを刻んで炒める。味付けは塩、コショウのみ。どれも火が通りやすいように、薄くスライスした。しんなりしてきたら、タルト型に入れて、溶いた卵も流し込む。これを、パン窯で焼くのだ。

三品目はマスのサンドイッチ。マスは昨日、マクシミリニャンと一緒に獲りにいったものだ。塩を振って一夜干しにしておいたのを焼いて、骨を取り除いて身を解す。マヨネーズにレモンと乾燥パセリを混ぜたもので和えて、パンに挟む。特製マスサンドの完成である。

みんな大好き揚げジャガイモは、塩を振っておく。最後に、クラッカーにチーズと生ハムを載せたカナッペを作った。

「よし、できた！」

仕上がった料理を食卓に運ぶ。すでに、マクシミリニャン特製のバターケーキが鎮座していた。鮮やかな秋ベリーで彩られた美しいケーキである。

アニャが下味を付けた丸鶏は、外でマクシミリニャンが焼いていた。もうすぐ完成するだろう。

仕事もすべて終わらせた。あとは、食べて飲んでお喋りして、パーティーを楽しむだけだ。

今日ばかりは、昼から酒を飲む。これまで作ったリンゴ酒やビールが用意されていた。ベリージュースやヤマモモジュースも食卓に並べる。

マクシミリニャンが戻ってくる。手にはこんがりと焼けた鶏の丸焼きがあった。

「わー、おいしそう。いい匂い」

「アニャが気合いを入れて下ごしらえをしていたからな」

そっと鶏の丸焼きが食卓に置かれた瞬間、外からツヴェート様とアニャの声が聞こえた。

「はあ、お腹が空いたね」

「ええ、昼食にしましょう。イヴァンとお父様が、用意してくれているはずよ」

「ふたりで昼食を？　珍しいねえ」

「ええ、今日は特別な日だから」

「特別？」

ツヴェート様は首を傾げたまま、母屋に入ってくる。

驚かせてはいけないので、小さめの声で言った。

「ようこそ、ツヴェート様。今から、ツヴェート様の山暮らし一周年記念パーティーを開催します」

「ごちそうを、用意したぞ」

「は⁉」

目を見開いて驚くツヴェート様に、アニャが優しく教えた。

「ツヴェート様がここにきてから一年経ったでしょう？　それを祝いたくて、パーティーの用意をしていたの」

「いやはや、もう、一年過ぎていたのか」

「そうなの」

アニャは小走りで棚まで走り、贈り物である折りたたみ式の眼鏡を取り出した。木箱に入れてベルベットのリボンを巻いたそれを、ツヴェート様に差し出す。

「これは、みんなから、お礼の品よ」

「私は世話になってばかりで、このような品を受け取るような働きはしていないが」

「そんなことないわ。私たち、ツヴェート様にお世話になりっぱなしよ」

マクシミリニャンとふたり、こくこくと頷く。

「俺たち、今ではツヴェート様なしの生活なんて考えられないんだ。心から感謝している。ありがとう」

「我もツヴェート殿の存在を、心強く思っている。これからも、たのむ」

「ですって」

ツヴェート様は眉尻を下げ、困ったような照れくさいような、そんな表情を浮かべている。アニャが今一度「どうぞ」と差し出すと、贈り物を受け取ってくれた。

「ツヴェート様、開けてみて！」

「何をくれたんだい？」

リボンを解いて、木箱の蓋をそっと開く。銀の美しい細工がなされた品を前に、「きれいだ」と感嘆する。

「なんだ？」

「これはね――」

アニャが折りたたまれた眼鏡を開いて見せた。すると、ツヴェート様は目を丸くして驚く。

「眼鏡じゃないか！　こんなのが、入っていたのかい⁉」

「そうなの。素敵な品物でしょう？」

「ああ、私にはもったいないくらい、すばらしい品だ」

中に収められていたのは折りたたみ式の眼鏡だけではない。三人からのメッセージカードも忍ばせてあった。

「ツヴェート様、その眼鏡を使ったら、カードも見やすくなるでしょう？」

「ああ、本当だ！　鮮明な文字を読むのは、十何年ぶりか……！」

問題なく使えるようで、ホッと胸をなで下ろす。ツヴェート様は三枚のカードを読み終えると、折りたたみ式の眼鏡共々胸に抱いた。

「皆、ありがとう。こんなに嬉しい日は、他にないよ」

喜んでくれたようで、本当によかった。自然と、笑顔になる。俺だけではない。アニャやマクシミリニャンも、にこにこだ。

空気を読まない腹の虫が、ぐーっと鳴いた。朝からずっと働き詰めだったので、お腹がペコペコだったのだ。

「いや、なんていうか、ごめん」

「私もお腹が空いているの。食事にしましょう」

食卓にはごちそうが並んでいた。ツヴェート様はそれを見て、俺たちを頑張ったと労ってくれる。

「大変だっただろう。こんなにたくさんの料理を作って」

ベリーバターケーキはマクシミリニャン、鶏の丸焼きはアニャ、それ以外の軽食は俺と、料理を指し示しながら紹介する。

アニャは焼きたてアツアツの鶏の丸焼きをカットしていた。鶏の中には、一口大の小さなジャガイモが詰まっていた。とってもおいしそうだ。

マクシミリニャンはケーキを切り分ける。俺は皆に飲みたい酒やジュースを聞いて、カップに注いでいく。アニャはベリージュース、ツヴェート様はビール、マクシミリニャンはリンゴ酒、俺は迷ったがビールに決めた。

「私は、何をしたらいいのかねえ」

「ツヴェート様は主役だから、座ってて」

「それも落ち着かないんだよ」

そわそわするツヴェート様には、マスサンドの取り分けをお願いした。

準備が整ったら、乾杯する。

「ツヴェート様の山暮らし一周年を祝して――乾杯！」

「乾杯！」

カップを掲げ、ごくごくと飲み干す。思っていた以上に、喉が渇いていたようだ。

「あ、こんな風にツヴェート様のビールを飲むなんて、もったいない」

「いいんだよ。好きなようにお飲み」

「ツヴェート様が、優しい⁉」

「なんだい、その物言いは！　いつもは優しくないと言いたいのかい？」

「いやいやいや、そんなことない！　ツヴェート様は、いつもとびきり優しい！」

ツヴェート様はビールが入ったカップを片手に、それでいいと頷く。アニャとマクシミリニャンに笑われてしまった。

本日二回目、またお腹が鳴った。腹が減ったと訴える。まず、アニャが作った鶏の丸焼きをいただくことにした。

フォークを刺した瞬間、肉汁がじゅわっと滲む。滴り落ちていかないよう、すぐにぱくりと食べた。皮はパリパリで香ばしく、肉は驚くほどやわらかい。鶏の肉汁をたっぷり含んだジャガイモも最高だ。顔を上げたらアニャと目が合う。

「アニャ、すっごくおいしい！」

「よかった」

続けて、マクシミリニャンが作ったベリーバターケーキをいただく。バタークリームは濃厚だけれど、ベリーの酸味のおかげで後味はあっさり。

ケーキの生地はふわふわで、口の中で幸せが花開く。

「イヴァン殿、どうだろうか？」

「おいしい！　お義父様、パン作りだけじゃなくて、ケーキ作りも才能あるよ！」

「そうか、そうか。今度、ケーキを焼いて村で売ってみよう」

俺が作った軽食も、皆おいしいおいしいと言ってくれた。

ツヴェート様は喜んでくれたし、ごちそうを堪能できたし、準備は大変だったけれどとても楽しかった。

食材が豊富な秋だからこそ、できたのだろう。秋の実りに感謝だ。

「来年も開催したいね」

「絶対にしましょう」

マクシミリニャンもこくこくと頷いている。

「次は、私も準備に参加するよ」

第二回を開催するならば秋の収穫祭にしよう、という話でまとまる。

来年の秋が、今から楽しみだ。

冬――未来へ思いを馳せる

どかっと雪が降って、一晩のうちに一面銀世界になった。本格的な冬が始まる。

今年は去年以上に保存食の用意ができた。一冬越すのに不安はない。

朝からマクシミリニャンがケーキを焼いていた。甘くいい匂いが漂っている。ツヴェート様からバターなしのケーキを習ったようで、いそいそと試作品を作っているようだ。

貴重なバターを入れるとケーキの材料費が高くなってしまうため、どうしようかと悩んでいるときに教えてもらったらしい。

バターの代わりに何を入れるのかといえば、植物油である。なんでも、油が生地を膨らませる成分となり、ふんわりとしたケーキに仕上がるらしい。

バターを混ぜたほうが香りは圧倒的にいいが、生地は油を使ったもののほうがふわふわやわらかな食感に仕上がる。

毎日のようにマクシミリニャンのケーキを食べたら確実に太ってしまう。そうならないためにも、家畜の世話で汗をかく毎日だ。


皆それぞれ、春になったら売りに行く品をせっせと手作りする。

アニャは鹿の骨を使ったボーンナイフを、ツヴェート様は染め物を、マクシミリニャンはレース編みを。

アニャは集中したいということで、台所で作業している。少しだけ作る様子を覗いたことがあったが、横顔が完全に職人であった。俺も頑張らなければと、気合いが入る。

去年マクシミリニャンに弟子入りし、レース編みを習った。けっこう高値で売れるようで、今年も販売用のレースを編んでいる。

黙々と指先だけを動かしていると、いつの間にかツヴェート様が近くにいたので驚いた。

「あ、えっと、休憩、きちんと取っているから」

「まだ、何も言ってないじゃないか」

皆が働きすぎていないか、ツヴェート様がこうして確認にくるのだ。

「そろそろ休憩時間かな。ツヴェート様、一緒に休もう」

「そうだね」

アニャも誘おうとしたが、今は集中しているから、声をかけるのはあとにするように言われた。

先ほど、台所の勝手口からアニャの様子を覗いたらしい。

「かなり作業に熱中しているようだった。今は意欲を途切れさせないほうがいいだろう」

「うん、わかった」

暖炉の火で湯を沸かす。ツヴェート様は棚から茶器や茶葉を用意していた。茶菓子は昨日マクシミリニャンが焼いたふわふわケーキ。ツヴェート様が淹れてくれた紅茶とともにいただく。

ツヴェート様がこうして俺のところにわざわざやってきたのは、何か話したいのだろう。なんとなく言いにくそうにしている空気が伝わってきたので、こちらから質問する。

「ツヴェート様、何か話したいことがある？」

「まあ、そうだね」

ぽつりと返し、ツヴェート様は紅茶を飲む。深刻な話なのだろうか。心配になった。

「どうかした？」

「いや、たわいもない質問をしたいだけだ」

たいそうな問題ではないとわかり、ホッと胸をなで下ろした。

「イヴァン。あんたの願いや望み……未来への希望はあるのか、聞きたかった」

「どうして？」

「単純な好奇心もあるが、気がかりなんだよ。あんたみたいな若者が、こんな山奥で生活して、いつか心がくじけてしまうんじゃないかって」

ツヴェート様は以前から、ここで暮らす俺を心配してくれていた。

「私やマクシミリニャンが生きている今はいい。けれど残念ながら私たちは、ずっとあんたを助けてやれるわけじゃないから」

言いたいことはよくわかる。今はアニャがいて、マクシミリニャンがいてツヴェート様がいる。皆で楽しく暮らしている。けれども、この生活は長くは続かない。

「あんたが何かを望んで、希望を抱いて、ここでの生活を営んでいるならいい。そうでないなら、いつか心がくじけてしまう」

「ツヴェート様……ありがとう」

叶えたい願いが胸にある。それは心の中で思っているだけで誰かに打ち明けたことなどない。これからもそうすべきだと考えていた。

けれども、不安そうにするツヴェート様を前にしたら、心に秘めておくわけにはいかない。

「俺の願いはただひとつ。遠い未来でアニャを看取りたい。それだけだよ」

「どうして、それを願うんだい？」

「以前、〝ここは終わり逝く者たちの楽園〟だっていうのを聞いたから、かな」

それはアニャの発言だったが、ツヴェート様を通して耳にしていた言葉だった。

衝撃を受けたのと同時に、アニャはここで終わりを迎える心積もりなのだと気づいた。

「やっぱり独りは寂しいから、アニャにそういう思いは絶対にしてほしくなくって。だから俺が、ここの最期を見届けたいなって願っている」

一日でも多く、アニャより長生きしないといけない。それが、俺の望みである。

「誰かに打ち明けるつもりはなかったんだけれど」

突然、ツヴェート様が俺の手を握り、頭を下げる。

「イヴァン、ありがとう。余計な心配かと思ったが、聞いてよかった」

これからもアニャを頼むと、任されてしまった。もちろんそのつもりだったが、改めて口にされると照れくさいような、嬉しいような、なんともいえない感情がこみ上げてくる。

「あんたにだったら、何もかも、安心して任せられるよ」

「うん」

窓の外では、雪がしんしんと降っている。来年も、再来年も、同じように雪が積もるのだろうか。

こういう雪がちらついたら、きっと俺は今日ツヴェート様と話したことを思い出すだろう。

叶うかは、わからない。けれども、叶ったらいいなと思っている。

たったひとつの、願いごとだから。

夜——アニャが布団に潜り込んでくる。今の今まで、ツヴェート様とお喋りしていたらしい。暖炉の前で話していたようで、そこまで体は冷えていない。

「ツヴェート様の初恋話を聞いていたの。ロマンチックだったわ」

うっとりしつつ、アニャは語っている。

「ツヴェート様からしたら、私とイヴァンのほうがずっとロマンチックなんですって」

「それは光栄だな」

「ふふ、そうよね」

二年目の冬の寒さは、一年目よりも厳しくないような気がする。山の気候に適応したのか。よくわからない。

「村の女性たちとも、たまに恋について話したわ」

「俺は絶対お邪魔できない空間だな」

「そうね」

いたたまれない表情の俺を想像したらしく、アニャはくすくす笑った。

「みんな恋はするけれど、叶わなかったのですって」

「どうして？」

「結婚するのは、父親が決めた相手だからよ」

「ああ、そうだったね」

兄たちも父がまとめた縁談を経て結婚した。父が亡くなってからは、母が担っていたような気がする。

サシャとロマナのような結婚は稀だろう。というより、あのふたりの例はかなり特殊だろうが。

「恋の話から、自然と結婚の話になるでしょう？　そのあとは、大抵子どもについて話すの」

「うん」

　アニャにとっては、あまり加わりたくない話題だろう。けれども女性陣の輪の中にいる以上、付き合わざるを得ない。

「私も結婚して一年経ったから、そろそろ子どもね、なんて流れになってしまって――」

　村の女性陣は、アニャの事情なんて知る由もない。アニャはツヴェート様にのみ、相談した。

　アニャが子どもを産めない体質だなんて、皆は夢にも思っていないのだろう。

「最初は辛かったし、悲しかったし、いっそのこと打ち明けたかった。でも、言ったら楽になるかもしれないっていう自分の甘い考えが嫌で、誰にも言わなかった」

　村に行くたびに、同じような話題になっていたらしい。アニャはその場で叫びたかったという。いい加減にしてくれ、と。

　自分にされた質問でなくても、耳にしたくなかったようだ。

　結婚していなかったら、いい人はいないの？　と尋ねられ、結婚したら子どもはまだ？　と急かされ、きっと子どもができたら、ふたり目は？　なんて聞いてくるのだ。どうして、他人の人生についていろいろ干渉したがるのか。

　皆が勝手に定めた条件を満たしていない人間は、人として一人前ではないという空気が苦手だったと、アニャは震える声で告げた。

「アニャ……」

　なんとなく、村から帰ったアニャの元気がないなって、感じる日があった。ただ、声をかけても「疲れているだけなの」としか返ってこなかったのだ。

「ごめんなさいね。あの時は、話せなくって」

「いつか、打ち明けてくれたらいいなって、思っていたから」

「ありがとう」

もしも無理矢理聞かれていたら、辛く当たっていたかもしれないとアニャは零す。

「ツヴェート様は私の悩みを見抜いて言葉をかけてくださったわ。人は完全な生き物ではないから、人と違う部分について悩むのは不毛だと。本当に、その通りだと思ったの」

どんなにできた人でも完璧ではない。誰にだって、どこかぽっかりと抜けている部分は必ずある。

「そんなふうに考えたら、気持ちがスッと楽になった」

それから、周囲の言葉に傷つかなくなったという。

「人にはそれぞれ、幸せの形がある。結婚して可愛い子どもがいる、仕事が生きがいになっている、家族で楽しく暮らす――。でも人はついつい、自分の幸せで他人を推し量ってしまうところがある。そういうときは、それがその人の幸せなんだなって思うようにしているわ」

潤んだ瞳で微笑みかけるアニャを、ぎゅっと抱きしめる。

彼女がこの答えに至るまで、きっとたくさん苦しんで、悲しんで、辛い思いをしたはずだ。けれども、アニャはきちんと自分で答えを見つけた。それが、とてつもなく誇らしい。

アニャと結婚できて、本当によかった。彼女は、自慢の妻だ。

そんなアニャの耳元で、そっと囁(ささや)く。

「俺は、アニャがいたら幸せだな」

「私も、イヴァンがいたら幸せよ！」

アニャが抱き返してくれる。心がじわりと温かくなった。
俺たちの暮らしは続いていく。
愛すべき家族と過ごす冬は、ゆっくりと過ぎていった。
しだいに太陽が出ている時間が長くなり、雪が解けていく。
待望の春はもうすぐだろう。
暖かな季節の到来に、心がわくわくする。
そんな毎日を生きていた。

養蜂家と蜜薬師の花嫁　完

特別企画

キャラクターデザイン公開

「養蜂家と蜜薬師の花嫁　下」のキャラクターデザインを公開いたします！

キャラクターデザイン：笹原亜美

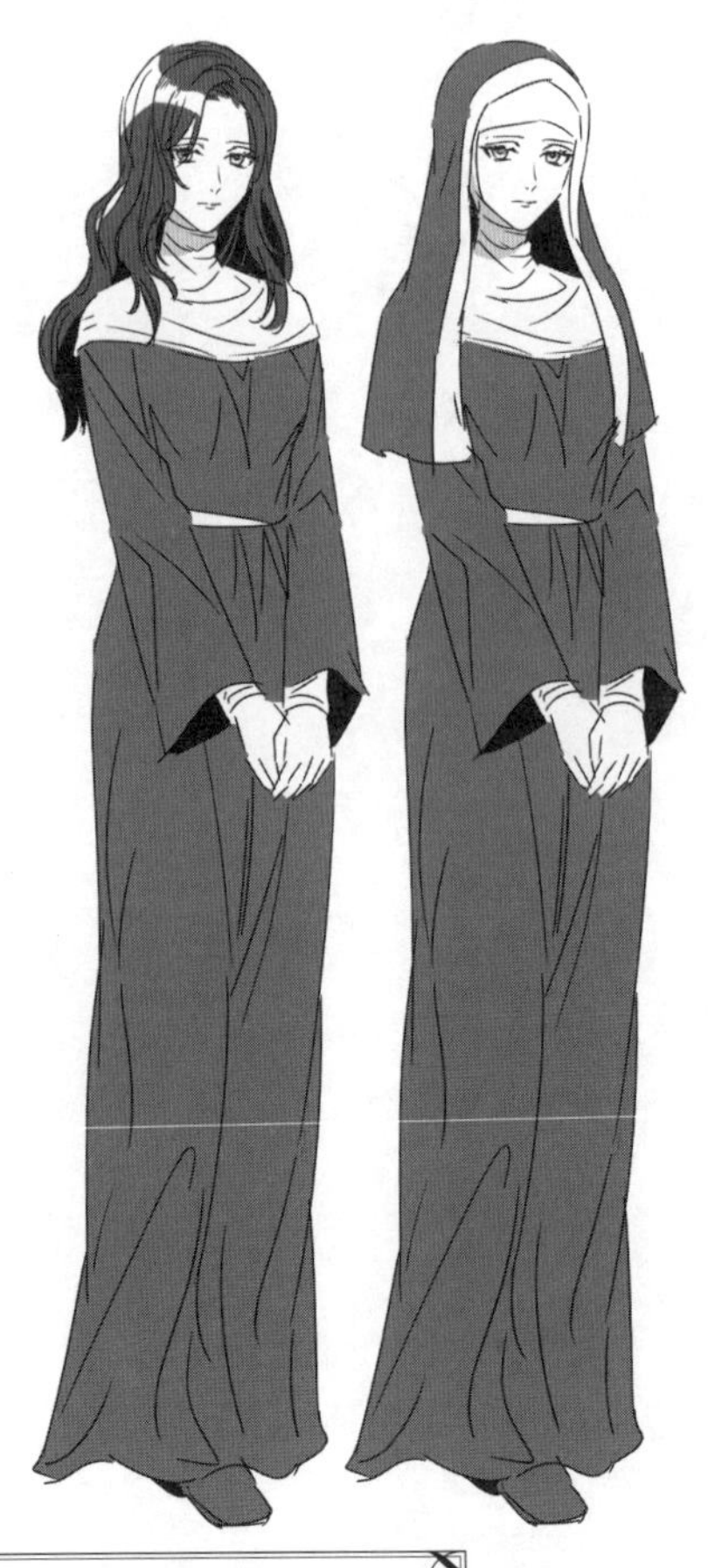

ロマナ

イヴァンの双子の兄サシャの妻。ブルネットの美女。イヴァンに好意を寄せていた。

ツヴェート

山の麓にある村マーウリッツァに住んでいた草木染め職人の婦人。アニャは本当の祖母のように慕っている。

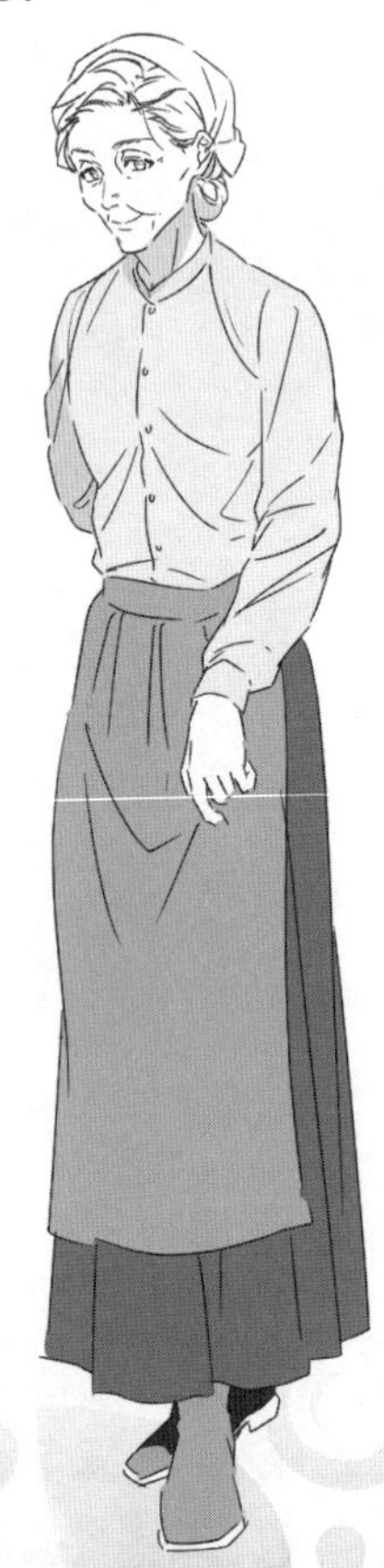

あとがき

こんにちは、江本マシメサです。

『養蜂家と蜜薬師の花嫁』下巻をお手に取っていただき、ありがとうございます。

今回、初めて上巻、下巻という形で刊行させていただきました。実は、上下巻で出すのは以前から憧れておりまして、夢が叶った次第でございます。

下巻は本編に加えまして、四万字ほどの書き下ろしを収録となりました。あますことなくエピソードをお届けできて、心から幸せに思っています。

話は変わりまして、第二巻も笹原亜美先生にすばらしいイラストの数々を描いていただいております。表紙のパンを持つアニャ、とっても可愛いですよね。一巻と違って、エプロンをかけているところがまた愛らしいです。パンもおいしそうで……！

イヴァンも幸せそうに描いていただいて、作者冥利に尽きる思いでした。

背後のパン窯も、すばらしいです。作中でイヴァンとマクシミリニャンが作ったものを、描いていただきました。

笹原先生、本当にありがとうございました！

最後に、読者様へ！

イヴァンとアニャの物語を、見守っていただき心から感謝します。ありがとうございました！

また、どこかで会えることを信じて。

江本マシメサ

養蜂家と蜜薬師の花嫁　下

2021年11月1日 初版発行

【著　　者】江本マシメサ

【イラスト】笹原亜美
【編集】株式会社 桜雲社／新紀元社編集部
【デザイン・DTP】株式会社明昌堂

【発行者】福本皇祐
【発行所】株式会社新紀元社
〒101-0054　東京都千代田区神田錦町1-7　錦町一丁目ビル2F
TEL 03-3219-0921 ／ FAX 03-3219-0922
http://www.shinkigensha.co.jp/
郵便振替　00110-4-27618

【印刷・製本】株式会社リーブルテック

ISBN978-4-7753-1954-3

※本書は、「小説家になろう」（http://syosetu.com/）に掲載されていたものを、改稿のうえ書籍化したものです。